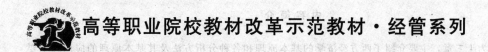

高等职业院校教材改革示范教材·经管系列

西方经济学

主　编　李银秀

副主编　曹　卓　杨　洁

北京交通大学出版社

·北京·

内 容 简 介

本书共分为十二章，主要介绍了西方经济学的基本原理和各种分析方法及其基本原理的应用。主要内容包括导论、需求、供给及均衡价格、消费者行为理论、生产者行为理论、市场均衡理论、要素市场均衡理论、市场失灵与政府规制、国民收入核算理论、凯恩斯的国民收入决定理论、宏观经济政策、失业与通货膨胀理论、经济周期与经济增长理论。

本书的内容体系完整，理论浅显易懂，并且配有习题和导入案例，方便读者对知识的领会和灵活应用。本书既可作为高职高专院校和成人高等院校财经类专业的教学用书，也可作为经济管理人员岗位培训及自学教材。

图书在版编目（CIP）数据

西方经济学/李银秀主编. —北京：北京交通大学出版社，2010.1
高等职业院校教材改革示范教材·经管系列
ISBN 978-7-81123-979-9

Ⅰ.①西… Ⅱ.①李… Ⅲ.①现代资产阶级经济学-高等学校：技术学校-教材
Ⅳ.①F091.3

中国版本图书馆 CIP 数据核字（2009）第 220462 号

责任编辑：井　飞　　特邀编辑：吕　鸿
出版发行：北京交通大学出版社　　　　　　电话：010-51686414
　　　　　北京市海淀区高粱桥斜街 44 号　　邮编：100044
印　刷　者：北京东光印刷厂
经　　　销：全国新华书店
开　　　本：185×230　印张：14.5　字数：280 千字
版　　　次：2010 年 1 月第 1 版　　2010 年 1 月第 1 次印刷
书　　　号：ISBN 978-7-81123-979-9/F·570
印　　　数：1～3 000 册　定价：25.00 元

本书如有质量问题，请向北京交通大学出版社质监组反映。对您的意见和批评，我们表示欢迎和感谢。
投诉电话：010-51686043，51686008；传真：010-62225406；E-mail：press@bjtu.edu.cn。

前　　言

　　西方经济学是经济管理类、财经类专业的一门专业基础课,对于提高学生的整体专业素质和以后各专业课程的学习具有重要的作用。本书是一本西方经济学原理性教科书,是为高职高专管理类、财经类专业的学生、教师,以及经济学爱好者编写的。本书篇幅不大但内容充实,理论浅显易懂,体系完整,并且在表述上尽可能简练、准确,保持逻辑上前后一致。在编写中,注重理论与实际相结合,全篇由案例导入,章后附有选择题、简答题和计算题等类型的习题,以适应高职高专教学模式的需要,满足教师精讲、学生多练的要求。本书既可作为高等院校的专业教材,也可作为在职人员的自学或培训用书。

　　本书由李银秀负责大纲的编写与内容设计,并对全书修改、定稿。具体编写分工为:李银秀,第一章至第五章;涂颖清,张超武,第六章;叶燕,程贵孙,第十章;曹卓,第八章和第九章;杨洁,第七章和第十一章;王聪,第十二章。

　　本书编写过程中,我们一方面总结自身多年的教学科研的实践体会;另一方面参阅和引用了近些年来出版的相关教材与论著的内容,对此书的编写帮助很大,在此对相关作者表示感谢。由于水平所限,书中难免有些错误或者遗漏,敬请各位同行、读者给予批评指正。

编　者

2009 年 9 月

目 录

第一章 导 论

知识要点：

1. 了解各种西方经济理论；
2. 掌握西方经济学的概念及基本原理；
3. 运用经济学的分析方法分析问题和解决问题。

案例导入

经济学基本问题的不同回答

对于经济学研究的几个基本问题，不同类型的经济体制的回答是不同的。

第一个问题，生产什么物品和各生产多少。在美国这个典型的以市场经济为主导的国家里，生产什么和产量多少主要取决于厂商和消费者之间的相互作用，其中价格在决定生产什么和生产多少上是关键。而在前苏联这个中央集权的计划经济国家中，企业生产什么和生产多少则是由政府计划部门确定的，企业只能执行国家的计划，消费者也只能作为价格与产量的接受者，没有发言权。

第二个问题，怎样生产这些物品，或者说怎样安排产品的生产过程。在美国，这主要由厂商来决定，当然需要政府的参与，不过政府是通过制定法规来规范厂商的组织形式、厂商与雇员及消费者之间的相互作用方式等。但是在前苏联，既然政府是生产计划的制订者，掌握着所有企业的生产资源，他们也就可以安排和控制整个生产过程。

第三个问题，为谁生产，即产品如何分配的问题。在美国，消费者的消费水平主要由其收入水平决定，而收入的高低主要取决于厂商与家庭两者之间的相互作用，当然政府可以通过税收和收入重新分配计划来参与这一过程，不过一切都是按照市场机制来进行的。但是在前苏联,由于政府直接决定各个职位的薪金水平,实际上国民的消费水平是由国家确定的。名义上,消费者可以在国营商店里按照国家公布的价格购买各种物品,但实际情况却完全不同,很多商品在国营商店里消费者根本买不到,只有身居要职的人才有机会买到这些商品,普通公民不得不承受商品短缺之苦。另外,国家也直接控制着包括住房、汽车之类的大多数消费品,有权决定哪些人可以享用。

第四个问题,一国的经济资源是否被充分利用,以及如何被充分利用,即资源的配置效率问题,如何通过某种机制将资源分配到更能充分利用资源的经济单位上。在美国,这个问题主要依靠市场机制来解决,企业以利润最大化为目标来进行有关决策,政府通过法规来规范企业的行为。但在前苏联,政府的计划部门按照自己对国民经济的理解来进行决策。至于两者资源的配置效率孰高孰低就不言而喻了。

案例来源:金雪军.西方经济学案例.杭州:浙江大学出版社,2004.

第一节 稀缺性与经济学

一、生产资源的稀缺性

在人类社会生存和发展过程中,人的需要或者欲望是多种多样的、是无限的。西方经济学的研究就是从需要或欲望开始的。

现代西方经济学家们认为,人类需要的无限性与资源稀缺性之间的矛盾是人类社会始终存在的一个基本矛盾,而经济学就产生于这个矛盾,以及由此而引起的选择的需要,选择的原则是满足"最大需要"。在他们看来,用来满足人们需要的物品可以分为两类:一类是自然物品,又称为自然取用物品,是供给无限、取用的时候不用付出任何代价的。如空气、阳光等;一类是经济物品,是供给有限、必须花费一定的成本才能得到的物品。相对于人类的需要来说,绝大多数物品都属于经济物品,即这些物品和生产这些物品的资源的供给是有限的,是需要人们付出代价才能取得的。这种在人们获得所需要的物品上存在着的自然限制就叫做"稀缺"。

稀缺性是相对于人类社会无穷的欲望而言,经济物品及生产这些物品所需要的资源总是不足的,这种资源的相对有限性就是稀缺性。稀缺并不是指绝对数量的多少,而是指相对于无限的欲望而言,再多的资源也是稀缺的。但同时,稀缺性又是绝对的,稀缺的绝对性是指稀缺性存在于人类社会的各个时期和人们生存的所有区域。不论是原始社会还是当今的发达社会,不论是贫穷还是富裕的社会,现实生活中都面临着稀缺性问题。

二、稀缺性与资源配置

由于资源稀缺的约束，人们不可能满足自身所有需要，必须有所取舍。即在经济活动中要进行各种各样的"选择"，这种选择不仅涉及个人，而且涉及整个经济。家庭、厂商和政府共同决定着将有限的资源用到最合适的用途上去。当人们作出一项选择时，必须放弃另一项选择，这说明选择是有代价的，这种代价经济学家们称之为"机会成本"。比如，一块土地用来建造工厂，就不能生产粮食，为建造工厂而放弃的粮食产量就是建造工厂这项选择的机会成本。对一国国民经济来说，机会成本是影响其资源配置优劣的一个重要因素。

资源的稀缺性提出了两个方面的问题：一方面是人们尽可能充分地利用资源以获得最大的满足；另一方面是人们需要对资源的用途作出合理的安排或配置，以尽可能地降低机会成本。这两方面问题都属于在既定的资源约束条件下如何有效运用资源的问题，即效率问题。为直观地说明这个问题，经济学家们提出了生产可能性曲线的概念。

生产可能性曲线又称为生产可能性边界，它表示一个社会在既定时间和既定技术条件下所面临的资源约束及其可能的生产能力和生产组合，它可以表达一个社会所面临的资源的稀缺及由此引起的约束、资源用途的选择、资源运用的效率和社会需要的满足程度等问题。

假设一家厂商拥有两块土地：一块只能种小麦而不能种玉米，一块只能种玉米而不能种小麦。在这种情况下，提高小麦产量的唯一办法是将玉米地里的工人转到小麦地里来。当投入到小麦地里的工人越来越多时，小麦的产量得以提高，而后继续增加的每个工人所增加的产量越来越少。现假设厂商拥有 6 000 名工人可以在小麦生产和玉米生产中分配使用，当劳动增加时，玉米地的产量和小麦地的产量如表 1-1 所示，表中第二列和第四列就给出了该厂商的生产可能性，其小麦与玉米的取舍关系如图 1-1 生产可能性曲线所示。

表 1-1 厂商的生产可能性组合

玉米地的工人人数/人	玉米产量/千克	小麦地的工人人数/人	小麦产量/千克
1 000	60 000	5 000	200 000
2 000	110 000	4 000	180 000
3 000	150 000	3 000	150 000
4 000	180 000	2 000	110 000
5 000	200 000	1 000	60 000

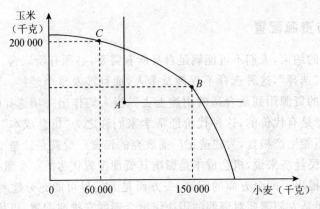

图 1-1　生产可能性曲线

这条生产可能性曲线表明,当小麦生产增加时,就需要放弃越来越多的玉米产量。或者说当玉米产量下降时,所得到的小麦产量的增幅会越来越小。B 点和 C 点都在生产可能性曲线上,在厂商所拥有的劳动数量条件下都能实现该水平上的小麦和玉米产量的组合,而 A 点在机会集合的内部,表示一种效率低下的结果,此时经济在生产可能性曲线之下运行。但是,这并不意味着生产可能性曲线上的每一点都优于曲线下的任何一点。我们可以比较图 1-1 中的 A 点和 C 点,在 C 点玉米产量比较高,而小麦产量比较低,如果人们不太喜欢玉米,那么玉米产量的增加可能就不足以补偿小麦产量的减少。因此,在现实中经济有可能在生产可能性曲线之下运行。

三、经济学研究的基本问题

面对资源的稀缺,需要作出选择的不仅仅是个人,社会的整个经济,如个人、家庭、厂商、政府都要面对资源的稀缺与需要的无限及由此引起的选择问题。这些选择活动集合在一起,就构成经济的运行。经济学家们将面对稀缺的资源如何进行选择的问题归结为以下四个基本问题。

第一,生产什么和生产多少。产品生产出来是为了满足人们的某种需要,不同的产品满足不同的需要,不同数量的产品满足不同程度的需要。由于资源是稀缺的,人们的需要又是多种多样的,如何把既定的资源用来生产何种产品,或者用来生产何种产品组合就是经济决策者要进行的必要选择。

第二,怎样生产。也就是用什么方式组织生产。一般而言,一种产品的生产可以采取多种不同的方法,一个经济社会满足其成员需要的方式也很多,需要作出恰当的选择,以力求用尽可能少的资源消耗获得尽可能大的需要满足。因此,在既定资源条件下,尽量采用效率较高的方法,尽可能高效率地利用现有资源,生产出尽可能多的产品就是最佳的选择。

第三,为谁生产。也就是生产出来的产品如何分配。有限的资源给谁使用,为满足谁的需要,这就涉及产品的分配问题。任何社会的生产都是周而复始的生产过程,产品在社会成员间的分配将影响生产要素的流向和配置。一般情况下,优质的劳动、资金、土地总会流向效率较高的部门。为了合理配置各种生产要素,人们就必须研究社会产品如何分配的问题。

第四,谁作出经济决策,以什么程序作出决策。选择问题实际上就是决策问题。谁有权作出决策,以什么方式来作出决策,这对于选择来说是至关重要的。决策主体、决策程序问题都涉及经济组织和经济制度问题。

在现实经济生活中,资源是稀缺的,但稀缺的方法并不相同,也就是说在不同的社会中,资源配置和利用问题的解决方法是不同的。经济制度就是一个社会作出选择的方式,或者说解决资源配置与资源利用的方式。人类社会的各种经济活动都是在一定的经济制度下进行的,因此经济学的研究应该关注经济制度问题。

第二节　西方经济学的研究对象

一、西方经济学的含义

20 世纪以前,西方经济学家对经济学研究对象的认识,基本上都遵循了亚当·斯密的思路,认为经济学的研究对象是财富问题。例如,法国经济学家萨伊首创的"三分法",就是将政治经济学的研究对象规定为财富的生产、分配和消费。詹姆斯·穆勒的"四分法",则将政治经济学的研究对象扩展为财富的生产、分配、交换和消费;英国经济学家西尼尔在 1836 年出版的《政治经济学大纲》中,将政治经济学定义为"讨论财富的性质、生产和分配的科学"。1890 年经济学家马歇尔在将"政治经济学"改为"经济学"的同时,把经济学的研究对象也扩大了,认为"经济学是一门研究财富的学问,同时也是一门研究人的学问"。马歇尔所讲的人的问题,也就是如何增进人们的物质福利问题。尽管西方经济学家在提法上不尽相同,但是,经济学是一门"研究一个社会的经济问题的社会科学",则是他们的共同看法。

我们通常所说的西方经济学,有广义和狭义之分。广义上的西方经济学,是对西方国家除马克思主义经济学之外的所有经济理论和学说的一个总称。狭义的西方经济学,则是

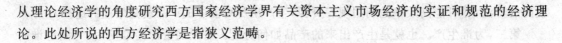

从理论经济学的角度研究西方国家经济学界有关资本主义市场经济的实证和规范的经济理论。此处所说的西方经济学是指狭义范畴。

二、西方经济学的研究对象

无论是生产可能性边界还是机会成本,都表明了经济学所要研究的经济问题即选择问题的重要性。20世纪80年代之前,西方经济学家把人类社会所面临的选择问题概括为以下三个基本问题:一是生产什么?二是怎样生产?三是为谁生产?1981年,美国经济学家李普赛和斯泰纳指出,以上三个问题只属于微观经济领域,还应该把选择问题拓展到宏观经济领域。自此以后,以选择理论为中心的当代西方经济学的研究对象包括了以下6个方面:

(1)生产什么产品和劳务及其应当生产的数量;

(2)使用什么方法来生产这些产品和劳务;

(3)为谁生产这些产品和劳务;

(4)一国的资源是否被充分利用;

(5)货币和储蓄的购买力是保持不变,还是由于通货膨胀而下降;

(6)一个社会生产产品的能力是保持不变还是一直在增长。

三、西方经济学的基本内容

自19世纪70年代以来,西方经济学按其研究的对象、内容和方法的不同,逐渐形成了微观经济学(Micro-Economics)和宏观经济学(Macro-Economics)两大部分。

微观经济学以单个经济单位为研究对象,研究和分析资本主义社会中单个经济单位的经济行为及其相应的经济变量是如何决定的。这里所说的单个经济单位既指单个消费者、单个家庭、单个企业、单个生产要素所有者,也指单个市场、单个企业、单个部门、单个行业等。单个经济单位的经济行为因其经济性质不同而各有特点:对于单个消费者来说,其经济行为是如何以其有限的收入分配在各种可供选择的产品和劳务上,以实现其效用的最大化;对于生产者来说,其经济行为是如何把有限的资源配置到各种商品和劳务的生产上,以实现利润的最大化。至于相应的经济变量则是指与单个经济单位的经济行为直接有关的、用数量表示的变动因素。例如,影响单个消费者经济行为的经济变量有商品的效用、价格、需求量、消费者的收入等;影响生产者经济行为的经济变量有产品的价格、产量、成本、利润等。由于微观经济学研究的问题归根到底涉及的是产品的价格和生产要素的价格,因而,人们又把微观经济理论统称为价格理论。

微观经济学的理论体系十分庞大,涉及社会生活中的所有的单个经济单位,但就其主要内容来看,可分为以下 5 个方面:

(1)单个消费者的购买问题;

(2)单个生产者的生产问题;

(3)单个企业或单个部门的产品价格的决定问题;

(4)生产要素所有者的收入决定问题;

(5)一般均衡与福利经济学。

宏观经济学把一个社会整体的经济活动作为考察对象,研究和分析国民经济中各个有关变量的决定及其变化,因而又称为总量经济学。国民经济活动中的主要变量有国民生产总值、国民收入、投资总量、储蓄总量、总消费支出、银行信贷总额、货币发行量、一般物价水平等。这些总量相互联系、彼此制约,勾画出社会经济运行的总体面貌和独特性质。宏观经济学正是通过这些经济总量相互关系的分析和研究,阐明社会经济问题产生的原因,提出各类宏观经济政策主张,以期解决社会的经济问题。

宏观经济学研究和分析的内容主要有以下 7 个方面:

(1)国民收入决定理论;

(2)经济周期理论;

(3)经济增长理论;

(4)经济发展理论;

(5)货币与通货膨胀理论;

(6)国际经济理论;

(7)宏观经济政策。

应该指出的是,宏观经济学是一个以国民经济为对象的研究领域。在这个领域中,存在着众多的理论派别。例如,在美国就有后凯恩斯主流经济学、货币主义、合理预期学派、供给学派等诸多派别。它们在分析方法、理论观点、政策主张上都有很大的差异,但就其研究的内容来看,主要集中在国民收入水平或就业水平及其变化上,因而,人们又把宏观经济理论称为收入理论。

第三节 西方经济学的研究方法

一、经济理论与经济学的分析方法

1.经济理论

经济理论(Economic Theory)是指通过把一些不重要的和不相关的经济因素抽象掉,从而建立起来的经济变量之间的简单易懂的关系的解释。这种解释既可以覆盖整个经济社会,也可以描述特定范围内的经济现象。例如产品价格与需求量和供给量之间的关系,居民收入与需求量及其变动之间的关系等,都可以通过经济理论加以描述和解释。

经济理论可以覆盖整个经济社会,解释和描述经济社会的现状和趋势,也可以就特定范围内的经济现象加以描述和解释。例如,马克思解释了社会主义最终必然代替资本主义;亚当·斯密解释了自由企业制度是工业革命的起因……这些都是涉及整个经济社会范围的经济理论。而经济学家们建立的供求理论、生产理论等则是对特定范围的经济现象的描述和解释。

2.经济模型

经济模型(Economic Model)是对经济理论进行研究、分析、描述和验证的手段和方法,也是经济规律的概括和总结。经济理论总是通过经济模型加以描述。经济模型可以分为几何模型、数学模型和文字模型,它们都可以说明和解释经济理论。这三种模型在描述经济理论时各有特点。通常数学模型比较严谨,逻辑性较强,但结论往往不全面;几何模型比较直观,容易理解,但准确性较差;文字模型简单易懂,但叙述起来有时显得累赘。为了准确明了描述经济理论,经济学家有时会把三种模型结合起来描述他们建立的经济理论。

3.经济学的分析方法

构建正确的经济理论,必须借助于科学的经济学分析方法。经济理论不是凭空的臆想和猜测。经济理论从本质上讲在于探究经济变量之间的关系,因此,遵循基本的原则,采用科学的方法,是经济学研究的基本前提。

通常,成本收益法是经济学分析的基本方法。经济问题不同于其他社会科学的问题,它讲究节约,追求优化,它把微观经济单位看作是追求自身利益最大化的经济主体,因此,其决策行为必然重视成本与收益的对比状况。经济学研究经济主体的决策行为,而经济主体决策行为的重要特点是成本最小化或收益最大化。这样,成本和收益的核算就成了经济学家分析经济主体行为的有效切入点。

二、实证分析方法与规范分析方法

1. 实证分析方法与规范分析方法

实证分析是指按照事物的本来面目来描述事物,说明研究对象究竟"是什么",或者究竟是什么样的,其主要特点是通过对客观存在物的验证(即所谓"实证")来概括和说明已有的结论是否正确。而规范分析所要说明研究对象"应当是什么",其主要特点是在进行分析以前,要先确定相应的准则,再依据这些准则来分析判断研究对象目前所处的状态是否符合这些准则。如果不符合,其偏离的程度如何,应当如何调整,等等。

经济学的实证分析重点在于研究经济是如何运行的,同时解释经济现象的原因和后果。实证分析不涉及价值判断问题,也不涉及"好"与"坏"、"应该"与"不应该"的问题。

经济学的规范分析重点则在于研究经济学中的价值判断问题,它对一种经济主张作出"好"与"坏"、"应该"与"不应该"的判断。比如现在的失业率是多少?汽油税是如何影响汽油的消费量?……这些都不涉及价值判断,都只有通过诉诸事实才能解决。而这些问题可能比较容易也可能比较困难,但是它们都属于实证经济学的范围。总之,实证分析方法关系到"是"什么,关系到经济社会如何运行。

而规范分析得出的经济理论一般不能通过科学的方法加以检验,因为不同的经济学家具有不同的价值判断标准,人们经常谈到的"五位经济学家会有六个不同的观点",说明了经济学家们更容易在规范分析方面产生观点上的分歧。

对于实证分析方法和规范分析方法哪个更好,经济学家们的看法存在很大分歧,有些经济学家认为规范分析无法得到检验,分析结果夹杂着个人喜好,因此这样的分析不是科学的分析;而另外一些经济学家则认为,实证经济分析只能解决一些小问题,经济学中的重大问题无一不是最后落脚到规范分析上。

其实,规范分析和实证分析都是十分有用的分析方法,而且能够互相补充,更加深刻地揭示经济现象的本质。例如,对提高知识分子待遇的实证分析不可能离开规范分析,因为经济学家们必须首先研究这一举措值不值得,必须首先回答"应该"还是"不应该"的问题,才能进一步解决其他问题。而且,这一举措一旦付诸实施,则必须研究"什么样的资金来源是更好的"问题,这同样是规范分析的内容。与此同时,规范分析也离不开实证分析。要对这样

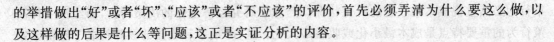

的举措做出"好"或者"坏"、"应该"或者"不应该"的评价,首先必须弄清为什么要这么做,以及这样做的后果是什么等问题,这正是实证分析的内容。

2. 实证经济学和规范经济学

由于实证分析和规范分析在经济学分析方法中的独特性,经济学家通常也把经济学划分为实证经济学(Positive Economics)和规范经济学(Normative Economics)。

实证经济学与规范经济学的区别,首先表现在怎样对待"价值判断"。所谓价值判断是指对经济事物社会价值的判断,即对某一经济事物是好还是坏的判断。实证经济学企图超脱和排斥一切价值判断,只研究经济本身的内在规律,并根据这些规律,分析和预测人们经济行为的效果,因此它要回答"是什么"的问题。规范经济学则以一定的价值判断为基础,是以某些标准作为分析处理经济问题的标准,树立经济理论的前提,作为制定经济政策的依据,并研究如何才能符合这些标准,因此它要回答的是"应该是什么"的问题。

三、均衡分析和非均衡分析

均衡分析是在假定经济体系中的经济变量既定的条件下,考察体系达到均衡时所出现的情况,以及实现均衡所需要的条件。

均衡分析可分为局部均衡分析和一般均衡分析。局部均衡分析是仅就经济体系的某一部分加以考察和研究,以分析经济事物均衡的出现和均衡与不均衡的交替过程,而假定其他部分对所观察的部分没有影响。一般均衡分析则是就整个经济体系加以观察和分析,以探讨整个经济总体达到均衡的过程。

局部均衡分析在考察一种商品的价格如何由供求两种相反力量的作用而达到均衡时,总是假定"其他条件不变",而按照一般均衡分析,一种商品的价格不仅取决于它本身的供求关系,也要受到其他商品的价格和供求状况的影响,因而一种商品的均衡价格价格理论、市场理论、分配理论等都采用这个方法,只是在研究福利经济理论及经济政策理论时才采用了一般均衡分析法。均衡分析法偏重于数量分析,而对于影响经济变化的历史的、制度的、社会的因素基本不考虑,因为它们很难量化,很难进行量上的均衡分析。西方经济学中运用的分析方法主要是均衡分析。

非均衡分析则认为:经济现象及其变化的原因是多方面的、复杂的,不能单纯用有关变量之间的均衡与不均衡来加以解释,而主张以历史的、制度的、社会的因素作为分析经济现象的基本方法,即使是量的分析,非均衡分析也不是强调各种力量相等时的均衡状态,而是强调各种力量不相等时的非均衡状态。

四、静态分析、比较静态分析和动态分析

静态分析是分析经济现象的均衡状态及有关的经济变量达到均衡状态所必须具备的条件。这种分析方法完全忽略了时间因素和变量变化达到均衡状态的过程，注重经济变量对经济体系影响的最终结果。犹如观察一张不动的照片，仅就这个不动的画面进行分析。这是一种静止地、孤立地分析经济问题的方法。

比较静态分析则是就经济现象一次变动的前后，以及两个或两个以上的均衡位置进行分析研究，并把新旧均衡状态加以比较，而完全抛开了对转变期间和变动过程本身的分析，也就是只对一个个变动过程的起点和落点进行对比分析。犹如观察几张不同时点的幻灯片，对其进行起点和落点的对比研究。

动态分析则是分析经济现象在时间推移中变动过程的状态和关系，说明某一时点上经济变量的变动如何影响下一时点上该经济变量的变动，以及这种变动对整个均衡状态变动的影响。这种分析方法把经济现象的变化当作一个连续不断的过程看待，探讨经济事物从均衡到非均衡，又达到均衡的交替发生过程。犹如观察一系列连续移动的照片，来分析各个照片的变动、衔接，像电影图像的出现过程一样。

在西方经济学中，无论是分析个别市场的供求均衡，还是分析个别厂商的价格和产量如何达到均衡，目前一般采用静态或比较静态的分析方法。至于动态分析法，则仅在个别场合被采用，如在蛛网理论中就采用了这个分析方法。

五、定性分析和定量分析

定性分析是说明经济现象的性质及其内在规定性与规律性。定量分析则是分析经济现象之间的量的关系。各种经济现象之间的量的关系可以更为精确地反映经济运行的内在规律。因此，微观经济学和宏观经济学中特别注意定量分析，这也是经济学中广泛运用了数学工具的重要原因。经济学中数学的运用主要在两个方面：一是运用数学公式、定理来表示或推导、论证经济理论，这就是一般所说的数理经济学；二是根据一定的经济理论，编制数学模型，并将有关经济数值代入这种模型中进行计算，以验证理论或进行经济预测，这就是一般所说的经济计量学。定量分析使经济学更能运用于实际。数学是经济学的重要分析工具，这一点应该十分注意。

六、边际分析和增量分析

边际分析是现代经济学又一常用的分析方法。它属于数量分析的一种。所谓边际分析法,是指当一个或几个自变量发生微小变动时,来看因变的价格增加或减少了一个单位,然后来测定该产品需求量的变动情况,即边际需求分析,这就是边际分析法的运用。在效用分析、收入分析、成本分析及其他理论分析中,都可使用边际分析法,由此也产生了一系列极为重要的边际概念和边际法则,例如边际效用、边际收入、边际成本、边际利润、边际产量、边际生产力、边际效用递减规律和边际收益递减规律,等等。在经济学中,边际分析法可以说与增量分析法是一回事,因为它们都分析某自变量的变动所引起的因变量的变动情况。但边际分析主要是分析单位变量的改变而导致因变量的变动率,而增量分析既可分析某一变量的大量(不仅是单位量)变动所导致的结果,又可分析非数量的某一因素变动所引起的变化,所以增量分析的含义比边际分析广泛。

习　　题

一、单项选择题

1.经济学中的"稀缺性"是指(　　)。

  A.世界上大多数人生活在贫困中

  B.相对于资源的需求而言,资源总是不足的

  C.利用资源必须考虑下一代

  D.世界上的资源终将被人类消耗光

2.经济物品是指(　　)。

  A.有用的物品

  B.数量有限,要花费代价才能得到的物品

  C.稀缺的物品

  D.数量无限,不用付出代价就能得到的物品

3.一国的生产可能性曲线以内的点表示(　　)。

  A.生产品最适度水平

  B.该国可利用的资源减少和技术水平降低

  C.失业或资源未被充分利用

  D.通货膨胀

4.生产可能性曲线的基本原理是(　　)。

  A.假定所有资源得到了充分利用

  B.一国资源总能被充分利用

  C.改进技术引起生产可能性曲线向内移动

D. 生产可能性曲线上的每一点的产品组合,对该国来说,都是最佳的

5. 下列哪一项最可能导致生产可能性曲线向外移动( )。

A. 消费品生产增加,资本品生产减少　　B. 有用性资源增加或技术进步

C. 通货膨胀　　D. 失业

6. 经济学中的基本选择包括( )。

A. 生产什么,生产多少　　B. 怎样生产,何时生产

C. 为谁生产　　D. 以上都包括

7. 下列哪一项属于规范分析( )。

A. 2000 年货币当局连续降息,以拉动经济增长

B. 从去年开始,持续下降的物价开始回升

C. 个人所得税征收起点太低,不利于公平原则

D. 在短短的五年内,政府的财政支出扩大了一倍

8. 对某个汽车生产企业来说,下列哪一变量是外生变量( )。

A. 汽车的年产量　　B. 生产线的技术水平

C. 消费者收入增加　　D. 企业的人力资本管理

9. 下列哪一个变量属于存量( )。

A. 国民生产总值　　B. 年生产能力

C. 居民收入　　D. 固定资产价值

10. 市场经济中,解决生产什么、怎样生产和为谁生产等这类问题的是( )。

A. 计划委员会　　B. 价格机制　　C. 政府法规　　D. 以上都不是

二、判断题

1. 由于资源的稀缺性,人们经济活动中面临各种各样的"选择",这种选择称为"机会成本"。( )

2. 以选择理论为中心的当代西方经济学的研究对象是生产什么产品和劳务及其应当生产的数量。( )

3. 微观经济学主要研究生产和消费问题。( )

4. 人们通常把微观经济理论统称为价格理论。( )

5. 经济模型是对经济理论进行研究、分析、描述和验证的手段和方法,可以分为几何模型、数学模型和文字模型。( )

三、简答题

1. 什么是资源？什么是经济资源？如何判断一种资源是经济资源还是自由取用资源？

2. 什么是资源的稀缺性？如何理解稀缺性的相对性和绝对性？

3. 经济学产生的原因是什么？

4. 什么是经济活动中的选择？它包括哪些内容？

5. 什么是资源配置问题？什么是资源利用问题？

第二章 需求、供给及均衡价格

知识要点：

1. 熟悉影响需求和供给的因素；
2. 掌握需求和供给的基本概念及基本理论；
3. 掌握需求和供给弹性相关理论及计算方法；
4. 掌握需求和供给变动规律及其分析方法。

案例导入

水的需求

我们每一个城市居民交纳的水费，由供水费和排水费两部分组成。排水费也叫污水处理费，是居民为治理生活污水交纳的费用。上海是我国第一个开征居民排水费的城市，上海物价部门于 2004 年 5 月召开了排水费调整听证会，准备将居民排水费由每吨 0.7 元提高到每吨 1 元，上调 40%。在上海准备调整水价的同时，北京也在酝酿提高水价。为加强水资源管理，北京新成立了统一管理水务的水务局。北京市水务局局长表示：我们要进一步提高水价，到 2005 年北京水价要增长到 6 元左右。更主要的是实行阶梯式水价，确保百姓需求，并考虑经济困难人群，把水价确定在基本适宜的标准，在这个基础上实行多用水多加价，如果使用超过一定数量，水的价格可能将成倍提高。

水是生命之源，离开水，人类将无法生存。那么对水的需求是否会完全无弹性呢？也就是说，水价上涨是否会减少人们的用水量呢？

案例来源：金雪军.西方经济学案例.杭州：浙江大学出版社，2004.

第一节 需　求

一、需求

(一)需求

需求是指消费者在一定时期内,在某一价格水平下对一种商品愿意并且有能力购买的数量。需求有两个条件:第一,消费者有购买欲望;第二,消费者有支付能力。即需求是消费者根据其欲望和支付能力所决定的实际购买量。

理解需求的概念要注意两点。第一,要把需求和需要区别开来,如果只有第一个条件,则只是消费者的欲望或需要,而不能称为需求。要成为有效需求必须同时具备第二个条件,即购买力。第二,需求是一个量的概念,它表示在一定价格条件下消费者对于某种商品所形成的一定需求量。比如想拥有一辆汽车无疑是大多数人的愿望,对汽车的欲望是普遍而强烈的,但是汽车昂贵的价格和其他使用条件使绝大多数人又不具备拥有汽车的支付能力。在我国相当长的一个时期内,对绝大多数人来说汽车进入家庭仍然是一个梦,要变成现实归根到底还取决于收入和其他条件(如车位、交通条件、汽油等)所决定的支付能力。

(二)影响需求的因素

一种商品的需求数量是由许多种因素决定的,其中主要的因素可以归纳为五种。

1.商品的价格

一般情况下,一种商品的价格越高,消费者对它的需求量就越小;反之,价格越低,消费者对它的需求量就越大,因此,商品的需求量和价格呈负相关关系。需求量和价格之间的这种关系称为需求定理,即在其他条件相同时,一种商品价格上升,该商品需求量就下降,价格下降,需求量就会上升。

2.消费者的收入

对于大多数商品来说,当消费者收入增加时,会增加对商品的需求量。相反,当消费者收入下降时,就会减少对商品的需求量。它表示在一定价格条件下消费者对于某种商品所形成的一定需求量。

3.相关商品的价格

当一种商品本身的价格保持不变时,而和它相关的其他商品的价格发生变化时,这种商品本身的需求量也会发生变化。商品之间存在着不同程度的相互关联,可以分为两类,一类是替代关系,另一类是互补关系。替代关系是指某些商品的功能相同或相近,可以互相代替来满足同一需求的关系,这些商品被互称为替代品,如面包和蛋糕,牛肉和羊肉等。对有替代关系的商品来说,当一种商品价格上升时,消费者对另一种替代商品的需求就会增加;反之,当一种商品价格下降时,对另一种替代品的需求就会减少。互补关系是指某些商品只有相互补充地共同使用时才能满足某种需求的关系,这些商品被称为互补品,如汽车和汽油,电脑和软件等。对于有互补关系的商品而言,当一种商品的价格上升时,另一种互补性商品的需求会减少;反之,当一种商品的价格下降时,另一种互补性商品的需求会增加。

4.消费者偏好

消费者偏好是指消费者对某种商品是否喜好及其喜好的程度。随着社会生活水平的提高,消费不仅应满足人们的基本生理需求,还要满足种种心理和社会需求,这样,偏好就成为影响需求的因素。当消费者偏好的内容或程度发生变化时,对商品的需求量就会发生变化。例如某人喜欢吃冰淇淋,他就会多买一些,即使价格相对高一些,他也不在乎。

5.消费者对价格的预期

消费者对未来的预期会影响其现在对物品与劳务的需求。当消费者预期一种商品价格在下一期会上涨或供给会减少,就会增加对该商品的现期需求量。相反,当消费者预期该商品价格在下一期会下降或供给会增加,就会减少对该商品的现期需求量。

当然,影响商品需求的因素还有很多,如人口数量的变化,收入分配的格局,社会习惯,文化传统,人们心理及外来影响等。这些因素都会影响到消费者对商品的需求量。

二、需求函数

如果把影响需求的各种因素作为自变量,把需求作为因变量,则可以用函数关系来表示需求与其影响因素之间的关系,这种函数称为需求函数,即一种商品的需求量可以看成是所有影响该商品需求量的因素的函数。可用公式表示为

$$D_X = f(P_x, P_y, P_z, \cdots, M, T, E)$$

其中,D_X 表示消费者对 X 商品的需求;P_x 表示 X 商品的价格;P_y,P_z,$\cdots$,表示其他商品的价格;M 表示消费者的收入水平;T 表示消费者的偏好;E 表示消费者的预期。需求函数说明消费者对一种商品的需求是受到各种因素综合影响的结果,其中既包括该商品本身价格变化的影响,也包括相关商品价格变化和需求量、供给量变化的影响,还包括一些非价格因素的影响。但为了便于分析,通常都假定其他条件保持不变,仅分析一种商品的价格变

化对该商品需求量的影响,即把一种商品的需求量仅仅看成是该商品价格的函数,因此,需求函数就可以表示为

$$D= f(P)$$

三、需求曲线

需求函数 $D= f(P)$ 表示一种商品的需求量和价格之间存在着一一对应的关系。这种关系用图形表示出来就是需求曲线,需求曲线是根据商品的不同价格和需求量的组合在平面坐标图上所绘制的一条曲线,如图 2-1 所示。

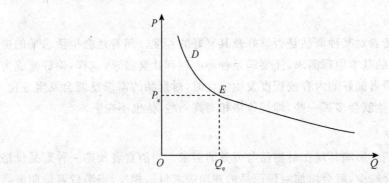

图 2-1　需求曲线

在图 2-1 中,纵轴表示商品的价格,横轴表示商品的需求量,坐标中的曲线 D 就是需求曲线,曲线上的每一点都表示在某一特定价格下对该商品的相应的需求数量,如需求曲线上的 E 点就表示当商品价格为 P_e 时,消费者对该商品的需求量为 Q_e。

建立在需求函数基础上的需求曲线反映了商品的价格变动和需求量变动二者之间的关系。从图中可以看出,商品的需求量随商品价格的上升而减少,即需求曲线是向右下方倾斜的,这表示商品的价格和需求量之间成反方向变动。价格和需求量之间的关系可以是线性的,也可以是非线性的,一般来说二者之间的非线性关系都用向右下方倾斜的需求曲线来反映,但是有些商品的价格和需求量之间的关系却并非如此,需求曲线可以是一条直线,也可以是向右上倾斜的曲线。

四、需求量的变动和需求的变动

在理解需求曲线时,需要了解需求的两种变动方式,即需求量的变动和需求的变动。需求量是指在某一特定价格水平下,消费者计划购买的商品量。需求量的变动是指在其他条

件不变的情况下,商品价格变动所引起的该商品需求数量的变动。

  例如当冰淇淋的价格为 1 元时,消费者的计划购买量为 60 个单位,这 60 个单位就是冰淇淋单价为 1 元时的需求量,当冰淇淋价格增加到 2 元时,消费者的计划购买力可能变为 30 个单位,这 30 个单位就是单价为 2 元时的需求量。需求量的变动表现为需求量在同一条需求曲线上移动,如图 2-2 所示,当商品价格由 P_0 上升为 P_1 时,需求量从 Q_0 减少到 Q_1,在需求曲线 D 上则表现为 a 点向左上方移动到 b 点;当商品价格由 P_0 下降为 P_2 时,需求量从 Q_0 增加到 Q_2,在需求曲线 D 上则表现为 a 点向右下方移动到 c 点。

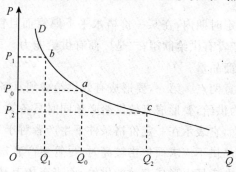

图 2-2 需求量的变动

  需求是指在不同价格水平时的不同需求量的总称。在需求曲线图中,需求是指整个需求曲线。需求的变动是指在商品价格不变的情况下,其他因素变动所引起该商品需求的变动。需求的变动表现为整个需求曲线的移动,如图 2-3 所示,商品价格为 P_0,由于其他因素变动(如收入变动)而引起的需求曲线的移动就是需求的变动。

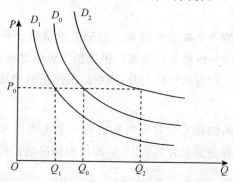

图 2-3 需求的变动

第二节 供 给

一、供给

(一)供给

供给是指生产者在一定时期内,在某一价格水平下愿意而且能够提供的商品数量。供给也有两个条件:一是生产者有供给欲望;二是厂商有供给能力。即厂商根据自身的供给欲望和供给能力计划提供的商品量。

理解供给的概念要注意两点。第一,要形成有效供给必须具备以上两个条件,如果只具备第一个条件,则不能称为供给,要形成有效供给必须同时具备第二个条件,即供给能力;第二,供给也是一个量的概念,它表示在一定价格条件下生产者对于某种商品所形成的一定供给量。比如市场上某种商品供不应求而价格较高时,尽管生产者很想有更多商品出售,但由于供给能力的限制不可能在市场上形成有效的供给;而当市场上某种商品价格降低,生产者不愿意把产品出售,即使有产品也不能在市场上形成有效的供给。

(二)影响供给的因素

影响供给的因素除商品本身的价格外还有其他经济和非经济因素,其中主要的因素可以归纳为六种。

1.供给商品的价格

商品的价格是供给量的一个决定性因素。由于供给量随价格上升而增加,随价格下降而减少,因此,商品的供给量与价格呈正相关。供给量与价格之间的这种关系被称为供给定理,即在其他条件相同时,一种商品价格上升,该商品供给量就增加,价格下降,供给量减少。

2.生产技术水平

把各种投入转变为产品的技术也是影响供给的一个重要因素。在资源既定的条件下,生产技术的提高会使资源得到更充分的利用,从而增加商品的供给。

3.相关商品的价格

当一种商品的价格不变,而其他相关商品的价格发生变化时,该商品的供给量也会发生变化。在两种互补商品之间,一种商品的价格上升时,另一种商品的需求会减少,从而这种商品的价格下降,使供给减少;反之,一种商品的价格下降,对另一种商品的需求会增加,从而这种商品的价格上升,使供给增加。在两种替代商品之间,一种商品的价格上升,对另一种商品的需求增加,从而这种商品的价格上升,供给增加;反之,一种商品的价格下降,对另一种替代商品的需求减少,从而这种商品的价格下降,供给减少。此外,对于使用同一种资源生产的不同商品,即使它们之间没有替代或互补关系,一种商品价格的变动也会影响另一种商品的供给。

4. 生产要素的价格

生产要素的费用直接构成了生产的成本。生产要素价格上升,生产成本增加,利润就会减少,供给量也会下降。反之,生产要素价格下降,生产成本减少,利润就会增加,供给量也会上升。

5. 生产者的预期

生产者的预期也会影响供给。如果生产者对未来的预期较好,如预期商品的价格会上升,生产者在制定生产计划时就会增加产量供给,如果生产者对未来预期是悲观的,如预期商品的价格会下降,则生产者在制定生产计划时就会减少产量供给。

6. 政府的政策

政府对投资和生产的政策也会影响供给。如采用鼓励投资与生产的政策,就会刺激生产,增加供给。反之,政府采用限制投资与生产的政策,则会抑制生产,减少供给。

二、供给函数

如果把影响供给的各种因素作为自变量,把供给作为因变量,则可以用函数关系来表示供给与其影响因素之间的关系,这种函数称为供给函数,即一种商品的供给量可以看成是所有影响该商品供给量的因素的函数。可用公式表示为

$$S_X = f(P_x, P_y, P_z, \cdots, C, T, E)$$

其中,S_X 表示消费者对 X 商品的需求;P_x 表示 X 商品的价格;P_y,P_z,$\cdots$,表示其他商品的价格;C 表示生产成本;T 表示技术水平;E 表示生产者的预期。供给函数说明生产者对一种商品的供给是受到各种因素综合影响的结果,其中既包括该商品本身价格变化的影响,也包括相关商品价格变化和需求量、供给量变化的影响,还包括一些非价格因素的影响。但为了便于分析,通常都假定其他条件保持不变,仅分析一种商品的价格变化对该商品供给量的影响,即把一种商品的供给量仅仅看成是该商品价格的函数,因此,供给函数就可以表示为

$$S = f(P)$$

三、供给曲线

供给函数 $S= f(P)$ 表示一种商品的供给量和价格之间存在着一一对应的关系。这种关系用图形表示出来就是供给曲线,供给曲线是根据商品的不同价格和供给量的组合在平面坐标图上所绘制的一条曲线,如图 2-4 所示。

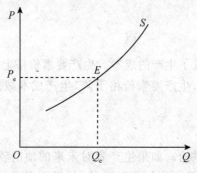

图 2-4　供给曲线

在图 2-4 中,纵轴表示商品的价格,横轴表示商品的供给量,坐标中的曲线 S 就是供给曲线,曲线上的每一点都表示在某一特定价格下该商品的相应的供给数量,如供给曲线上的 E 点就表示当商品价格为 P_e 时,生产者对该商品的供给量为 Q_e。

建立在供给函数基础上的供给曲线反映了商品的价格变动和供给量变动二者之间的关系。从图中可以看出,商品的供给量随商品价格的上升而上升,即供给曲线是向右上方倾斜的,这表示商品的价格和需求量之间成正方向变动。价格和供给量之间的关系可以是线性的,也可以是非线性的,一般来说二者之间的非线性关系都用向右上方倾斜的供给曲线来反映,但是有些商品的价格和供给量之间的关系却并非如此,供给曲线可以是一条直线。

四、供给量的变动与供给的变动

在理解供给曲线时,需要了解供给的两种变动方式,即供给量的变动和供给的变动。供给量是指在某一特定价格水平下,生产者计划生产的供给量。供给量的变动是指在其他条件不变的情况下,商品价格变动所引起的该商品供给数量的变动。供给量是指在某一特定价格水平下,厂商愿意供给的量。例如,当冰淇淋价格为 1 元时,厂商的供应量为 30 个单位,这 30 个单位就是单价为 1 元的供给量。当冰淇淋价格为 2 元时,厂商的供应量为 60 个单位,这 60 个单位就是单价为 2 元的供给量。如图 2-5 所示,供给量是供给曲线上的一点,供给量的变动表现为供给量在同一条需求曲线上移动,当商品价格由 P_0 上升为 P_1 时,供给

量从 Q_0 增加到 Q_1，在供给曲线 S 上则表现为 a 点向右上方移动到 b 点。

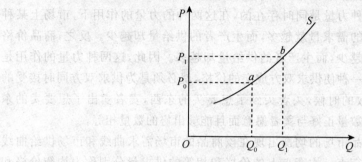

图 2-5　供给量的变动

供给是指在不同价格水平时的不同供给量的总称。在供给曲线图中，供给是指整个供给曲线。供给的变动是指在商品价格不变的情况下，其他因素变动所引起该商品供给的变动。供给的变动表现为整个供给曲线的移动，如图 2-6 所示，商品价格为 P_0，由于其他因素变动（如生产要素价格变动）而引起的供给曲线的移动就是供给的变动。

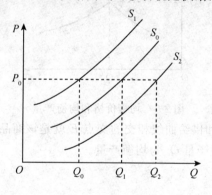

图 2-6　供给的变动

第三节　均衡价格

一、均衡价格

均衡价格是指商品的市场需求量和市场供给量相等时的价格。此时商品市场形成需求和供给相对平衡状态,在均衡价格下相等的供求数量称为均衡产量。

在市场上,需求和供给两种力量是同时存在的,在这两种的力量的作用下,市场上某种商品的价格越低,消费者对它的需求量就越多,而生产者的供给量却越少。反之,商品价格越高,消费者对它的需求量就越少,而生产者的供给量却越多。因此,这两种力量的作用是相反的,任何价格要能够成为一种使供求双方成交的价格,就必须是为供求双方同时接受的价格。而当供求双方价格一致的时候,买者买到了想要买的东西,卖者卖出了想要卖的东西,买者愿意而且能够购买的数量正好与卖者愿意而且能够出售的数量相等。

从几何意义上说,一种商品市场的均衡出现在该商品的市场需求曲线和市场供给曲线相交的交点上,该交点称为均衡点。均衡点上的价格和相等的供求量分别称为均衡价格和均衡产量,如图 2-7 所示。

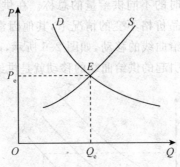

图 2-7　均衡价格和均衡产量

在图 2-7 中,需求曲线和供给曲线相交的交点 E 就是该商品市场的均衡点,此时对应的价格 P_e 为均衡价格,对应的产量 Q_e 为均衡产量。

二、均衡价格的形成

均衡价格是通过市场上需求和供给两种力量的相互作用及价格的波动形成的。这个过程可以从两方面来理解:一是当商品价格过高时,会刺激生产者增加商品的供给量,但却会减少消费者的需求量,从而导致该商品的需求量小于供给量,造成供过于求,迫使该商品市场价格下降,促使生产者减少该商品的生产或供给,最终使供给规模降至均衡水平;二是当商品价格过低时,会刺激消费者增加对该商品的需求量,但却会使生产者减少供给量,从而导致该商品需求量大于供给量,造成供不应求,形成提高价格的推力,抑制需求而刺激供给,最终使需求降至均衡水平。

均衡价格形成过程如图 2-8 所示,某种商品不同价格时的需求量和供给量如表 2-1 所示。

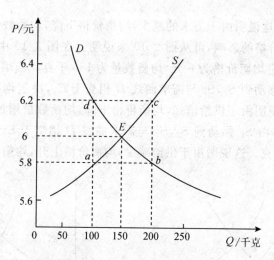

图 2-8 均衡价格的形成

表 2-1 某商品不同价格时的供给量和需求量

供给量/千克	50	100	150	200	250
价格/元	5.6	5.8	6.0	6.2	6.4
需求量	250	200	150	100	50

从图 2-8 和表 2-1 中可以看出,当价格为 5.8 时,生产者认为价格太低,供给量为 100 千克,而消费者的需求量为 200 千克,从而造成供不应求,推动价格上涨到 6.2 元,生产者供给增加到 200 千克,但消费者认为价格太高,需求量下降到 100 千克,从而造成供过于求,迫使价格下降,当价格下降到 6 元时,需求量和供给量都是 150 千克,此时供给量和需求量一致,达到市场均衡,即该商品的均衡价格为 6 元,均衡数量为 150 千克,如图中的 E 点所示。

三、均衡价格的变动

一种商品的均衡价格是由该商品市场的需求曲线和供给曲线的交点所决定的。因此,需求曲线或供给曲线的位置的移动会使均衡价格水平发生变动。

需求变动对均衡价格的影响,可从图 2-9 得到说明。在图中,需求曲线 D_0 与供给曲线 S 相交于 E_0 点,决定了均衡价格为 6 元,均衡数量为 150 千克。当需求增加时,需求曲线向右上方移动,由 D_0 移动到 D_1,D_1 与供给曲线 S 相交于 E_1,决定均衡价格为 6.2 元,均衡数量为 200 千克,这说明由于需求的增加,均衡价格上升,均衡数量增加。当需求减少时,需求曲线向左下方移动,由 D_0 移动到 D_2,D_2 与供给曲线相交于 E_2,决定了均衡价格为 5.8 元,均衡数量为 100 千克,这说明由于需求的减少,均衡价格下降,均衡数量减少。

供给变动对均衡价格的影响,可从图 2-10 来说明。在图 2-10 中,供给曲线 S_0 与需求曲线 D 相交于 E_0,决定均衡价格为 6 元,均衡数量为 150 千克。当供给增加时,供给曲线向右下方移动,即由 S_0 移动到 S_1,S_1 与需求曲线 D 相交于 E_1,决定均衡价格为 5.8 元,均衡数量为 200 千克。这说明由于供给增加,均衡价格下降,均衡数量增加;当供给减少时,供给曲线向左上方移动,即由 S_0 移动到 S_2,S_2 与需求曲线 D 相交于 E_2,决定均衡价格为 6.2元,均衡数量为 100 千克。这说明由于供给减少,均衡价格上升,均衡数量减少。

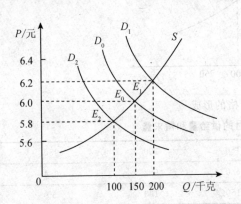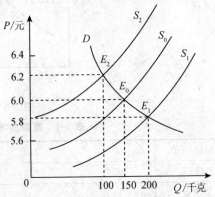

图 2-9 需求变动对均衡价格的影响   图 2-10 供给变动对均衡价格的影响

第四节 弹性理论

价格的变动会引起需求量或供给量的变动,但需求量或供给量对价格变动的反应程度是不同的。有些商品价格变动的幅度小,而需求量或供给量变动的幅度大,另有一些商品价格变动的幅度大,而需求量或供给量变动的幅度小。弹性理论正是要说明价格变动与需求量或供给量变动之间的这种量的关系。弹性分为需求弹性和供给弹性。

一、需求弹性

需求弹性是指在一定时期内,商品的需求量对影响需求量因素的变动的反应的程度。需求弹性可分为需求的价格弹性,需求的收入弹性与需求的交叉弹性。其中最重要的是需求的价格弹性,通常又称为需求弹性。

（一）需求的价格弹性

1.需求价格弹性的含义

需求价格弹性是指商品需求数量对于价格变动的反应程度，即一种商品价格的单位变动所引起的商品需求量变动的比率或幅度。

根据需求规律可知，一般来说，商品的价格变动会引起商品需求数量的反方向变动，但是不同的商品对价格变动的反应程度是不同的，有些商品的价格稍微有变动就会引起需求量的大幅度变动，而有些商品的价格虽然大幅度变动，但需求量却只有微小变动。不同商品的需求量对价格变动的这种不同反应，说明它们具有不同的价格弹性。

需求价格弹性可以用需求弹性系数来反映。其计算公式为

$$需求弹性系数 = \frac{需求量变动率}{价格变动率}$$

如果用 E_d 表示需求弹性系数，用 Q 和 ΔQ 分别表示需求量和需求量的变动，用 P 和 ΔP 分别表示价格和价格变动量，则需求弹性系数公式又可以表示为

$$E_d = \frac{\dfrac{\Delta Q}{Q}}{\dfrac{\Delta P}{P}} = \frac{\Delta Q}{\Delta P} \cdot \frac{P}{Q} = \frac{dQ}{dP} \cdot \frac{P}{Q}$$

由于商品的需求量变动和商品价格变动呈相反方向，因此需求弹性一般都是负数，此处公式中省去。

例如，某种商品的单位价格由 5 元下降为 4 元，需求量由 10 个单位增加到 30 个单位，则该商品的需求价格弹性为-10。

从弹性公式可知，如果价格的变动率大于由此引起的需求量的变动率，需求弹性系数小于1，说明此类商品价格的变动对需求量的影响较小，即缺乏弹性；如果价格的变动率小于由此引起的需求量的变动率，需求弹性系数大于1，说明此类商品价格的变动对需求量的影响较大，即富有弹性。

2.需求价格弹性的计算

根据价格和需求量变动幅度的大小，需求的价格弹性可分为点弹性和弧弹性，它们在表示需求量变动率和价格变化率之间的比率上是一样的，但所涉及的范围有所不同，计算方法也稍有不同。

点弹性是指需求曲线上某一点的弹性。它表示需求量微小的变化比率与价格微小变化比率之比。假设商品原价格为 P_1，变化后的价格为 P_2，原需求量为 Q_1，变化后的需求量为

Q_2，则点弹性的计算公式为

$$E_d = \frac{\dfrac{Q_2 - Q_1}{Q_1}}{\dfrac{P_2 - P_1}{P_1}} = \frac{\Delta Q}{\Delta P} \cdot \frac{P_1}{Q_1}$$

点弹性的计算方法适用于价格和需求变化极为微小的条件，如果商品价格与需求量的变化都很大，就要计算需求曲线上两点之间的弧弹性。弧弹性的计算公式为

$$E_d = \frac{\dfrac{Q_2 - Q_1}{\dfrac{Q_2 + Q_1}{2}}}{\dfrac{P_2 - P_1}{\dfrac{P_1 + P_2}{2}}}$$

在计算弧弹性时，在价格上涨和价格下降的不同情况下，由于需求量 Q 和价格 P 的基数不同，因此价格上升时的弹性系数和价格下降时的弹性系数不同。为了消除价格上升与下降时的弹性系数的差别，价格和需求量的变动都取变动前后的平均值，即采用中点法计算弧弹性。

3. 需求价格弹性的分类

根据需求弹性系数的大小，可以把需求的价格弹性分为以下五类。

第一，需求完全无弹性。在这种情况下，无论价格如何变动，需求量都不会变动，即 $E_d = 0$。这时需求曲线是一条与横轴垂直的直线，如图 2-11 中的 D_1 所示。

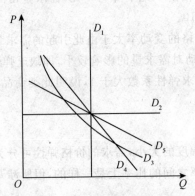

图 2-11　需求价格弹性

第二，无限需求弹性。当 $E_d \to \infty$ 时，表示需求对价格具有完全弹性。这种情况下当价

格为既定时,商品的需求量无限大,这时需求曲线是一条与横轴平行的直线,如图 2-11 中的 D_2 所示。

第三,单位需求弹性。即 $E_d=1$,表示需求量变动的程度与价格变动的程度相等,需求对价格有单位弹性。这时需求曲线是等轴双曲线,如图 2-11 中的 D_3 所示。

第四,需求缺乏弹性。即 $0<E_d<1$,表示需求量变动的程度小于价格的变动程度,需求缺乏弹性。这时需求曲线是一条比较陡峭的直线,如图 2-11 中的 D_4 所示。

第五,需求富有弹性,即 $E_d>1$,表示需求量变动的程度大于价格的变动程度,需求富有弹性。这时需求曲线是一条比较平坦的线,如图 2-11 中的 D_5 所示。

4. 影响需求价格弹性的因素

不同的商品具有不同的需求弹性,影响其弹性大小的因素主要有以下几个方面。

第一,商品对消费者生活的重要程度。一般来说,粮食、布匹、盐等日常生活不可或缺的必需品,不论价格如何涨落,其需求量都是相对稳定的,即这些必需品的需求弹性比较小或缺乏弹性;而一些耐用消费品和高档消费品等商品则对价格的变动反应程度较大,即其需求弹性较大或富有弹性。

第二,一种商品替代品的多少。一种商品的替代品越多,其需求弹性就越大;一种商品的替代品越少,其需求弹性就越小。

第三、用于购买该商品的支出在总支出中所占的比重。一种商品的花费占收入的比例越大,该商品的价格对需求弹性的影响就越大。即当该商品价格上涨时,消费者被迫减少对它的消费,当该商品价格下降时,消费者会增加对它的消费。

第四,商品本身用途的广泛性。一般来说,商品的用途越广泛,需求弹性就越大,用途越小,需求弹性就越小。如果一种商品的用途越多,消费者的需求量在这些用途之间调整的余地就越大,需求量作出的反应程度就越大。

第五,商品的耐用程度。一般来说,使用时间长的耐用消费品需求弹性比较大,而使用时间短的非耐用消费品需求弹性较小。

在这些影响因素中,最重要的是商品的需求程度、替代程度和购买该商品的支出在总支出中所占的比例。一种商品的需求弹性到底多大,是由上述因素综合决定的,不能只考虑一种因素。并且,某种商品的需求弹性也因时期、消费收入水平和地区而不同。

(二)需求的收入弹性

需求的收入弹性是指某种商品的需求量对消费者收入变动的反应程度,即收入的变动比率引起的需求量变动比率,反映需求量变动对收入变动的敏感程度。

一般来说,收入的增加会带来对商品需求量的普遍增加。但是,不同的商品,由于消费者收入增加而引起的需求量的增加幅度、甚至变动方向都是不同的,不同商品的需求量对

收入变动的这种不同反应,说明它们具有不同的收入弹性。收入弹性可以用收入弹性系数来反映,其计算公式为

$$需求收入弹性系数 = \frac{需求量变动率}{收入变动率}$$

如果用 E_m 表示需求弹性系数,用 Q 和 ΔQ 分别表示需求量和需求量的变动,用 Y 和 ΔY 分别表示收入和收入变动量,则需求收入弹性系数公式又可以表示为

$$E_m = \frac{\dfrac{\Delta Q}{Q}}{\dfrac{\Delta Y}{Y}} = \frac{\Delta Q}{\Delta Y} \cdot \frac{Y}{Q}$$

一般来说,在影响需求的其他因素不变的条件下,需求量同消费者的收入成同方向变化,所以需求的收入弹性系数为正值,即 $E_m > 0$。但也有些商品,消费者收入增加反而导致这些商品需求量的减少,所以它的收入弹性为负值,即 $E_m < 0$。需求量同消费者收入成同方向变化的商品在经济学上称为正常商品,而需求量同消费者收入成反方向变化的商品称为劣质商品。

(三)需求的交叉弹性

需求的交叉弹性是需求的交叉价格弹性的简称,它是指某种商品需求量对其他相关商品价格的变化反应程度,即其他相关商品的价格变动比率引起的需求量变动比率,反映需求量变动对其他相关商品价格变动的敏感程度。需求的交叉弹性可以用需求的交叉弹性系数来反映,其计算公式为

$$需求的交叉弹性系数 = \frac{甲商品需求量变动率}{乙商品价格变动率}$$

如果用 E_c 表示需求弹性系数,用 Q_x 表示甲商品的需求量,ΔQ_x 表示表示甲商品需求量的变动,用 P_y 表示乙商品的价格,ΔP_y 表示乙商品的价格变动量,则需求交叉弹性系数公式又可以表示为

$$E_c = \frac{\dfrac{\Delta Q_x}{Q_x}}{\dfrac{\Delta P_y}{P_y}} = \frac{\Delta Q_x}{\Delta P_y} \cdot \frac{P_y}{Q_x}$$

相关商品主要有两类,一类是替代品,另一类是互补品。需求交叉弹性可以是正值,也可以是负值。如果交叉弹性是正值,说明这两种商品是替代品。在其他因素不变的情况下,商品 Y 的价格上升,会导致对其需求量的下降,同时导致对商品 X 的需求量的上升,商品 Y 价格的变动与商品 X 需求量的变动是同方向的,因此交叉弹性是正值。如果交叉弹性为负

值,则这两种商品是互补品。在其他因素不变的情况下,商品 Y 的价格,会导致对该商品需求量的上升,同时也会导致对商品 X 的需求量的上升,商品 Y 价格的变动与商品 X 需求量的变动呈反方向,因此交叉弹性为负值。

如果两种商品之间的交叉弹性为零,则说明这两种商品之间没有相关性,属于独立品。总之,交叉弹性为正值、负值还是零,可以清楚表明两种商品之间有何相关关系,交叉弹性系数的大小则反映了这种关系的强弱程度。

二、供给弹性

供给弹性是指在一定时期内,商品的供给量对影响需求量因素的变动的反应的程度。供给弹性可以分为供给价格弹性、供给收入弹性与供给交叉弹性。在此仅介绍供给价格弹性。

(一)供给的价格弹性

供给价格弹性简称供给弹性,指价格变动比率与供给量变动比率之比,反映了商品的供给量变动对价格变化的敏感程度。根据供给规律可知,一般商品的供给是与价格呈同方向变化的,但是不同商品其变动幅度也不一样,即它们具有不同的供给弹性。供给弹性可以通过供给弹性系数来反映,其计算公式为

$$供给弹性系数 = \frac{供给量变动率}{价格变动率}$$

如果用 E_s 表示供给弹性系数,用 Q 和 ΔQ 分别表示供给量和供给量的变动,用 P 和 ΔP 分别表示价格和价格变动量,则供给弹性系数公式又可以表示为

$$E_s = \frac{\frac{\Delta Q}{Q}}{\frac{\Delta P}{P}} = \frac{\Delta Q}{\Delta P} \cdot \frac{P}{Q} = \frac{dQ}{dP} \cdot \frac{P}{Q}$$

例如,某种商品价格变动 10%,供给量变动 20%,则这种商品供给弹性系数为 2。因为供给量与价格一般成同方向变动,所以,供给价格弹性系数一般为正值。

从供给弹性公式可知,如果价格的变动率大于由此引起的供给量的变动率,供给弹性系数小于 1,说明此类商品价格的变动对供给量的影响较小,即缺乏弹性;如果价格的变动率小于由此引起的供给量的变动率,供给弹性系数大于 1,说明此类商品价格的变动对供给量的影响较大,即富有弹性。

(二)供给弹性的分类

各种商品的供给价格弹性大小并不相同。一般可以把供给弹性分为以下几种。

第一,供给无弹性,即 $E_s=0$。在这种情况下,无论价格如何变动,供给量都不变,这时供给是固定不变的,即供给无弹性。这时的供给曲线是一条与横轴垂直的线,如图 2-12 中 S_1 所示。

第二,供给无限弹性,即 $E_s \to \infty$。在这种情况下,价格既定而供给有无限弹性,即供给量无限。这时的供给曲线是一条与横轴平行的线,如图 2-12 中 S_2 所示。

第三,单位供给弹性,即 $E_s=1$。在这种情况下,价格变动百分比与供给量变动的百分比相同。这时供给曲线是一条与横轴成 $45°$,并向右上方倾斜的线,如图 2-12 中 S_3 所示。

第四,供给富有弹性,即 $E_s>1$。在这种情况下,价格变动百分比小于供给量变动的百分比。这时供给曲线是一条向右上方倾斜且比较平坦的线,如图中 2-12 中 S_4 所示。

第五,供给缺乏弹性,即 $0<E_s<1$。在这种情况下,价格变动百分比大于供给量变动的百分比。这时供给曲线是一条向右上方倾斜且比较陡峭的线,如图中 2-12 中 S_5 所示。

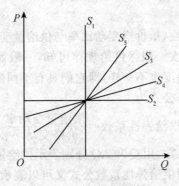

图 2-12　供给价格弹性

(三)影响供给弹性的因素

供给取决于生产。影响供给价格弹性的因素比影响需求价格弹性的因素要复杂得多,主要有以下四个。

第一,生产时间的长短。从市场价格发生变化到厂商调整生产要素,改变生产规模,从而影响供给量的增减,必须经过一段时间。在短期内,生产设备、劳动等生产要素无法大量增加,供给弹性就小;而在长期,生产能力可以提高,因此供给弹性也就大。生产时间是影响供给弹性大小的最重要的因素。

第二,生产的难易程度。一般而言,容易生产而且生产周期短的产品对价格变动的反应快,其供给弹性大;反之,生产不易且生产周期长的产品对价格变动的反应慢,其供给价格弹性也就小。

第三,生产要素的供给弹性。产品供给取决于生产要素的供给,因此,生产要素的供给弹性大,产品供给弹性也就大。反之,生产要素的供给弹性小,产品供给价格弹性也就小。

第四,生产所采用的技术类型。有些产品采用资本密集型技术,这些产品的生产规模一旦确定,变动就较困难,从而其供给弹性也小;有些产品采用劳动密集型技术,这些产品的生产规模变动较容易,从而其供给弹性也就大。

习 题

一、单项选择题

1. 一种商品的价格上升,导致另一种商品的需求量增大,那么这两种商品是(　　)。

　A. 独立品　　　　　B. 互补品　　　　　C. 替代品　　　　　D. 都不是

2. 如果影响需求的其他因素不变,某种商品的价格下降,将导致(　　)。

　A. 需求增加　　　　B. 需求减少　　　　C. 需求量增加　　　D. 需求量减少

3. 如某商品价格从 10 元降至 8 元,需求数量从 1 000 件增加到 1 200 件,需求价格弹性为(　　)。

　A. +1.33　　　　　B. -0.82　　　　　C. +0.75　　　　　D. -0.67

4. 在线性的向下倾斜的需求曲线的情况下,在需求曲线上的各点的价格弹性值是(　　)。

　A. 变数,但负值　　B. 变数,但正值　　C. 常数,但负值　　D. 常数,但正值

5. 某商品的需求函数为 $P = 1 350 - 0.5Q^2$ 在价格为 100 元时的需求价格弹性是(　　)。

　A. +0.5　　　　　B. -0.5　　　　　C. 2　　　　　　　D. 2

6. 若某行业中许多生产者生产一种标准化产品,我们可估计到任何一个生产者的产品的需求将是(　　)。

　A. 无弹性　　　　　B. 单位弹性　　　　C. 富有弹性　　　　D. 缺乏弹性

7. 小麦欠收导致小麦价格上升,按照供求原理来分析是(　　)。

　A. 小麦供给的减少引起需求下降　　　B. 小麦供给的减少引起需求量下降

　C. 小麦供给量的减少引起需求量下降　D. 小麦供给量的减少引起需求下降

8. 若需求曲线为向右下方倾斜的一条直线,则价格从高到低不断下降时,卖者的总收益(　　)。

　A. 不断增加　　　　　　　　B. 开始时趋于增加,达到最大值后趋于减少

C. 不断减少　　　　　D. 刚开始趋于减少,达到最小值后趋于增加

9.如果商品市场出现过剩,那么( )。

A. 现行价格低于均衡价格

B. 该商品在现行价格的需求量大于供给量

C. 现行价格高于均衡价格

D. 按现行价格交易的实际数量由供给曲线决定

10.如果某种商品供给曲线的斜率为正,在保持其他因素不变的条件下,该商品价格上升,会导致( )。

A. 供给增加　　　　B. 供给量增加　　　　C. 供给减少　　　　D. 供给量减少

二、判断题

1.需要等同于需求。( )

2.一般情况下,一种商品的价格越高,消费者对它的需求量就越小;反之,价格越低,消费者对它的需求量就越大。( )

3.需求的变动不同于需求量的变动。( )

4.均衡价格是指商品的市场需求量和市场供给量相等时的价格。此时商品市场形成需求和供给绝对平衡状态。( )

5.需求弹性是指价格变动引起需求量变动的幅度。( )

三、简答题

1.如果需求曲线是自左向右下方倾斜的直线,试用点价格弹性系数公式说明需求曲线的斜率与弹性系数的区别。

2.如果需求是富有弹性的,价格上升会如何改变总收益呢?

3.假设一个两条形状为直线但斜率不同的需求曲线相交于一点,那么这两条需求曲线相交之点的弹性是否相等?

4.人们注意到,在经济衰退时期,在餐馆吃饭的支出比在家吃的食物支出减少得多,运用弹性理论解释这一现象。

5.使需求曲线移动的主要因素有哪些?

四、计算题

1.某君对消费品 x 的需求函数为 $P=100-\sqrt{Q}$,分别计算价格 $P=60$ 和 $P=40$ 时的需求价格弹性系数。

2.某君消费商品 x 的数量与其收入的函数的关系是 $M=1\,000Q^2$,计算当收入 $M=6\,400$ 时的点收入弹性。

3.1986 年 7 月某外国城市公共汽车票价从 32 美分提高到 40 美分,1986 年 8 月的乘客为 880 万人次,与 1985 年同期相比减少了 12%,求需求的弧价格弹性。

4.已知销售商品 x 的总收益 $(R=PQ)$ 方程为:$R=100Q-2Q^2$,计算当边际收益(MR)为 20 时的点价格弹性。

5.在英国,对新汽车需求的价格弹性 $E_d=-1.2$,需求的收入弹性 $E_Y=3.0$。

(1)其他条件不变,计算价格提高 3% 对需求的影响。

(2)其他条件不变,计算收入增加 2% 对需求的影响。

(3)假设价格提高 8%,收入增加 10%,1980 年新汽车销售量为 800 万辆,利用有关弹性系数的数据估计 1981 年新汽车的销售量。

第三章　消费者行为理论

> **知识要点：**
> 1. 理解效用等基本概念；
> 2. 熟悉效用论的基本内容；
> 3. 掌握消费者行为的分析方法。

▶ **案例导入**

买"黄牛票"

黄牛票经常出现在音乐会、戏剧、运动会等场合，倒票者往往以高出他们原来成本的价格卖出这些票，通过收取市场可以承受的最高价格获取利润。凯文·托马斯是一个从布鲁克斯区高中退学并自学经商之道的人，他每周工作 7 个晚上，一年收入 4 万美元，在 26 岁时已有 7.5 万美元的储蓄，这些钱全是他在纽约的剧院与体育场门口提供黄牛票所赚来的。可见虽然各国政府都严厉打击黄牛票，但并不代表它没有市场，不符合需求定律。另一个例子是关于现代艺术博物馆的。在这个博物馆，人们排队等候两个小时购买马蒂斯作品展览的门票。但在路边有另一个选择：避开了警察的票贩子以 20～50 美元的价格转售本来只售 12.5 美元的门票。"为了少花两个小时排队买一张马蒂斯作品展览的门票，而多花 10 美元或 15 美元不至于高估了你的时间价值吧？"康乃尔大学的经济学家理查德·H·赛勒说，"有些人认为让每个人都排队是公平的，但排队使每个人都从事毫无生产效率的活动，而且这是对那些有多余时间的人的一种歧视行为，倒卖门票也给了其他人一个机会。我认为把倒卖门票作为非法是没有道理的。"

案例来源：曼昆. 经济学原理. 北京：北京大学出版社，2002.

第一节　欲望与效用

一、欲望与效用

要正确解释消费者对商品的需求量与其价格之间具有的反方向变动关系,必须分析消费者行为。消费者行为是指消费者为了满足自己的欲望去利用物品的效用的一种经济行为,即消费者在市场上做出的购买决策和购买活动。

西方经济学研究消费者行为的出发点是欲望,归宿是欲望的满足,即效用。首先必须理解消费者、欲望和效用的概念。

西方经济学中的消费者,是指能够作出统一的消费决策的经济单位,它可能是一个人,也可能是由几个人组成的家庭或由某些人组成的团体。

欲望是指消费者的一种缺乏的感觉和求得满足的愿望。欲望是多种多样的,并且具有无限性。正是欲望的这种无限性,使得欲望成为人们从事经济活动的根本动机。

效用是指商品满足人的欲望的能力,或者说是消费者在消费商品时所感受到的满足程度。一种商品是否具有效用,取决于消费者是否有消费这种商品的欲望,以及这种商品是否具有满足消费者的欲望的能力。效用是与人的欲望联系在一起的,它是消费者对商品满足自己的欲望的能力的一种主观心理评价。

二、基数效用与序数效用

既然效用是用来表示消费者在消费商品时所感受到的满足程度,那么就存在对这种"满足程度"即效用的度量问题。西方经济学家在分析消费者行为时,提出了两种理论,一个是基数效用论,另一个是序数效用论。在此基础上形成了两种分析消费者行为的方法,即基数效用论的边际效用分析方法和序数效用论的无差异曲线分析方法。

基数效用论认为,效用是可以计量的,其大小可以用基数 1、2、3……来表示满足程度的大小,并且效用可以加总求和。序数效用论认为,效用是不可以计量的,只能用序数第一、第二、第三……来表示满足程度的高低与顺序,并且由于效用不可计量,所以效用不能加总求和。

在 19 世纪和 20 世纪初,西方经济学家普遍使用基数效用理论。基数效用理论认为效用如同长度、重量等概念一样,可以具体衡量并加总求和,具体的效用量之间的比较是有意义的。表示效用大小的计量单位被称为效用单位。例如,对某一个人来说,一顿丰富的晚餐和看一场高水平的足球赛的效用分别为 5 效用单位和 10 效用单位,则可以说这两种消费的效用之和是 15 效用单位。根据这种理论,可以用具体的数字来研究消费者效用最大化的问题。

到了 20 世纪 30 年代,序数效用论逐渐为西方经济学家所使用。序数效用论认为,效用是一个有点类似于香、臭、美这样的概念,效用的大小是无法具体衡量的,效用之间的比较只能通过顺序等级来表示。例如,对上例的那个人来说,他要回答的是偏好哪种消费,即哪种消费的效用是第一,哪种消费的效用是第二,或者说要回答的是在一顿丰富的晚餐和一场高水平的足球赛两者之间宁愿选择哪一种消费。序数效用论还认为,就消费者行为来说,以序数来度量效用的假定比以基数来度量效用的假定所受的限制要少,它可以减少一些被认为是值得怀疑的心理假设。

第二节 基数效用论

一、总效用和边际效用

基数效用论在分析消费者行为时,提出了总效用和边际效用的概念。

总效用是指消费者从消费一定量的某商品中所得到的总的满足程度。可以用总效用函数来表示消费者消费某商品数量和所得到的满足程度之间的关系,总效用函数可表示为

$$TU = f(Q)$$

其中,TU 表示总效用,Q 表示商品消费量。

边际效用是指消费者每增加消费一个单位的某物品所增加的满足程度,即消费者的消费率每增加一个单位所带来的总效用的增量。可以用边际效用函数来表示消费者消费某商品数量和所引起的总效用的增量之间的关系,边际效用函数可表示为

$$MU = \frac{\Delta TU}{\Delta Q} = \frac{dTU}{dQ}$$

其中,MU 表示边际效用,ΔTU 表示总效用增量,ΔQ 表示商品消费量的增量。

总效用和边际效用及其相互关系如表 3-1 所示。

表 3-1　某商品的总效用和边际效用

商品消费数量(Q)	总效用(TU)	边际效用(MU)
0	0	—
1	20	20
2	35	15
3	45	10
4	50	5
5	50	0
6	45	−5
7	35	−10

从表 3-1 可知,当消费量逐渐增加时,总效用不断增加,但是增加的幅度越来越小,当消费量增加到一定程度以后再继续增加时,总效用不但不增加反而会逐渐减少,同时,边际效用也表现逐渐递减的趋势。因此可以得出,总效用和边际效用的关系是:总效用增加,边际效用为正值;总效用达到最大,边际效用为 0;总效用下降,边际效用为负值。

二、边际效用递减规律

从表 3-1 中可以看出随着商品消费量的增加,消费者总效用不断增加,但是边际效用却不断减少。即在一般商品的消费中,当其他条件不变时,随着消费者对商品消费量的增加,消费者从该商品连续增加的消费单位中所得到的边际效用是递减的,这就是边际效用递减规律。由表 3-1 可以作出总效用曲线和边际效用曲线如图 3-1 所示,它们可以反映总效用和边际效用的这种变化。

在图 3-1 中,横轴表示商品的消费量(Q),纵轴分别代表总效用(TU)和边际效用(MU)。从图中可以看出,总效用曲线先上升,经过一个暂缓的停滞然后逐渐下降;而边际效用曲线一直向右下方倾斜,表示边际效用随消费量的增加而递减;边际效用曲线在横轴之上为正值;在横轴之下为负值,与横轴相交处为零。纵观两条曲线,当边际效用为正值时,总效用递增;当边际

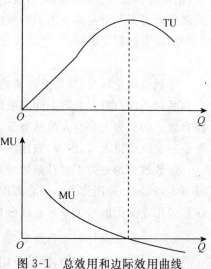

图 3-1　总效用和边际效用曲线

效用为零时,总效用达到最大值;边际效用为负值时,总效用下降。

根据基数效用论解释,边际效用递减规律成立的原因有两点。一是由于随着相同消费品的连续增加,从人的生理和心理角度看,从每一单位消费品中所感受到的满足程度和对重复刺激的反应程度是递减的。二是由于在一种商品具有几种用途时,消费者总是将第一单位的消费品用在最重要的用途上,第二单位的消费品用在次重要的用途上等,因此消费品的边际效用便随着消费品的用途重要性的递减而递减。

第三节　序数效用论

一、消费者偏好

(一)消费者偏好的含义

消费者的行为通常受到两方面因素的影响:一是消费者的主观偏好;二是消费者购买力约束。

消费者偏好是消费者按照自己的意愿对可供其消费的商品组合的排列,反映的是消费者个人的兴趣或嗜好。偏好是决定消费者行为的重要因素之一。在其他因素不变的情况下,消费者消费什么、消费多少,就取决于他的个人偏好。由于每个消费者偏好的差异,就导致消费者对不同商品具有不同的效用评价,从而就会采取不同的消费决策。同时,消费者对一种商品喜好程度的强弱,也是决定其对商品效用评价高低及购买欲望强弱的决定性因素之一。

序数效用论认为,效用反映消费者的个人偏好,不同的消费者会有不同的偏好。同样一个商品对不同消费者会有不同的效用,把不同的商品的效用水平进行比较是不可能的,也是没有意义的。穷人和富人虽然有很大差距,但在消费中穷人得到的满足和愉快即效用水平并不一定就比富人低,因为,效用水平完全取决于消费者自己的主观评价。

序数效用论是为了弥补基数效用论的缺陷而提出来的另一种研究消费者行为的理论,其基本观点是:效用作为一种心理现象无法计量,也不能加总求和,只能表示出高低与顺序,序数效用论采用的是无差异曲线分析法。

(二)消费者偏好的基础性假定

为了分析消费者行为,序数效用论对消费者偏好的性质作了三点假设。

第一,偏好的完备性。是指消费者对于不同的商品组合总能进行比较和排序,即明确指出自己的偏好。如给出两个商品组合 A 和 B,消费者总能给出 A 组合优于 B 组合,或者 B 组合优于 A 组合,或者 A、B 组合一样好的判断,且对消费者来说,这三种情况只有一种成立。

第二,偏好的传递性。是指消费者对于任何三组商品组合 A、B、C,如果消费者认为 A 组合优于 B 组合,B 组合优于 C 组合,则必定消费者认为 A 组合优于 C 组合。否则,消费者偏好被认为出现了矛盾,就难以分析消费者的选择行为。

第三,偏好的非饱和性。是指消费者对于只在数量上有区别的两个商品组合时,总是偏好于含有商品数量多的那个商品组合,也就是说,消费者总认为多比较好,但这个假设又隐含着另一个假设,即这些要选择的商品必须是消费者想要的,他认为"好的东西",而不是"坏的东西",如噪声、垃圾等。

二、无差异曲线

消费者的偏好可以通过使用无差异曲线加以表示。无差异曲线是序数效用论分析消费者行为的工具。

（一）无差异曲线

无差异曲线是指给消费者带来同等满足程度的各种不同商品组合点的轨迹。它是用来表示至少两种商品的一同数量组合给消费者所带来的效用完全相同的一条曲线。

为了简化分析,假定消费者只消费食品和衣服两种商品。如果一个消费者在一周内消费 10 单位食品和 50 单位衣服的商品组合 A,与消费 20 单位食品和 30 单位衣服的商品组合 B,消费 40 单位食品和 20 单位衣服的商品组合 C,给他带来相同的效用,那么 A、B、C 三种商品组合对该消费者是没有差异的。如表 3-2 所示。

表 3-2　消费者效用无差异的商品组合

商品组合	食品	衣服
A	10	50
B	20	30
C	40	20

根据表 3-2 可以得到该消费者的无差异曲线,如图 3-2 所示。

在图 3-2 中,消费者从消费 10 单位食品和 50 单位衣服的商品组合 A,消费 20 单位食品和 30 单位衣服的商品组合 B 及消费 40 单位食品和 20 单位衣服的商品组合 C 得到的满足程度是相同的,即无差异曲线上的任何一点所表示的商品组合虽然各不相同,但当它们在消费者偏好一定的条件下给消费者带来的效用,即满足程度是相同的。

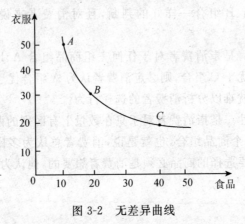

图 3-2 无差异曲线

(二)无差异曲线的特征

无差异曲线是在一定的价格和收入水平下得出的。由于人们的收入水平不同,消费水平或满足水平也不同,就可能产生若干条无差异曲线,如图 3-3 所示。

从图 3-3 中可以看出,无差异曲线具有以下几个特征。

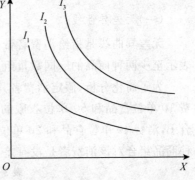

图 3-3 无差异曲线束

第一,无差异曲线上各点所代表的效用组合对消费者来说都是相同的。在两种商品都有正值的边际效用的情况下,X 商品的增加必然要求 Y 商品的减少。因而,无差异曲线是一条向右下方倾斜的曲线,并凹向原点,其斜率为负值。

第二,在同一坐标平面中可以有无数条无差异曲线。同一条无差异曲线代表相同的效用,不同的无差异曲线代表不同的效用。离原点越远的无差异曲线代表的效用越大;离原点越近的无差异曲线所代表的效用越小。在图 3-3 中,I_1、I_2、I_3 是三条不同的无差异曲线,分别代表不同的效用水平,其顺序依次为 $I_1 < I_2 < I_3$。

第三,同一平面上的不同无差异曲线不能相交或相切。否则,将会出现与上述无差异特征相矛盾的结果。

（三）边际替代率

从图 3-2 的无差异曲线上各种组合可以看出,消费者为了保持效用水平不变,在减少一定量的衣服消费时,就需要增加一定量的食品来补偿,无差异曲线上这种商品间的替代关系叫边际替代率,通常用 MRS 表示。

边际替代率是指消费者保持相同的效用时减少的一种商品的消费量与增加的另一种商品的消费量之比。如用 ΔX 来表示 X 商品的增加量,ΔY 表示 Y 商品的减少量,MRS_{XY} 表示以 X 商品替代 Y 商品的边际替代率,则边际替代率计算公式为

$$\mathrm{MRS}_{XY} = \frac{\Delta Y}{\Delta X}$$

由于 X 商品的增加必然伴随着 Y 商品的减少,因此,边际替代率应该是负值,无差异曲线的斜率就是边际替代率,通常边际替代率用绝对值表示,如表 3-3 所示。

表 3-3　衣服和食品的边际替代率

商品组合变动	食品增加量	衣服减少量	边际替代率
A→B	10	20	2
B→C	20	10	0.5

从表 3-3 中可以看出,边际替代率的绝对值是递减的,这种情况存在于任何两种商品的替代中,即边际替代率递减。边际替代率递减规律是指消费者为保持满足程度不变,在连续增加某种商品消费时,所愿意牺牲的另一种商品消费的数量是递减的。这是由于消费数量相对越来越多的商品,其边际效用是逐步下降的,而另一种商品随着消费量下降,其边际效用是在上升的,从而这两种商品的边际替代率是递减的。

三、预算线

（一）预算线的含义

在现实经济生活中,对于某一消费者来说,一定时期内的收入水平和他所面临的两种物品的价格都是一定的,他不可能超越这一现实而任意提高自己的消费水平,即购买受到预算约束。预算约束可以用预算线来说明,如果用 M 表示收入,P 表示商品价格,Q 表示商品消费量,则预算约束可以表示为

$$M = P_X Q_X + P_Y Q_Y$$

或

$$Q_Y = \frac{M}{P_Y} - \frac{P_X}{P_Y} Q_X$$

预算线是一条直线,其斜率为 $-P_X/P_Y$。由此可见,预算线的斜率等于两种商品价格之比。

假设消费者收入 $M=60$ 元，面临两种商品 X 与 Y，价格分别为 20 元和 10 元，则其预算线如图 3-4 所示。

从图 3-4 可以看出，在 C 点，消费者购买 4 单位 Y 商品，1 单位 X 商品，正好用完 60 元钱；在 A 点，消费者用全部收入购买 X 商品，同样，在 B 点消费者用全部收入购买 Y 商品，因此，在预算线 AB 上任一点所对应的商品组合都刚好用完 60 元钱。而在预算线左下方的任何一点所对应的商品组合都可以实现，例如在 D 点，消费者购买 1 单位 X 商品和 2 单位 Y 商品，但是这个组合并不是最大效用组合，而在预算线右上方的组合则是消费者不能实现的，例如在 E 点，消费者购买 2 单位 X 商品和 4 单位 Y 商品需要支出 80 元，超过了既定的收入，因此无法实现。

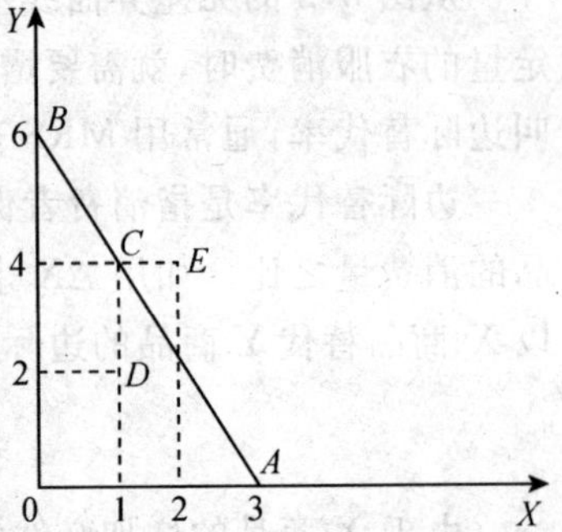

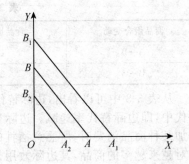

图 3-4　预算线

（二）预算线的移动

如果消费者收入和商品价格发生变化，预算线就会发生变动。假如商品价格不变，消费者收入增加，则在其他条件保持不变时，预算线向右平移；反之，则向左平移，如图 3-5 所示。

假如消费者收入不变，一种商品的价格不变，另一种商品的价格发生变化时，也会引起预算线的移动。如图 3-6 所示，Y 商品价格不变，而 X 商品价格发生变化时，预算线与 X 轴的交点会向左向右平移；如图 3-7 所示，X 商品价格不变，而 Y 商品价格发生变化时，预算线与 Y 轴的交点会上下平移。

图 3-5　收入变化引起预算线平移

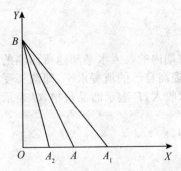

图 3-6　商品 X 价格变化引起预算线移动

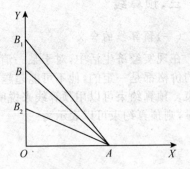

图 3-7　商品 Y 价格变化引起预算线移动

第四节　消费者均衡

一、基数效用论的消费者均衡

(一)货币的边际效用

基数效用论认为,货币如同商品一样,也具有效用。消费者用货币购买商品,就是用货币的效用去交换商品的效用,商品的边际效用递减规律对于货币也同样适用。对于消费者来说,随着货币收入的不断增加,货币的边际效用是递减的,即随着某消费者货币收入的逐渐增加,每增加1元钱给该消费者所带来的边际效用是越来越小的。

但是,在分析消费者行为时,基数效用论通常又假定货币的边际效用是不变的。在一般情况下,单位商品的价格只占消费者总货币收入量中的很小一部分,所以,消费者对某种商品的购买量发生很小的变化时,货币的边际效用的变化是非常小的,这种微小的货币的边际效用的变化可以忽略不计,因此货币的边际效用就是一个不变的常数。

(二)消费者均衡

消费者均衡是研究单个消费者如何把有限的货币收入分配在各种商品的购买中以获得最大的效用。或者说,它是研究单个消费者在既定收入下实现效用最大化的均衡条件。此处均衡是指消费者实现最大效用时既不想再增加也不想再减少任何商品购买数量的一种相对静止的状态。

基数效用论认为消费者实现效用最大化均衡的条件是:如果消费者的货币收入水平是固定的,市场上各种商品的价格是已知的,那么消费者应该使自己所购买的各种商品的边际效用与价格之比相等。或者说,消费者应使自己花费在各种商品购买上的最后1元钱所带来的边际效用相等。

假定消费者用既定的收入 I 购买 n 种商品,$P_1,P_2,\cdots,P_n$ 分别为 n 种商品的既定价格,λ 为不变的货币的边际效用。以 $X_1,X_2,\cdots,X_n$ 分别表示 n 种商品的购买数量,MU_1,$MU_2,\cdots,MU_n$ 分别表示 n 种商品的边际效用,则消费者效用最大化的均衡条件可以用公式表示为

$$P_1X_1+P_2X_2+\cdots+P_nX_n=I(限制条件)$$

$$\frac{MU_1}{P_1}=\frac{MU_2}{P_2}=\cdots=\frac{MU_n}{P_n}=\lambda(均衡条件)$$

如果以两种商品为例，当$\dfrac{MU_1}{P_1}<\dfrac{MU_2}{P_2}$时，说明对于消费者来说，同样的1元钱购买到商品1所得到的边际效用小于购买商品2所得到的边际效用。这样，理性的消费者就会调整这两种商品的购买数量，减少对商品1的购买量，增加对商品2的购买量。在调整过程中，消费者减少对商品1的购买量带来的商品1的边际效用的减少量是小于增加商品2的购买量带来的商品2的边际效用的增加量的，这说明消费者的总效用是增加的。当消费者将其购买组合调整到同样1元钱购买这两种商品所得到的边际效用相等，即$\dfrac{MU_1}{P_1}=\dfrac{MU_2}{P_2}$时，消费者得到最大效用。

相反，当$\dfrac{MU_1}{P_1}>\dfrac{MU_2}{P_2}$时，说明对于消费者来说，同样的1元钱购买到商品1所得到的边际效用大于购买商品2所得到的边际效用。同理可知，消费者会进行与前面相反的调整过程，即增加对商品1的购买，减少对商品2的购买，直至$\dfrac{MU_1}{P_1}=\dfrac{MU_2}{P_2}$时消费者得到最大效用。

当$\dfrac{MU_1}{P_1}<\lambda$，说明消费者用1元钱购买商品1所得到的边际效用小于所付出的1元钱的边际效用。即消费者对商品1的购买量太多了，这样理性的消费者就会减少对商品1的购买，在边际效用递减规律的作用下直至$\dfrac{MU_1}{P_1}=\lambda$。

当$\dfrac{MU_1}{P_1}>\lambda$，说明消费者用1元钱购买商品1所得到的边际效用大于所付出的1元钱的边际效用。即消费者对商品1的购买量不足，这样理性的消费者就会增加对商品1的购买，在边际效用递减规律的作用下直至$\dfrac{MU_1}{P_1}=\lambda$。

（三）需求曲线的推导

基数效用论以边际效用递减规律和建立在该规律上的消费者效用最大化的均衡条件为基础推导消费者的需求曲线。

商品的需求价格是指消费者在一定时期内对一定量的某种商品所愿意支付的价格。基数效用论认为，商品的需求价格取决于商品的边际效用。具体地说，如果一定数量的某种商品的边际效用越大，消费者为购买这些数量的该种商品所愿意支付的价格就越高；反之，如果一定数量的某种商品的边际效用越小，则消费者为购买这些数量的该商品所愿意支付的价格就越低。由于边际效用递减规律的作用，随着消费者对某一商品消费量的连续增加，该商品的边际效用是递减的,从而,消费者为购买这种商品愿意支付的价格也是越来越低的。

从消费者效用最大化的均衡条件进行分析,假定消费者只购买一种商品,消费者均衡条件可以表示为

$$\frac{MU}{P}=\lambda$$

由这个均衡条件可知,消费者对任何一种商品的最优购买量应该是使最后 1 元钱购买该商品所带来的边际效用和所付出的这 1 元钱的货币边际效用相等。而且对任何一种商品来说,随着需求量的不断增加,边际效用是递减的。为了实现消费者均衡条件,在货币的边际效用 λ 不变的前提下,商品的价格自然应该与边际效用同比例递减。

假设某商品的效用如表 3-1 所示,且该消费者的货币边际效用 $\lambda=1$,则可得出该商品消费数量、边际效用和价格,如表 3-4 所示。

表 3-4　某商品的效用表

商品消费数量(Q)	总效用(TU)	边际效用(MU)	价格 P
0	0	—	
1	20	20	10
2	35	15	7.5
3	45	10	5
4	50	5	2.5
5	50	0	0
6	45	-5	
7	35	-10	

根据表 3-4 可知,为了实现 $\frac{MU}{P}=\lambda$ 的均衡条件,当商品的消费量为 1 时,边际效用为 20,消费者愿意支付的价格为 10,当商品的消费量增加到 2 时,边际效用为 15,消费者愿意支付的价格为 7.5,以此类推,直至商品的消费量增加到 4 时,消费者愿意支付的价格为 2.5,显然,商品的需求价格边际效用同比例递减。反之,也可知为了实现 $\frac{MU}{P}=\lambda$ 均衡条件,当商品的价格为 10 时,消费者最佳购买量为 20,当商品的价格不断下降,消费者的最佳购买量也不断上升,据此可以绘制出如图 3-8 所示

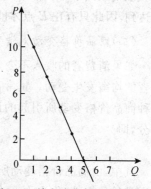

图 3-8　单个消费者的需求曲线

的单个消费者对该种商品的需求曲线。

在图3-8中,横轴表示商品的消费数量,纵轴表示商品的价格,需求曲线是向右下方倾斜的。它表示商品的需求量随商品价格的上升而减少,随商品价格的下降而增加,即商品的需求量和商品的价格呈反方向变动。根据基数效用论的边际效用分析方法推导出的需求曲线说明:需求曲线上的每一点都是满足消费者效用最大化均衡条件的商品的价格—需求量组合。

二、序数效用论的消费者均衡

（一）序数效用论的消费者均衡

消费者对各种产品的无差异曲线,从主观方面表示了消费者可以做出多样选择以求得满足的情况;预算线又表示了客观上消费者实际可能实现消费的情况。有了无差异曲线和预算线两个工具,就可以将二者结合起来,分析消费者的最优购买行为,从而确定消费者最大效用的均衡,如图3-9所示。

在图3-9中,I_1、I_2、I_3是三条无差异曲线,它们代表的效用顺序为$I_1 < I_2 < I_3$,AB为预算线。消费者要获得较大满足,总希望尽可能将预算线与无差异曲线的切点向右上方移动,但是由于受消费者收入和商品价格的限制,图中预算线只能与I_2相切。尽管AB与I_1相交于C和D点,在C和D点上所购买的X商品与Y商品的数量也是收入与价格既定条件下最大的组合,但是$I_1 < I_2$,所以并没有达到最大效用,而I_3代表的效用水平虽然较高,但在消费者现有收入水平下无法达到,因此只有在E点才能实现消费者均衡。

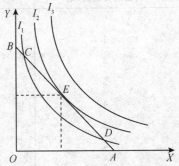

图3-9　序数效用论的消费者均衡

（二）商品价格变动对消费者均衡的影响

如果消费者的收入不变,一种商品价格下降,同样使得消费者的均衡发生变动。正常商品的价格下降会发生两方面的影响:收入效应和替代效应。一种商品价格变动所引起的该商品需求量变动的总效应可分解为收入效应和替代效应两个部分,即

总效应＝替代效应＋收入效应

其中,由商品价格变动所引起的实际收入水平变动,进而实际收入水平变动所引起的商品需求量的变动,称为收入效应。由商品价格变动所引起的商品相对价格的变动,进而由商

品的相对价格变动所引起的商品需求量的变动,称为替代效应。

替代效应和收入效应如图 3-10 所示。

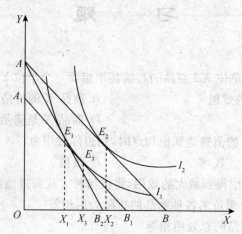

图 3-10　正常商品的替代效应和收入效应

在图 3-10 中,假定消费者的收入和偏好不变,只消费 X 和 Y 两种商品,在商品价格变化前,消费者预算线为 AB_1,该预算线与无差异曲线 I_1 相切于 E_1 点,E_1 是消费者效用最大化的一个均衡点。在 E_1 均衡点上,相应的商品 X 的需求量为 OX_1。随着商品 X 价格的不断下降,尽管名义收入没有变化,但预算线围绕 A 点在 X 轴上向右扩展移动到 AB,新的预算线与另一条代表更高效用水平的无差异曲线 I_2 相切于 E_2 点,E_2 点是商品 X 的价格在下降以后的消费者的效用最大化的均衡点,相应商品 X 的需求量为 OX_2。比较两个均衡点,商品 X 的需求量增加为 X_1X_2,这是商品 X 的价格下降所引起的总效应。总效应可被分解为替代效应和收入效应。

由于商品 X 的价格下降,消费者的效用水平提高了,消费者的新均衡点不是在原来的无差异曲线 I_1 上而在更高的无差异曲线 I_2 上。为了得到替代效应,必须剔除实际收入水平变化的影响,使消费者回到原来的效用水平上去,因此,需要做一条与 AB 平行的补偿预算线 A_1B_1,使得 A_1B_1 与 I_1 相切于 E_3 点,对应商品需求量为 X_3,这表明需求增加量 X_1X_3 是由于相对商品价格变化引起的替代效应,剩余 X_3X_2 的增量是由于实际收入变化而引起的收入效应。

对于正常商品来说,替代效应与价格成反方向变动,收入效应也与价格成反方向变动,在它们的共同作用下,总效应必定与价格成反方向变动。正因为如此,正常商品的需求曲线是向右下方倾斜的。

习　题

一、单项选择题

1. 一个消费者想要一单位 X 商品的心情甚于想要一个单位 Y 商品,其原因是(　　)。

 A. 商品 X 有更多的效用   B. 商品 X 的价格较低

 C. 商品 X 紧缺   D. 商品 X 是满足精神需要的

2. 当消费者对商品 X 的消费达到饱和点时,则边际效用为(　　)。

 A. 正值   B. 零   C. 负值   D. 以上说法都不对

3. 某一家庭为从消费中得到最大的效用,将按何种方式安排他们的开销(　　)。

 A. 所购买的最后一单位的各种物品的边际效用相等

 B. 所购买的各种物品的总效用相等

 C. 所花费在各种物品上最后一单位货币所得到的边际效用相等

 D. 所购买的每一种物品的平均效用相等

4. 商品价格变化引起的替代效应,表现为相应的消费者的均衡点(　　)。

 A. 沿着原有的无差异曲线移动 B. 移动到另一条无差异曲线上

 C. 沿着预算线移动   D. 以上说法都不对

5. 某消费者处于预算约束线以下,则该消费者(　　)。

 A. 没有花完他的全部收入   B. 花完了他的全部收入

 C. 已经得到了最大的满足   D. 没有无差异曲线,因此无法判断

6. 需求曲线从(　　)导出。

 A. 价格—消费曲线 B. 收入—消费曲线 C. 无差异曲线 D. 预算线

7. 商品 X 和商品 Y 的价格按相同比率上升,而收入不变,预算线(　　)。

 A. 向左下方平等移动   B. 向右上方平行移动

 C. 向左下方或右上方平行移动 D. 不变动

8. 以下说法正确的是(　　)。

 A. 基数效用论是指消费者对物品的喜好程度,虽然不能用数的大小来表示,但至少

  能将其喜好的顺序加以排列

 B. 边际效用递减时,总效用一定递减

 C. 消费者剩余是消费者实际得到的货币收入

D. 预算约束线的位置随着收入和价格的变化而变化

9. 正常物品价格上升导致需求减少的原因是(　　)。

A. 替代效应使需求增加,收入效应使需求减少

B. 替代效应使需求增加,收入效应使需求增加

C. 替代效应使需求减少,收入效应使需求减少

D. 替代效应使需求减少,收入效应使需求增加

10. 根据无差异曲线分析,消费者在(　　)实现了均衡。

A. 无差异曲线与预算线的相切点

B. 无差异曲线与预算线的相交点

C. 离原点最远的无差异曲线上的任何一点

D. 离原点最近的无差异曲线上的任何一点

二、判断题

1. 效用是指商品满足人的欲望的能力,或者说是消费者在消费商品时所感受到的满足程度,它和欲望是不同的。(　　)

2. 在一般商品的消费中,当其他条件不变时,随着消费者对商品消费量的增加,消费者从该商品连续增加的消费单位中所得到的边际效用是递减的。(　　)

3. 序数效用论认为效用不能反应消费者的个人偏好。(　　)

4. 无差异曲线是指消费者消费某种商品组合无差异。(　　)

5. 边际替代率是指消费者保持相同的效用时减少的一种商品的消费量与增加的另一种商品的消费量之比。(　　)

三、简答题

1. 简述基数效用论和序数效用论的基本观点。

2. 什么是总效用和边际效用?

3. 什么是无差异曲线?其特征是什么?

4. 什么是边际效用递减规律?

5. 序数效用论是如何说明消费者均衡的实现的?

四、计算题

1. 若某人的效用函数为 $U = 4\sqrt{X} + Y$。原来他消费 9 单位 X、8 单位 Y,现 X 减到 4 单位,问需消费多少单位 Y 才能与以前的满足相同?

2. 已知效用函数为 $U = X^a + Y^a$,求商品的边际替代率 MRS_{XY}、MRS_{YX},以及 $X = 10$、5 时的 MRS_{XY}、MRS_{YX}。

3.若无差异曲线是一条斜率是 $-b$ 的直线,价格为 P_X、P_Y 收入为 M 时,最优商品组合是什么?

4.假定 X 和 Y 两种商品有线性无差异曲线,其斜率处处是 $\frac{1}{2}$,$\mathrm{MRS}_{XY} = \frac{1}{2}$。

(1)当 $P_X = \$1$,$P_Y = \$1$,且 $M = \$1\,000$ 时,消费者均衡是什么?

(2)当 $P_X = \$1$,$P_Y = \$2$ 时,消费者均衡是什么?

5.若甲的效用函数为 $U = XY$,试问:

(1)$X = 40$,$Y = 5$ 时,用得到的效用是多少?过点 $(40,5)$ 的无差异曲线是什么?

(2)若甲给乙 25 单位 X 的话,乙愿给甲 15 单位 Y。进行这个交换,甲所得到的满足会比 $(40,5)$ 的组合高吗?

(3)乙用 15 单位 Y 同甲换取 X,为使甲的满足与 $(40,5)$ 组合相同,乙最多只能得到多少单位 X?

第四章　生产者行为理论

▶ 案例导入

"无花边费用"业务模式

廉价航空公司 1978 年诞生于美国。美国西南航空公司首创了廉价航空公司的"无花边费用"业务模式。所谓"无花边费用"就是指在航空服务中剔除了免费提供餐点等服务，从而节省了餐点成本和航空乘务员的人力成本。而在航线安排上，廉价航空公司则主要从事航程在 3 个小时以内的国内航线上的旅客运输服务，而且仅使用同种机型。如澳大利亚廉价航空公司 Virgin Blue 使用的飞机就全部是波音 737 系列机型，这样航空公司用于航材的投资和飞行员培训的费用就随之大大降低。电话和网上订票也是廉价航空公司降低成本的法宝。Virgin Blue 约 85％的售票是通过呼叫中心或互联网完成的。有数字显示，分销或票务成本通常占航空公司预算的 15％～17％，如果乘客都采取在网上订票，则每名乘客的购票成本将仅是原来的1/10。通过在每个非常细微的环节上节约成本，廉价航空公司的票价往往只有同航线一般票价的一半，在某个特别优惠日，其最低票价甚至仅为主流航空公司票价的五分之一。在这个价格主宰大众消费的市场环境里，低票价无疑对大多数消费者有着巨大的吸引力。而今天，廉价航空公司也似乎成了航空业"低成本、高利润"的代名词。

案例来源：都市快报. 2003-11-25.

第一节　生产者的基本问题

一、生产要素与生产过程

在西方经济学中,生产者也称为厂商。厂商的生产,既包括物质产品的生产,也包括劳务的生产。无论什么生产,都必须投入生产要素。生产要素一般指劳动、资本和土地三种要素。劳动是人们为了进行生产和获取收入而提供的劳务;资本是指机器、厂房等生产设备和资金;土地是指土地和地上、地下的资源,从广义上说是投入生产的自然资源的代称。此外,生产要素还包括企业家的才能。劳动、资本和土地在分散的状态下是无法构成生产过程的,要进行生产必须要把这三方面的要素组织起来,因此企业家的组织才能也是生产所必需的。

生产过程是一个投入产出过程,它包括两个方面的投入产出内容。一方面是实物形态的投入产出,即生产要素的投入和相应的产品、产量的产出;另一方面是价值形态的投入产出,即成本的投入和收益的产出。

劳动、土地和资本这三种要素可以按照一定的比例投入生产过程,形成一定的生产要素组合,在生产过程中它们可以发生彼此替代的情况,从而改变原有的生产要素组合。生产要素的投入数量和构成比例是否恰当直接影响到产出结果,即产品和产量,这就形成了对生产过程的技术约束。生产者在生产过程中需要选择合理的生产方法,即需要作出合理的技术选择。

成本是生产者在生产过程中付出的经济代价,它形成了对生产者的预算约束。如果生产过程所获得的收益不足以弥补成本,那么作为追求盈利的生产者很难继续进行生产,因此,生产者的生产行为还必须具有经济上的合理性,要受到预算约束的制约。

从技术约束和预算约束这两个方面的制约来看,生产过程是生产者付出一定的成本购买和投入生产要素,按照一定的生产方法产出一定产量的产品以谋求收益的过程。

二、生产者经济人的假定

在分析生产者行为时,通常假定生产者是经济人,即生产者具有追求利润最大化的动机和行为指向。生产者实现利润最大化是围绕三方面问题展开的。

(1)投入的生产要素和产量的关系。即如何使用各种生产要素,使得花费的成本最小,而获得的产出最大。在生产要素的投入数量既定的条件下,生产者追求用既定的投入来获得最大化的产出;在产量水平既定的条件下,生产者就会追求用最小的投入来生产出既定的产量。这是生产者的经济人行为在技术约束下的表现。

(2)成本和收益的关系。即要实现利润最大化,就必须使扣除成本后的收益达到最大,并确定一个利润最大化的原则。在成本投入既定的条件下,生产者追求以既定的成本来获取最大化的收益;在收益水平既定的条件下,生产者会追求以最小的成本投入来获取既定的收益。这是生产者的经济人行为在预算约束下的表现。

(3)市场结构。即生产者处于不同的市场结构时,应如何确定产品的产量与价格,以实现利润最大化。

三、生产者的基本问题

生产者在生产过程中所面临的基本问题就是在一定的技术约束和预算约束条件下如何实现对利润最大化的追求。具体说生产者要实现利润最大化,需要考虑技术上和经济上的可行性和合理性,需要在技术上作出合理的选择,在成本上作出合理的管理和控制,并把这两方面有机地结合起来,最终实现利润最大化。

从技术上来说,生产者可以选择的生产方法,即生产要素的组合方法是多种多样的。假定一家厂商需要生产 10 吨棉纱,其可供选择的生产要素组合如表 4-1 所示。

表 4-1 生产 10 吨棉纱的不同生产要素组合

要素组合方式	要素投入数量及比例	
	劳动	资本
A	25	3
B	18	5
C	15	10
D	10	10
E	6	15

在表 4-1 中,生产者要求的是在产量既定的条件下,争取要素的投入数量最小化。按照这个原则,显然在各种要素组合方式中,C 组合应该是被淘汰的,因为与 D 相比,同样的产出水平,C 组合却多投入了 5 个单位的劳动,说明至少与 D 组合相比,C 组合在技术上是不合理的,是低效率。但在余下的组合中要选择最佳组合就必须考虑经济上的合理性了,即哪种组合成本最低,在经济上最有效率。

假设劳动和资本的价格分别为 40 和 100,则各种组合的成本水平如表 4-2 所示。

表 4-2　生产 10 吨棉纱的不同生产要素组合的成本

要素组合方式	要素投入数量及比例		要素单价/元		总成本/元
	劳动	资本	劳动	资本	
A	25	3	40	100	1 300
B	18	5	40	100	1 220
D	10	10	40	100	1 400
E	6	15	40	100	1 740

　　从表 4-2 中可以看出,获得 10 吨棉纱的同等水平的收益,各种组合的成本差别是比较大的。在收益水平既定的情况下,成本越低利润水平就会越高,因此,从经济效益角度可以选择出高效率的要素组合,淘汰低效率的要素组合。在余下的各种组合中,B 组合的成本最低,从而,在考虑到技术约束和预算约束这两个条件下,B 组合不仅在技术上可行,在经济上也最具合理性。综合来看,B 组合就是技术效率和经济效率最高的一种要素组合,按照这个组合,生产者就能实现利润最大化。

第二节　生产函数

一、生产函数

　　生产函数,是表示在一定的技术条件下,一个厂商(或整个社会)生产要素投入量的某一种组合和它所能生产出来的最大产量之间的依存关系。其一般公式为

$$Q = f(x, y, z, \cdots)$$

　　式中的 x, y, z 等为自变量,分别代表各种可供投入要素,Q 为因变量,代表在一定的技术条件下,任何一组既定数量的生产要素组合所能生产的产品的最大产量。

　　由于生产要素之间的技术系数有固定技术系数和可变技术系数之分,与此相应,生产函数也分为两种:一是固定配合比例生产函数。在这种生产函数中,生产要素之间存在着固定技术系数;二是可变配合比例生产函数。在这种生产函数中,生产要素之间的技术系数是可变技术系数。

　　无论哪一种生产函数,都具有以下三个特点:第一,每一种生产函数都假定一个已知的技术水平,一旦引入了技术革新,生产函数就会改变;第二,生产函数的投入和产出都是指物质数量,而不是指货币表示的价值;第三,生产函数表示的是在一定技术条件下,一定数量的多种生产要素组合可能产出的最大产量。

在分析生产要素与产量的关系时，由于土地是固定的，企业家才能是难以估计的，为了论述简便，通常只考察劳动和资本两种要素投入。生产函数可表示为

$$Q = f(L, K)$$

其中：Q——总产量；

　　　L——劳动；

　　　K——资本。

这一函数表明，在一定技术水平条件下，生产 Q 的产量，需要一定数量劳动与资本的组合，同样，在劳动与资本的数量与组合为已知时，可以推算出最大的产量。

在生产函数的实际应用中，经济学家经常利用统计分析来测定要素投入量变动和产量变动之间的关系。20 世纪 30 年代初，美国经济学家道格拉斯和柯布根据美国 1899—1922 年的工业统计资料，得出这一时期美国的生产函数

$$Q = AL^{\alpha}K^{1-\alpha}$$

这就是著名的"柯布—道格拉斯生产函数"，其中 Q 代表总产量，L 代表劳动投入量，K 表示资本投入量，A、α 是常数，其中 $0 < \alpha < 1$

并且，根据这一时期的统计资料，可将柯布—道格拉斯函数具体化为

$$Q = 1.01L^{0.75}K^{0.25}$$

这个函数表明，在生产中，劳动所作出的贡献为全部产量的 3/4，资本为 1/4。

在生产过程中，生产要素投入又分为不变投入和可变投入。在一定生产时间内，无论产量如何，其要素投入数量不发生变化的投入就是不变投入，比如机器、厂房等要素；可变投入则是其要素投入数量随产量的变化而变化的投入，比如劳动、原材料等。据此，生产过程被区分为短期和长期，相应的，生产函数也分为短期生产函数和长期生产函数。短期生产函数是一种要素可变的生产函数，长期生产函数是所有要素都可变的生产函数。

二、一种生产要素可变的生产函数

在分析生产要素与产量之间的关系时，首先从最简单的一种生产要素的投入开始，即分析其他要素不变的情况下，一种生产要素的增加对产量的影响，例如假定劳动与资本这两种生产要素中资本量不变，来研究劳动量的增加对产量的影响，以及劳动量投入多少最合理。这种在一定时期不能改变所有要素，只能改变部分要素的分析就是短期分析。从而一种投入要素可变的生产函数就是短期生产函数，用公式表示为

$$Q = f(L)$$

这个函数表示产量 Q 随着劳动量 L 的变化而变化，产量和劳动量之间的关系还需进一

步分析。

（一）总产量、平均产量和边际产量

总产量是指投入一定量的某种生产要素所生产出来的全部产量，用 TP 表示。

平均产量是指平均每单位某种生产要素所生产出来的产量，用 AP 表示。

边际产量是指增加一单位生产要素的投入所引起的产量的增加，用 MP 表示。

如果以 Q 表示某种生产要素的投入量，ΔQ 表示某种生产要素的增量，则总产量、平均产量和边际产量可以表示为

$$总产量＝平均产量×生产要素投入量$$

即

$$TP＝AP×Q$$

$$平均产量＝总产量/生产要素投入量$$

即

$$AP＝TP/Q$$

$$边际产量－总产量的增量/生产要素投入量的增量$$

即

$$MP＝\Delta TP/\Delta Q$$

无论总产量、平均产量还是边际产量，都是可变生产要素投入变化的函数，可变生产要素投入的变化会引起总产量、平均产量和边际产量发生相应的变化。这种变化如表 4-3 和据此表所作的图 4-1 所示。

表 4-3　劳动对总产量、平均产量和边际产量的影响

劳动投入量（L）	劳动增加量（ΔL）	总产量（TP）	平均产量（AP）	边际产量（MP）
1	1	8	8	8
2	1	20	10	12
3	1	36	12	16
4	1	48	12	12
5	1	55	11	7
6	1	60	10	5
7	1	60	8.6	0
8	1	56	7	－4

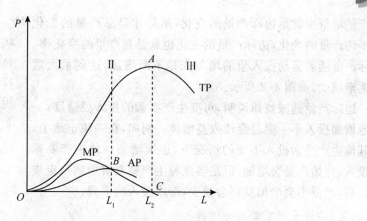

图 4-1　总产量、平均产量和边际产量曲线

在图 4-1 中,横轴表示劳动量,纵轴表示总产量、平均产量和边际产量。曲线 TP 表示总产量曲线、AP 表示平均产量曲线、MP 表示边际产量曲线。

从表 4-3 和图 4-1 可知,总产量、平均产量和边际产量之间的关系有以下几点。

第一,总产量、平均产量和边际产量在资本量不变的情况下,随着劳动量的增加,最初都是递增的。但是,当劳动量增加到一定程度后就分别有不同程度的递减。

第二,当边际产量为正值时,总产量就增加;当边际产量为负值时,总产量就减少;当边际产量为零时,总产量达到最大,如图中 A 点所示。

第三,平均产量曲线和边际产量曲线相交时,平均产量达到最大,如图中 B 点所示。在 B 点左边,平均产量是递增的,此时平均产量小于边际产量;在 B 点右边,平均产量是递减的,此时平均产量大于边际产量;在 B 点,平均产量达到最大,此时平均产量等于边际产量。

第四,当总产量以递增的比率增加时,边际产量和平均产量都上升;当总产量开始以递减的增长率增加时,边际产量达到最大并转而下降,平均产量继续增加;当总产量继续以递减的增长率增加时,边际产量继续下降,平均产量开始下降;当总产量上升到最大时,边际产量降至零;当总产量下降时,边际产量降为负值。

(二)边际产量递减规律

边际产量递减规律又称边际报酬递减规律,是指在技术水平不变和其他要素投入量不变的情况下,连续投入一种可变生产要素达到一定量以后,边际产量(报酬)将出现递减的趋势,直至降为零,甚至为负值。

如图 4-1 所示,总产量、平均产量和边际产量都随劳动要素投入量的变化而经过一个先递增然后递减的过程。产量的变化是由于产出增量的变化引起的,即投入到变化首先引起总产量增量也就是边际产量的变化，然后才是总产量的变化和平均产量的变化，边际产量的变化也就是总产量的变化率。边际产量随着劳动投入量的增加先是不断增加，达到最大后又逐渐减少，如图 4-2 所示。

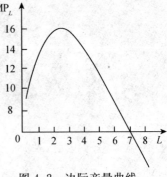

图 4-2　边际产量曲线

边际产量递减规律说明，可变生产要素的投入要适度，一味地增加投入不一定总会使收益增加。例如，在一块土地上，当其他生产要素投入不变的情况下，连续增加一种生产要素的投入，开始产量会增加，但是当该种生产要素增加到一定规模以后，产量不会增加反而会减少，造成投入的浪费。

（三）一种生产要素的合理投入

根据总产量、平均产量、边际产量的一般变化趋势和它们之间的相互关系，可以将生产划分为三个阶段，如图 4-1 所示。

第一阶段从 O 点到 L_1 点，是边际产量大于平均产量的阶段；第二阶段从 L_1 点到 L_2 点，是边际产量小于平均产量的阶段；第三阶段是 L_2 点以后的区间，即边际产量小于零的阶段。

生产要素的合理投入区域是指这三个阶段中对厂商来说最有利的生产要素投入区域。根据各阶段的特点，可以确定合理的投入区域。

在第一阶段，劳动量从零增加到 L_1，平均产量一直增加，边际产量大于平均产量。说明相对于不变的资本量而言，劳动投入量不足，因此劳动量的增加可以使资本得到充分利用，从而产量递增。可见，劳动量至少要增加到 L_1 点为止，否则资本无法得到充分利用。

在第二阶段，劳动量从 L_1 点增加到 L_2 点，平均产量开始下降，边际产量递减，即增加劳动量可以使产量增加，但是增加的幅度是递减的。由于边际产量仍然大于零，因此总产量继续增加，直到劳动量增加到 L_2 点时达到最大。

在第三阶段，劳动量增加到 L_2 点以后，边际产量为负值，继续增加劳动量会引起总产量减少，即使劳动要素是免费的，厂商也不愿意在这一阶段继续投入。可见，当劳动量增加到 L_2 点以后对厂商来说是不利的。

综上所述，厂商在第一阶段生产是极其有利的，但如果在这个阶段就停止增加劳动量，就不能得到继续增加劳动投入量带来的全部好处，任何厂商都会将生产进行到第二阶段，因此，生产要素的合理投入区域是第二阶段，即 L_1 点到 L_2 点之间。至于生产要素投入量在第二阶段内的哪一点上为最佳，还要考虑其他因素。如果厂商的目标是使平均产量达到最大，劳动量增加到 L_1 点就可以了；如果要使总产量达到最大，劳动量可以增加到 L_2 点；如果要使利润最大，还要考虑成本、产品价格等因素。

三、两种可变生产要素的生产函数

所有投入要素都可变的生产函数又称为长期生产函数,是对生产过程中的要素投入进行长期分析。从长期来看,所有生产要素都需要而且也可以进行调整,因此都称为可变因素,生产者可以投入更多的劳动和土地等资源,可以购置和建造更多的机器、厂房等来调整生产规模。为了分析简便,假定生产过程中需要投入的要素有两种,一种是资本,另一种是劳动,则生产函数公式可表示为

$$Q = f(L, K)$$

即在一定时期内和既定的技术条件下,产量是两种可变生产要素劳动和资本的函数。

(一)规模经济

规模经济即规模节约,指当两种生产要素按同样比例增加,即生产规模扩大时,使产量的增加大于生产规模的扩大,带来产量增加。如果生产规模的扩大,使产量增加小于生产规模的扩大,甚至使产量绝对减少,则称为规模不经济。

两种生产要素增加所引起的产量或收益变动的情况可以分为递增、不变、递减三种情况。如图 4-3 所示,第一种情况为规模收益递增,如图中 A 所示,即产量增加的比率大于生产规模扩大的比率。例如生产规模扩大 10%,而产量的增加大于 10%。第二种情况为规模收益不变,如图中 B 所示,即产量增加的比率与生产规模扩大的比率相同。例如,生产规模扩大 10%,产量的增加也是 10%。第三种情况为规模收益递减,即产量增加的幅度小于生产规模扩大的幅度,甚至产量绝对地减少。例如,生产规模扩大 10%,而产量的增加小于 10%,或者是负数。

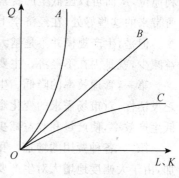

图 4-3 规模收益

规模收益的变动不仅有其内在原因,而且有其外在原因。一个厂商本身规模收益的变动,用内在经济与内在不经济来解释,整个行业的规模收益变动用外在经济与外在不经济来解释。

1. 内在经济与外在经济

生产规模的扩大引起产量或规模收益的不同变动,可以用内在经济与内在不经济和外在经济与外在不经济来解释。

内在经济是指一个厂商在生产规模扩大时由自身的因素所引起的产量增加。主要原因

有以下几点。

第一,使用更加先进的机器设备。机器设备有不可分割性,当生产规模小时,无法购置先进的大型设备,即使购买了也无法充分发挥效用。只有在大规模生产中,大型的先进设备才能充分发挥其作用,使产量更大幅度地增加。

第二,生产要素的分工和专业化协作。在大规模的生产中,专业可以分得更细,分工也会更细,这样就会提高工人的技术水平,提高生产效率。

第三,提高管理效率。各种规模的生产都需配备必要的管理人员,但生产规模扩大后,可以缩小和降低管理人员在全部员工中的比重,节约管理费用,同时,达到一定规模后,可采用现代化设备提高管理水平和经济效益。

第四,对副产品进行综合利用。在小规模生产中,许多副产品往往被作为废物处理,而在大规模生产中,就可以对这些副产品进行再加工,作到"变废为宝"。

第五,在生产要素的购买与产品的销售方面也会更加有利。

大规模生产所需各种生产要素多,产品也多,企业在生产要素与产品销售市场上具有有利地位,从而可以压低生产要素收购价格或提高产品销售价格,从中获得好处。大规模生产所带来的这些好处,在经济学上也称为"大规模生产的经济"。

但是,生产规模并不是越大越好,如果一个厂商由于本身生产规模过大而引起产量或收益减少,就是内在不经济。主要原因有以下几点。

第一,管理效率的降低。生产规模过大则会使管理机构过于庞大,从而使管理和决策缺乏灵活性,对市场需求的变化难以作出及时的反应,而且管理上也会漏洞百出,这些都会降低生产效率,使产量和收益减少。

第二,各种费用的增加。由于生产规模过大,就会使企业内部的管理费用大幅度地增加,由于大幅度地增大对生产要素的需求使生产要素的价格上升;此外,由于产量增加,会增加销售的困难,增加销售机构和人员方面的支出。因此,生产规模也不是越大越好。

2.外在经济与外在不经济

一个厂商的产量和收益不仅受自身生产规模的影响,而且还受一个行业生产规模的影响。一个行业的规模,对个别厂商产量和收益的影响,可用外在经济与外在不经济来解释。

外在经济又称外在规模经济,指整个行业生产规模扩大,给个别厂商所带来的产量和收益的增加。引起外在经济的原因主要有:个别厂商可以从整个行业的扩大中得到更方便的交通和辅助设施,更多的信息和更好的人才,同时,行业规模的扩大,也使行业内部分工更加精细,从而使产量和收益增加。外在不经济是指一个行业的生产规模过大使个别厂商的产量和收益减少。引起外在不经济的原因是:一个行业生产规模过大,加剧了行业内部的竞争,各个厂商为了争夺生产要素和产品销售市场,必须付出更高的代价。此外,还可能使环境污染、交通紧张等问题更加严重,使个别厂商付出更高代价。

(二)适度规模

适度规模就是使两种生产要素的增加,即生产规模的扩大正好使收益递增达到最大。当收益递增达到最大时就不再增加生产要素,使这一生产规模维持下去。

不同行业的厂商适度规模的大小是不同的,其影响因素主要有以下几点。

第一,产品的技术特点。一般来说,投资量大,设备复杂先进的行业适度规模较大。如冶金、机械、汽车、化工等重工业厂商;而投资量小,技术简单的行业适度规模较小,如饮食、服装等行业。

第二,市场条件。一般来说,市场需求较大而且标准化程度高的厂商,适度规模较大;市场需求小,标准化程度低的产品的厂商,适度规模较小。

第三,自然资源状况、政府政策等也会影响适度规模的大小。

第三节　成本函数

一、成本概念

成本是指企业在生产与经营中所使用的各种生产要素的价格,或生产要素的所有者必须得到的报酬或补偿。

(一)机会成本

经济学中的成本概念与会计中的成本概念是不同的。企业生产与经营中的各种实际支出称为会计成本。经济学中的成本是企业为从事生产所投入的全部要素的机会成本,其内涵比会计成本要丰富。

机会成本是指生产者利用一定资源获得某种收入时所放弃的在其他可能的用途上所获得的最大收入。机会成本是与资源的稀缺性紧密相连的。在资源稀缺性前提下,当企业用一定的经济资源生产一定数量的一种或几种产品时,这些经济资源就不能同时被使用在其他的生活用途方面。

例如,甲企业每年耗用钢材 100 吨,用的是库存材料,购买价格是 1 000 元/吨。乙企业每年也耗用钢材 100 吨,用的是现购材料,市价为 1 200 元/吨。试求两企业的会计成本和机

会成本。

解：甲企业会计成本＝1 000×100＝100 000(元)

机会成本＝1 200×100＝120 000(元)

乙企业会计成本＝1 200×100＝120 000(元)

机会成本＝1 200×100＝120 000(元)

（二）显成本与隐成本

机会成本包含显成本和隐成本两个部分。显成本是企业购买所需投入的实际支出；显性成本就是通常所说的会计成本。它是指厂商会计账目上作为成本项目记入账上的各项支出费用，由于这些成本在账目上一目了然，所以称为显成本。它包括厂商支付所雇用管理人员和工人的工资，所借贷款或资金的利息，租借土地、厂房的租金，以及用于购买原材料或机器设备、工具和支付交通、能源费用等支出的总额，即厂商对投入要素的全部货币支付。

隐成本是指厂商本身自己所拥有的且被用于该企业生产过程的那些生产要素的总价格。隐成本包括三部分内容：经营者自身管理才能的报酬工资、自有资金的利息和厂商冒市场风险的代价利润。它通常又称为正常利润，在经济学中，"正常利润"之所以作为产品的一项成本，也是从机会成本的角度来考察的，即企业主应获得自有生产要素在最佳用途中所能得到的收益，否则，厂商会把自有生产要素转移出本企业，以获得更高的报酬，即正常利润是将厂商留在该领域进行生产所必须支付的代价。所以经济学中将正常利润视为成本的组成部分。

经济学上成本概念与会计学上成本概念之间的关系，可以用下列公式来表示

会计成本＝显成本

生产成本＝机会成本

机会成本（总成本、生产成本）＝显成本＋隐成本

（三）短期成本与长期成本

在经济学中短期与长期的区分是一个相对的时间概念，是以生产要素能否根据产量目标全部调整为依据划分的。

在短期，企业不能根据所要达到的产量来调整其全部生产要素，即它只能调整可变生产要素。短期成本分为用于这些可变生产要素的支出和用于固定要素的支出两大类。

在长期，企业可以根据所要达到的产量来调整全部生产要素，此时没有可变要素和不变要素之分，一切投入的生产要素都是可变的，所以长期成本是企业用于投入生产要素支出的所有费用。

短期成本和长期成本有不同的变动规律，在企业决策中有不同意义，因此，我们必须将

其分别进行分析。

二、短期成本函数

(一)短期总成本、平均成本和边际成本

1.短期总成本

短期总成本是指短期内生产一定产量产品所需要的成本总和。由于在短期有些生产要素可以调整,而有些是不可以调整的,因此将短期总成本分为固定成本和可变成本两类。

固定成本是指短期内在一定产量范围内不随产量变动而变动的成本。也就是说即使厂商不生产也必须承担的费用,包括厂房设备、投资利息、折旧费、维修费等。产量为零,固定成本依然存在。

可变成本是指短期内会随着产量变动而变动的成本。这类成本包括工人的工资、厂商为购进原材料及其他物品而发生的支出、电费及其营业税等。它们会随产量的增加而增加,当产量为零时,可变成本为零。

2.平均成本

短期平均成本指短期内平均每一单位产品所消耗的全部成本。它是由平均固定成本和平均可变成本构成的。

平均固定成本是指短期内平均每一单位产品所消耗的固定成本。随着产量的增加,平均固定成本是逐渐减少的。

平均可变成本是指短期内平均每一单位产品所消耗的可变成本。随着产量的增加,平均可变成本是先递减,到达最低点后再递增的。

3.短期边际成本

短期边际成本是指短期内厂商增加一单位产量所增加的总成本。值得注意的是,当产品成本由固定成本与可变成本构成时,该产品的边际成本与固定成本无关,而只与可变成本有关。这是因为固定成本在短期内是固定不变的,而总成本等于固定成本加可变成本,从而边际成本,即增加一单位产量所增加的总成本就等于所增加的可变成本。

(二)短期成本函数

1.各种短期成本函数

如果用 STC 表示短期总成本,FC 表示固定成本,VC 表示可变成本,AFC 表示平均固定成本,AVC 表示平均变动成本,SAC 表示短期平均成本,SMC 表示短期边际成本,ΔQ 表

示增加的产量,则短期总成本、平均成本、平均固定成本、平均变动成本和边际成本函数可用公式表示为

$$STC=C(Q)=FC+VC$$

$$SAC=STC/Q= AFC+ AVC= FC/Q+ VC/Q$$

$$AFC= FC/Q$$

$$AVC=VC/Q$$

$$SMC=\Delta STC/\Delta Q=\Delta VC/\Delta Q$$

2.各种成本曲线

各种成本的变动规律及各种成本曲线之间的关系如图 4-4(a)和图 4-4(b)所示,其中横轴表示产量,纵轴表示成本。

在图 4-4(a)中:STC 为总成本曲线,它是一条从固定成本出发的三次曲线,前段向下弯,后段向上弯,两段之间有一个拐点,即虚线通过的点。拐点以前边际成本递减,即随着产量的增加,每单位产量带来的总成本的增加幅度是递减的;拐点以后边际成本递增,即随着产量的继续增加,每单位产量带来的总成本的增加幅度是递增的。

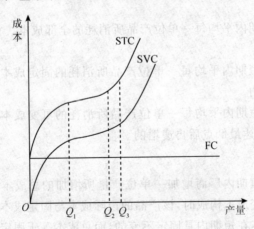

图 4-4(a)　短期总成本、固定成本、可变成本曲线

FC 为固定成本曲线,是一条由原点出发的水平线,它表示在一定产量范围内 FC 是固定不变的。

SVC 为可变成本曲线,其形状与 STC 曲线基本相似,只是其纵坐标相差一个常数,且常数为 FC。

在图 4-4(b)中:SAVC 为平均可变成本曲线:当 SMC<SAVC 时,SAVC 曲线不断下

降,即最初随着产量的不断增加,平均可变成本是不断下降的;当 SMC>SAVC 时,SAVC 曲线不断上升,即随着产量的继续增加,平均可变成本开始不断上升。因此 SAVC 曲线是先降后升,呈"U"形,且和 SMC 曲线相交于 SAVC 曲线的最低点。

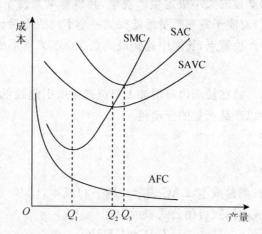

图 4-4(b) 短期平均成本、平均固定成本、平均可变成本、边际成本曲线

SAC 为平均成本曲线,它与平均可变成本曲线类似,当 SMC<SAC 时,SAC 曲线不断下降;当 SMC>SAC 时,SAC 曲线不断上升,因此 SAV 曲线也是先降后升,且 SMC 曲线通过 SAC 曲线的最低点。

SMC 为边际成本曲线,它是一条随产量的不断增加先下降然后又上升的一条"U"形曲线。其变动取决于可变成本,因为短期内固定成本是不变的,因此,边际成本随产量的先是不断减少的,当产量增加到一定程度后就随产量的增加而增加。

AFC 曲线:因 FC 固定不变,而产量是不断增加的,所以 AFC 曲线随产量 Q 的增加不断下降。

三、长期成本函数

（一）长期总成本、平均成本和边际成本

1. 长期总成本

长期总成本是长期中生产一定量产品所需要的成本总和,它随着产量的变动而变动。如果各种产量都是在最优生产规模上生产出来的,则长期总成本表现为厂商在长期中各种产量水平上通过改变生产规模所能达到的最低总成本的轨迹。

2.长期平均成本

长期平均成本是长期中平均每单位产品的成本。即厂商在长期内按产量平均计算的最低总成本。厂商要根据产量的大小决定生产规模，其目标就是使平均成本达到最低即相对于众多的短期成本曲线，对应于每一产量都能找到一个平均成本最低的生产规模，这些产量和成本最优组合就是生产决策点，长期中这些最优点连接起来就形成了长期平均成本。

3.长期边际成本

长期边际成本是指厂商在长期内每增加1单位产量所引起最低总成本的增量。它等于长期总成本的变动量除以产品产量的变动量。

(二)长期成本函数

1.各种长期成本函数

如果用 LTC 表示长期总成本，LAC 表示长期平均成本，LMC 表示长期边际成本，则长期平均成本、长期边际成本函数可用公式表示为

$$LAC = LTC/Q$$
$$LMC = \Delta LTC/\Delta Q$$

2.各种长期成本曲线

长期总成本表现为厂商在长期中各种产量水平上通过改变生产规模所能达到的最低总成本的轨迹，即长期总成本是在各种最优规模上进行生产所支付的总成本。长期总成本曲线如图 4-5 所示。

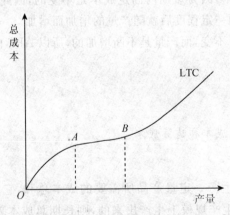

图 4-5　长期总成本曲线

在图 4-5 中,长期总成本曲线是一条从原点出发,向右上方倾斜的一条曲线。说明长期总成本随产量的增加而增加,但是在 OA 段成本的增加幅度大于产量的增加幅度,表现为曲线比较陡峭;在 AB 段成本的增加幅度小于产量的增加幅度,表现为曲线比较平缓;在 B 点以后,成本的增加幅度又大于产量的增加幅度,表现为曲线比较陡峭。

从图中可以看出,长期总成本随着产量的增加而增加,但是由于产量较低时生产要素无法充分利用,成本的增加幅度要大于产量的增加幅度,当产量增加到一定程度后,由于规模报酬作用,成本增加的幅度小于产量的增加幅度,最后,由于规模报酬递减,成本的增加幅度又大于产量的增加幅度。

长期平均成本是长期中平均每单位产品的成本。由于在长期中生产要素都是可变的,从而不存在固定成本,厂商在决定其产量规模时,总是要使相对于每一产量的平均成本达到最低,因此,长期成本曲线是所有短期成本曲线的包络线,如图 4-6 所示。

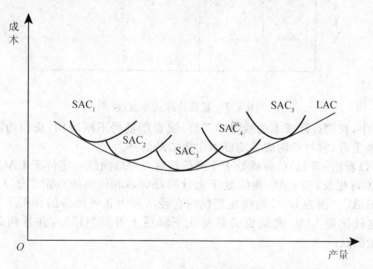

图 4-6　长期平均成本曲线

在图 4-6 中,长期平均成本曲线 LAC 也是一条先下降后上升的"U"形曲线,边线为众多短期平均成本曲线的包络线。

从图中可以看出,长期平均成本随着产量的增加先减少后增加,这是因为随着产量的增加规模收益递增,平均成本减少;随着产量的继续增加,规模收益递减,平均成本又逐渐增加。长期平均成本的这种变化规律和短期平均成本相同,但是形成的原因则不一样。短期平均成本曲线的"U"形是因为边际报酬递减规律引起的,长期平均成本曲线的"U"形是因为规模报酬递减规律引起的。

长期边际成本曲线也是随产量的增加先下降后上升的向右上方倾斜的一条曲线。但是长期边际成本曲线不是短期边际成本曲线的包络线,它是每一产量上短期边际成本与短期平均成本相交确定的产量所对应的短期边际成本连结而成的一条光滑的曲线,如图4-7所示。

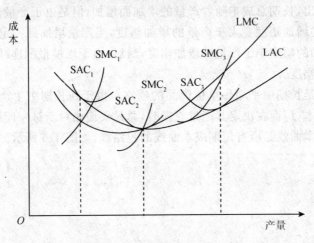

图 4-7 长期边际成本曲线

在图4-7中,长期边际成本曲线呈"U"形,随着产量的不断增加,长期边际成本先是下降,然后又不断上升,它与长期成平均成本曲线的最低点。

从图中可以看出,当LAC曲线处于下降阶段时,LMC曲线一定位于LAC曲线的下方,即 LMC<LAC,;相反,当LAC曲线处于上升阶段时,LMC曲线一定位于LAC曲线的上方,即 LMC>LAC。因为LAC曲线在规模内在经济和内在不经济的作用下呈先下降后上升的"U"形,这就使得LMC曲线也必然呈先下降后上升的"U"形,并且两条曲线相交于LAC曲线的最低点。

第四节 生产要素的最优组合

一、等产量曲线

等产量曲线是指在其他条件不变时,生产一定产量产品所需要的两种投入的各种有效组合的轨迹。在技术条件不变的前提下,如果两种生产要素的不同组合能够生产出同等水平的产量,把这些组合连接起来形成的曲线就是等产量线。

　　等产量曲线给出了厂商进行生产决策的可行空间。为得到特定的产出,厂商可以使用不同的投入品组合。假定某厂商用劳动和资本两种要素生产一种产品,劳动和资本有 A、B、C、D 四种组合方式,这四种组合方式都可以生产出相同的产量,如表 4-4 所示,据此作出的等产量曲线如图 4-8 所示。

表 4-4　同一产量下不同要素的组合

组合方式	资本(K)	劳动(L)
A	6	1
B	3	2
C	2	3
D	1	6

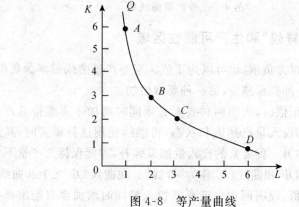

图 4-8　等产量曲线

　　在图 4-8 中,横轴和纵轴分别表示劳动和资本的投入数量,Q 曲线为等产量曲线。等产量曲线上任何一点所表示的资本和劳动的不同数量组合,都能生产出相等的产量。等产量曲线和无差异曲线类似,所不同的是它代表产量,而不是效用。

　　从图中可以看出,等产量曲线一般是一条向右下方倾斜的曲线,斜率为负值,说明在生产者与生产要素的价格既定的条件下,为了生产相同的产量,在增加每一种生产要素时,必须减少另一种生产要素。两种生产要素之间存在替代关系。两种生产要素的同时增加,在资源既定时是无法实现的,而两种生产要素的同时减少,又不能保持相等的产量水平。

　　针对不同的产量水平,可以得出多条等产量曲线,在每一条等产量曲线上产量相等,但是不同的等产量曲线代表的产量不同,离原点越近的等产量曲线代表的产量水平越低,离原点越远的等产量曲线代表的产量水平越高。且在同一坐标平面上,任意两条等产量曲线不能相交。等产量曲线族如图 4-9 所示。

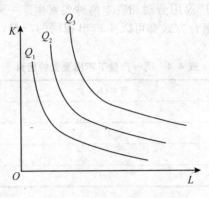

图 4-9　等产量曲线族

二、等产量曲线的"脊线"和生产可能性区域

等产量曲线的斜率可以为负值,也可以为正值。当等产量曲线斜率为负值时,表明两种生产要素可以互相替代,一种要素减少,另一种要素增加。

当等产量曲线斜率为正值时,表明两种要素必须同时增加才能维持总产量不变。也就是说,其中一种生产要素的投入量已达饱和状态,再继续使用这种要素时,其边际产量反而为负值,这时不得不靠增加另一种要素的投入量加以弥补,才能保持总产量不变。

如图 4-10 所示,曲线 OF 和曲线 OC 称为"脊线"。在曲线 OF 之上和曲线 OC 之下区域的等产量曲线的斜率为正值,说明两种生产要素投入量同时增加也只能维持某一既定的产量水平;在曲线 OF 之下和曲线 OC 之上区域的等产量曲线斜率为负值,说明可以通过两种生产要素投入量的相互替代生产出某一既定的产量水平。此外,曲线 OF 以上区域资本的边际产量为负值,曲线 OC 以下区域劳动的边际产量为负值,这说明在 A、B、C 点劳动的边际产量为零,以后继续增加劳动的投入量就会使劳动的边际产量降为负值,同理,在 D、E、F 点资本的边际产量为零,以后继续增加资本的投入量会使资本的边际产量为负值。因此,在曲线 OF 之上和曲线 OC 之下进行生产都是不利的。

对于一个追求最大利润的厂商来说,总是尽可能地用比较少的劳动和资本投入量去生产一个既定的产量,所以,合乎理性的生产不可能在脊线以外的区域进行,而只能在脊线以内的区域进行,即在脊线以内的区域就是生产经济区域。

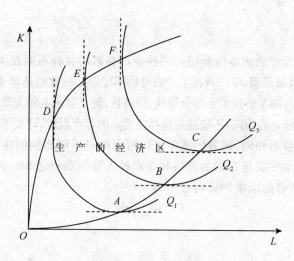

图 4-10　生产的经济区域

三、边际技术替代率

在等产量曲线上,为维持既定的产量,增加一种生产要素的投入量,必须同时减少另外一种生产要素的投入量,即两种生产要素之间可以互相替代。

边际技术替代率是指在维持产量水平不变的条件下,增加一个单位的某种要素投入量时所减少的另一种要素的投入数量。如果用 MRTS 表示劳动代替资本的边际技术替代率,ΔK 和 ΔL 分别表示资本投入量的变化量和劳动投入量的变化量,边际技术替代率的公式为

$$\mathrm{MRTS_{LK}} = -\frac{\Delta K}{\Delta L}$$

式中,负号是为了使边际替代率在一般情况下为正值。

在正常情况下,边际技术替代率呈递减趋势。这是因为根据边际报酬递减规律,随劳动量的增加,它的边际产量是递减的,因此,每增加一定数量的劳动所能代替的资本越来越少,即 ΔL 不变时,ΔK 越来越小。在等产量曲线上,边际技术替代率就是等产量曲线上的斜率。如果要计算等产量曲线上某一点的替代率,就是过该点做一条切线的斜率的值。等产量曲线的斜率递减,决定了它是一条凸向原点的曲线。

等产量曲线的斜率还可能为零或无穷大,这两种情况表明两种要素之间完全不能替代。如图 4-10 中的 A、B、C 点和 D、E、F 点所示。

四、等成本线

等成本线是表示等量的成本所购得的两种生产要素的各种不同投入组合的轨迹。

生产函数的经济区域说明,生产者在生产的时候不能随心所欲地选择生产要素的投入组合,必须要考虑到技术约束,即考虑技术上的合理性、经济性,防止技术上的无效率或低效率。除此之外,生产者还面临着经济上的约束,不能随意选择位置高的等产量线,即要考虑预算约束。

由于要素的价格各不相同,同等的成本支出可以购得不同比例的生产要素组合。因此,生产者所承受的成本水平就是要素的价格和要素投入量的乘积之和。假定只有资本和劳动两种生产要素,则生产者的成本约束可表示为

$$C=\omega L+rK$$

其中:

C——货币成本;

ω——劳动的价格;

L——劳动的购买量;

r——资本的价格;

K——资本的购买量。

这个公式说明如果成本和要素价格水平既定,则生产要素所投入的资本和劳动之间具有替代关系,且这种替代关系必须保持在同等的成本水平限制之内,即不能突破生产者的预算约束,等成本线就是用来描述这种关系的。

由成本方程可得

$$K=-\frac{\omega}{r}L+\frac{C}{r}$$

则等成本线如图 4-11 所示。

在图 4-11 中,等成本线以内区域中的任何一点,如 B 点,表示既定的全部成本都用来购买该点的劳动和资本的组合以后还有剩余。等成本线以外的任何一点,如 A 点,表示用既定的全部成本购买该点的劳动和资本的组合是不够的。只有等成本线上的任何一点才表示用既定的全部成本能刚好购买到的劳动和资本的组合。

在成本固定和要素价格已知的条件下,即可得到一条成本线,当成本和要素价格发生变动时,则会使等成本线

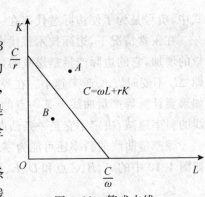

图 4-11　等成本线

发生变化。如果生产者的货币成本增加,等成本线向右上方平行移动;如果生产者的货币成本减少,等成本线向右下方平行移动,如图 4-12 所示。在图中,当要素价格增加时,等成本线 AB 向右下方移动到 A_2B_2,当成本增加时,等成本线 AB 向右上方移动到 A_1B_1。

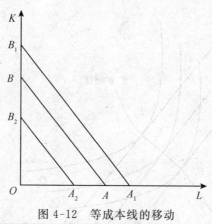

图 4-12　等成本线的移动

五、生产要素的最优组合

等产量曲线表明了生产者在生产要素投入数量和比例上的选择范围,等成本线则表明了生产者在生产要素投入成本上的选择范围。现在需要明确的是把这两个方面的选择结合起来,确定生产者在生产要素投入上的最佳选择,即生产要素的最优组合。

生产者在作出选择时,其行为动机在于追求以最小的成本来获得最大的产量。由于生产要素是可以相互替代的,如果产量目标既定,要使成本达到最小,生产者必然选择具有最低成本的那种组合;如果成本水平既定,要使产量最大,生产者必然选择具有最高产量的那种组合。

我们把描述生产者技术约束的等产量曲线和描述生产者预算约束的等成本线组合在一起,就可以明确看出生产者在这两种约束条件下如何确定生产要素的最佳组合,如图 4-13 所示。

生产要素的最优投入组合就是等成本线和等产量线相切之点所代表的那种组合,它可以达到以最小的成本生产出既定的产量,或者以既定的成本生产出最大的产出,如图中 E_1、E_2、E_3 所示。

在图 4-13 中,等产量线 Q_1、Q_2、Q_3 表示从低到高的产量水平,等成本线 A_1B_1、A_2B_2、A_3B_3 表示从低到高的成本水平。当成本由等成本线 A_1B_1 表示时,E_1 点所代表的生产要素组合就是在这个既定的成本水平上所能生产出的最大产量的最优组合;当成本依次提高到 A_2B_2 和 A_3B_3 所代表的水平时,E_2 和 E_3 所代表的生产要素组合就是成本发生变化以后的最优组合,即 E_1、E_2、E_3 分别代表不同成本和产量水平下的最优组合,这些点也称为生产者均衡点。把这些均衡点连接起来就是扩展线,即扩展线表示的是各均衡点的轨迹,如图中扩展线所示。

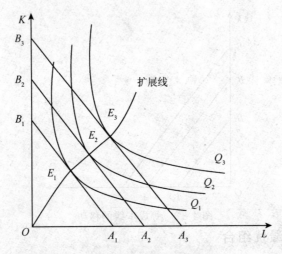

图 4-13 生产要素的最优组合

扩展线表示在生产要素价格、生产函数和其他条件不变的情况下,当生产的成本或产量发生变化时,厂商必然会沿着扩展线来选择最优的生产要素组合,从而实现既定成本条件下的最大产量,或实现既定产量条件下的最小成本。

习　　题

一、单项选择题

1. 生产函数表示(　　)。

A. 一定数量的投入,至少能生产多少产品

B. 投入与产出的关系

C. 生产一定数量的产品,最多要投入多少生产要素

D. 以上都对

2. 依据生产三阶段论,生产应处于(　　)阶段。

A. 边际产出递增,总产出递增　　　　　　　　B. 边际产出递增,平均产出递增

C.边际产出为正,平均产出递减　　　　　　D.以上都不是

3.在总产量、平均产量和边际产量的变化过程中,下列哪种情况首先发生(　　)。

    A.边际产量下降　　　B.平均产量下降　　　C.总产量下降　　　D.B 和 C

4.等产量曲线是指在这条曲线上的各点代表(　　)。

    A.为生产同等产量投入要素的各种组合比例是不能变化的

    B.为生产同等产量投入要素的价格是不变的

    C.不管投入各种要素量如何,产量总是相等的

    D.投入要素的各种组合所能生产的产量都是相等的

5.生产要素最适度组合的选择条件是(　　)。

    A. $\mathrm{MRTS}=\dfrac{P_1}{P_2}$　　　B. $\dfrac{\mathrm{MU}_1}{\mathrm{MU}_2}=\dfrac{P_1}{P_2}$　　　C. $\mathrm{MRTS_{LK}}=\dfrac{\omega}{r}$　　　D. $\dfrac{\mathrm{MP_L}}{\mathrm{MP_K}}=\dfrac{r}{\omega}$

6.边际成本与平均成本的关系是(　　)。

    A.边际成本大于平均成本,边际成本下降

    B.边际成本小于平均成本,边际成本下降

    C.边际成本大于平均成本,平均成本上升

    D.边际成本大于平均成本,边际成本上升

7.随着产量的增加,固定成本(　　)。

    A.增加　　　　　　B.不变　　　　　　C.减少　　　　　　D.先增后减

8.边际成本曲线与平均成本曲线的相交点是(　　)。

    A.边际成本曲线的最低点　　　　　　B.平均成本曲线的最低点

    C.平均成本曲线下降阶段的任何一点　　D.边际成本曲线的最高点

9.在生产者均衡点上(　　)。

    A.等产量曲线与等成本曲线相切　　　　B. $\mathrm{MRTS_{LK}}=P_L/P_K$

    C. $\mathrm{MP}_L/P_L=\mathrm{MP}_K/P_K$　　　　　　D.上述情况都正确

10.已知等成本曲线与等产量曲线既不相交也不相切,此时,要达到等产量曲线所表示的产出水平,应该(　　)。

    A.增加投入　　　B.保持原投入不变　　　C.减少投入　　　D.或 A 或 B

二、判断题

1.边际产量是指增加一单位生产要素的投入所引起的产量的增加。(　　)

2.当边际产量为正值时,总产量就增加;当边际产量为负值时,总产量就减少。(　　)

3.由于边际产量递减规律的作用,连续投入一种可变生产要素带来的边际产量一直是

递减的。（　　）

4.合乎理性的生产也可能在脊线以外的区域进行。（　　）

5.生产要素的最优投入组合就是等成本线和等产量线相切之点所代表的那种组合。（　　）

三、简答题

1.为什么说扩展线上的任何一点都是生产者均衡点？

2.生产规模扩大导致收益的变动可分为哪些阶段？它说明了什么问题？

3.短期边际成本的变动变动规律是什么？它与短期平均成本有什么关系？

4.什么是等产量曲线？等产量曲线与无差异曲线在性质上有何异同？

5.长期平均成本曲线是如何构成的？其特征是什么？

四、计算题

1.已知生产函数为 $Q=f(L,K)=KL-0.5L^2-0.32K^2$，$Q$ 表示产量，K 表示资本，L 表示劳动。令上式中的 $K=10$。

(1)写出劳动的平均产量（AP_L）函数和边际产量（MP_L）函数。

(2)分别计算当总产量、平均产量和边际产量达到极大值时厂商雇佣的劳动。

(3)证明当 AP_L 达到极大时 $AP_L = MP_L=2$

2.填制下列表格。

总资本数量 K	总劳动数 L	总产量 Q	劳动的平均产量	劳动的边际产量
12	0	0	—	—
12	1	75		
12	2		100	
12	3			100
12	4	380		
12	5			50
12	6		75	

3.已知某厂商的生产函数为 $Q=L^{3/8}K^{5/8}$，又设 $P_L=3$ 元，$P_K=5$ 元。

(1)求产量 $Q=10$ 时的最低成本支出和使用的 L 与 K 的数量。

(2)求产量 $Q=25$ 时的最低成本支出和使用的 L 与 K 的数量。

(3)求总成本为 160 元时厂商均衡的 Q、L 与 K 的值。

4.假定某厂商只有一种可变要素劳动人，产出一种产品 Q，固定成本为既定，短期生产函数 $Q=-0.1L^3+6L^2+12L$，求解下列各题。

(1)劳动的平均产量 AP_L 为极大时雇佣的劳动人数。

(2)劳动的边际产量 MP_L 为极大时雇佣的劳动人数。

(3)平均可变成本极小(AP_L)时的产量。

(4)假如每人工资 $\omega=360$ 元,产品价格 $P=30$ 元,求利润极大时雇佣的劳动人数。

5.已知某企业短期总成本函数是 $STC(Q)=0.04Q^3-0.8Q^2+10Q+5$,求最小的平均可变成本值。

第五章 市场均衡理论

知识要点：

1.理解各种市场类型及其特点；

2.掌握不同市场条件下厂商产量和价格的决定；

3.掌握各类型厂商实现利润最大化的条件及其厂商短期和长期均衡的实现过程及条件。

▶ **案例导入**

拖车费算不算价格垄断？

当《反价格垄断规定(征求意见稿)》公布后，重新激活了民意对反价格垄断的热望。据2009年8月14日《华商报》报道，因为陕西乃至全国物价部门都没有明确的拖车收费标准，以至于两辆车被拖10公里，汽修厂竟开出了1.4万元拖车费。

这1.4万元天价拖车费算不算价格垄断？征集意见稿将价格垄断明确界定为包括"价格垄断协议"与"滥用市场支配地位的价格垄断行为"两种，天价拖车费显然与两者无关。

这让人很困惑：拖车费之所以能天价，就在于"独家经营权"，这不是垄断价格是什么？但是，如果根据"滥用市场支配地位的价格垄断行为"来解释，汽修厂又并没有针对其他同类服务采取歧视性定价，与"排除或限制竞争"无关。至此，我们终于发现，天价拖车费在"反价格垄断规定"中犯了难，根本在于——规定指向的是歧视性收费项目、标准和价格，而价格垄断的利剑并没有指向垄断行为自身。

相较于自由竞争带来的市场垄断，行政权力滥用导致的行政垄断更为复杂，界定难、取证难、查处难。这不难理解：行政垄断之所以存在，大多与部门利益、集团利益有着千丝万缕的关联。现在,反垄断的权力又交给了带来行政垄断的职能部门,基本就等于指望他们"自己反自己",这在实践上几乎无可能。因此,征求意见稿刚一发布,相关人士就正告公众:目前油价基本是由国家管制,因此很大程度上不适用该规定。那水、电、煤气呢?殡葬、通信呢?

看来,资源型产品或者行政权力独家贩卖的产品,都可以找个理由成功规避这一规定了。那么,这样的反价格垄断还有多大意义?

案例来源:摘自 http://www.cfi.net.cn

第一节 完全竞争市场的厂商均衡

一、完全竞争的含义

完全竞争又称纯粹竞争,是指一种竞争不受任何阻碍和干扰的市场结构。在这种市场中,既没有国家政府的干预,也没有厂商的集体勾结行为对市场机制作用的阻碍,在这个市场中,单个厂商就如同物质结构中的原子一样,因此,完全竞争市场又称为"原子式市场"。

二、完全竞争市场的条件

要形成完全竞争市场,必须具备以下几个条件,或者说如何判断一个市场是否是完全竞争的市场,就需要看它是否符合这些基本条件或具备完全竞争市场的基本特征。

第一,市场上存在着众多的生产者和消费者。每个消费者和生产者都占极小的市场份额,以至于没有谁能够独立影响市场价格。市场价格由众多消费者与生产者共同作用形成,对单个生产者来说只能是价格的接受者。

第二,市场上产品是同质的。即在同一市场上所有生产者都提供完全相同的产品。消费者对购买哪一种产品不存在偏好,唯一的影响因素是价格。

第三,所有生产要素可以自由流动。即每个厂商都可以根据自己的意愿自由地进入或退出某个行业。

第四,信息完全畅通。所有的生产者和消费者都对产品的价格、技术、质量和成本等信息有充分的了解和掌握,对市场状况有清楚的认识。

可以看出,完全竞争市场要具备的条件是相当严格的,这样的条件在现实中几乎不存在,但是它可以提供一种衡量现实市场完善程度的标准和参照物。在现实经济生活中,完全竞争市场是不存在的,通常将某些农产品市场看成是比较接近的市场类型。

三、完全竞争市场的需求曲线、平均收益和边际收益

在任何一个商品市场中,消费者对整个行业所生产的商品的需求量称为行业所面临的需求量,相应的需求曲线称为行业所面临的需求曲线。消费者对行业中的单个厂商所生产的商品的需求量,称为厂商所面临的需求曲线。

由于整个行业所面临的需求曲线就是整个市场上全部消费者的需求总量,因此,行业需求曲线也就是市场的需求曲线。在完全竞争条件下,对整个行业来说,市场需求曲线是由所有消费者在每一个价格水平的个人需求数量加总而成的,是一条向右下倾斜的曲线;供给曲线是由该行业的所有厂商的供给曲线加总而成的,是一条向右上倾斜的曲线,整个行业产品的价格就是由供给和需求决定的均衡价格。但对个别厂商来说就不同了,当市场价格确定之后,厂商面对的价格是既定的,其产量的变动不会影响市场价格,而市场价格对个别厂商的需求是无限的,因此,市场对个别厂商产品的需求曲线是一条由既定市场价格出发的平行线,如图 5-1(a)和图 5-1(b)所示。

在图 5-1(a)中,曲线 D 是一条完全竞争市场上的需求曲线,向右下方倾斜,曲线 S 是一条完全竞争市场上的供给曲线,向右上方倾斜,P_0 是市场需求曲线与供给曲线相交所决定的均衡价格。在图 5-1(b)中,曲线 d 是厂商的需求曲线,它是相对于市场需求曲线 D 和市场供给曲线 S 的交点 E 所决定的均衡价格 P_0 而言的,如果图 5-1(a)中供求发生变化导致均衡价格发生变化时,厂商的需求曲线就会是一条新的均衡价格水平出发的呈水平状的需求曲线。

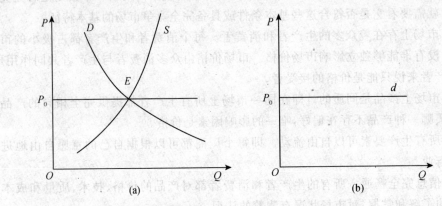

图 5-1 行业需求曲线和单个厂商需求曲线

由于所有的个别厂商都是既定市场价格的接受者,都是按照既定的市场价格来出售产品的,所以,每单位产品的售价也就是每单位产品的平均收益,并且等于市场价格。如果用

TR 表示厂商的总收益,AR 表示平均收益,MR 表示边际收益,Q 表示产品销售量,则有

$$TR = P \times Q$$

$$AR = \frac{TR}{Q} = \frac{P \times Q}{Q} = P$$

$$MR = \frac{\Delta TR}{\Delta Q} = \frac{\Delta(PQ)}{\Delta Q} = \frac{P\Delta Q}{\Delta Q} = P = AR$$

所以,在完全竞争市场结构中,个别厂商的需求曲线、平均收益曲线、边际收益曲线是同一条线,而且这条需求曲线的曲线价格弹性是完全富有弹性的,即在市场价格既定时,对个别厂商产品的需求是无限的,即 $P = MR = AR$,如图 5-2(a)和图 5-2(b)所示。

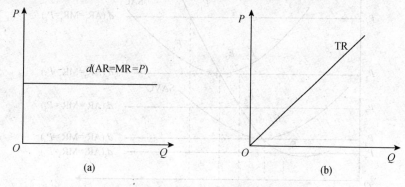

图 5-2 完全竞争市场厂商的收益曲线

四、完全竞争市场的厂商均衡

(一)完全竞争市场的厂商短期均衡

1. 完全竞争市场的厂商短期均衡

在短期内,当其他条件不变时,厂商会选择最优产量,使边际收益等与边际成本,并且等于市场价格,即 $MR = MC = P$。在完全竞争市场上,厂商面临的市场价格和生产规模都是既定的,厂商只能通过调整产量来实现这个利润最大化的均衡条件。

由于厂商不能根据市场的需求来调整全部生产要素,从整个行业来看,就可能出现供大于求或供不应求的情况,从而,厂商的短期均衡分为厂商获得超额利润、获得正常利润、厂商亏损但继续生产、厂商亏损且处于生产与不生产的临界点、停止经营五种情况,如图 5-3 所示。

1)厂商获得超额利润

在图 5-3 中,市场价格为 P_1 时,对个别厂商来说,需求曲线 d_1 是从 P_1 引出的一条平行

线,这条需求曲线同时也是平均收益与边际收益曲线,即需求曲线、平均收益曲线和边际收益曲线重合。此时,厂商为了实现利润最大化必须使边际收益等于边际成本。因此,边际收益在短期边际成本高于短期平均成本之处与边际成本相等,即边际收益曲线 MR_1 在短期边际成本曲线 SMC 高于短期平均成本曲线 SAC 最低点的地方与短期边际成本曲线相交于 E_1 点,由 E_1 点确定的均衡产量为 Q_1,此时平均成本为 F_1Q_1,平均收益为 E_1Q_1,则总成本为平均成本和产量的乘积,总收益为平均收益和产量的乘积,显然总收益大于总成本,从而厂商获得了超额利润,即经济利润。

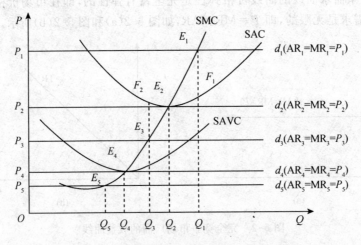

图 5-3　完全竞争市场中厂商的短期均衡

2)厂商获得正常利润

由于价格为 P_1 时,厂商获得超额利润,吸引更多厂商进入或者原有厂商扩大生产规模,因此市场上的供给增加,价格将会下降,直至 P_2 为止。此时,短期平均成本曲线和平均收益曲线 AR_2(即边际收益曲线 MR_2)相切,且和短期边际成本曲线相交于 E_2 点,由 E_2 点确定的均衡产量为 Q_2,此时平均成本为 E_2Q_2,平均收益也为 E_2Q_2,则总成本和总收益相等,从而厂商既没有亏损,也没有超额利润,只能获得全部正常利润。

3)厂商亏损但继续生产

当市场价格为 P_3 时,厂商仍然按照利润最大化原则来确定产量,产量仍由边际收益曲线与边际成本曲线的交点决定。此时,边际收益在短期边际成本低于短期、平均成本之处与边际成本相等,即平均收益曲线 AR_2(边际收益曲线 MR_3)在短期边际成本曲线低于短期平均成本曲线之相交于 E_3 点,由 E_3 点决定的均衡产量为 Q_3,此时平均成本为 F_2Q_3,平均收益为 E_3Q_3,平均成本大于平均收益,则总成本大于总收益,即厂商处于亏损状态,但是由于此时边际收益大于平均变动成本,厂商的全部收益弥补了全部可变成本后还有剩余,还可以弥补一部分固定成本,从而厂商会继续生产。

4)厂商亏损且处于生产与不生产的临界点

当市场价格为 P_4 时,厂商存在亏损,但是处于生产与不生产的临界点。即此时短期平均可变成本曲线与平均收益曲线 AR_4(即边际收益曲线 MR_4)相切,且和边际成本曲线相交于 E_4 点,由 E_4 点决定的均衡产量为 Q_4,该点就是厂商的停止营业点。也就是说,当价格为 P_4 时,厂商所得到的收益刚好可以弥补平均可变成本,而固定成本在短期是不变的,无论是否生产都必须支出,所以只要收益可以弥补可变成本,厂商就可以生产,而一旦价格低于 P_4,厂商的收益就小于平均可变成本,厂商将不再生产,因此平均可变成本的最低点 E_4 被称为停止营业点,也叫关闭点。

5)厂商停止经营

当市场价格继续由 P_4 下降为 P_5 时,平均收益曲线 AR_5(即边际收益 MR_5)与边际成本曲线相交于 E_5 点,均衡产量变为 Q_5,而厂商在这个产量水平上连可变成本都弥补不了,更谈不上对固定成本的弥补,所以厂商必须停止生产。

总之,在短期内,由于其他厂商来不及进入该行业,现有厂商也来不及调整生产规模或退出该行业,因此,完全竞争市场上的厂商将在短期高于停止营业点的任何价格水平上达到其产量均衡,它可能是盈利条件下的均衡,也可能是亏损条件下的均衡,即利润最大化或者亏损最小化,而实现短期均衡的条件是 $MR=AR=SMC=P$。

2. 完全竞争厂商的短期供给曲线

在短期内,完全竞争厂商为了使获得最大利润最大或使亏损最小,将根据 $P=MC=MR$ 的原则来进行生产。对于任意给定的价格,只要大于等于平均可变成本的最低点,满足均衡条件的均衡点必然位于边际成本曲线上,因此,完全竞争厂商的短期供给曲线就是在不同的价格水平上愿意提供的产量,可以由该厂商边际成本曲线中位于平均可变成本曲线最低点以上的那部分来表示,如图 5-3 中短期边际成本曲线 SMC 位于短期平均可变成本曲线 SAVC 的最低点以上那部分边际成本曲线所示。

(二)完全竞争厂商的长期均衡

短期均衡状态是不易保持的,它是一种暂时现象。在长期中,各个厂商可以根据市场价格来调整全部生产要素和生产规模,也可以自由进入或退出该行业。这样,整个行业供给的变动就会影响市场价格,从而影响各个厂商的均衡。如果整个行业的供给增加,价格水平会下降,超额利润将不复存在。当供大于求时,价格下跌,出现了亏损,该行业的厂商就会减少生产,甚至有些厂商会退出该行业,从而使整个行业供给减少,导致供小于求,价格水平上升,亏损消失,最终调整的结果会使各个厂商既无超额利润,又无亏损。此时,整个行业达到供求平衡,各个厂商的产量也不再调整,就实现了长期均衡,如图5-4所示。

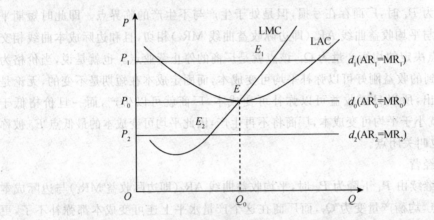

图 5-4 完全竞争市场厂商的长期均衡

在图 5-4 中,LMC 曲线是长期边际成本曲线,LAC 曲线是长期平均成本曲线。d_1 是在短期中能获得超额利润的个别厂商的需求曲线,同时也是平均收益曲线和边际收益曲线,d_2 是在短期中厂商产生亏损时的个别厂商的需求曲线。当存在超额利润时,其他厂商会进入该行业,从而导致整个行业供给增加,引起价格下降,个别厂商的需求曲线下移,而存在亏损时厂商会减少产量或者退出该行业,导致整个行业供给减少,引起价格上升,个别厂商的需求曲线上移,这种调整最终会使需求曲线移动到 d_0 为止,此时边际成本曲线与边际收益曲线相交于 E 点,决定均衡产量为 Q_0,从而总收益等于总成本,厂商既不存在超额利润也不存在亏损,因此就不再调整产量。

因此,当长期边际曲线 LMC 与长期平均成本曲线 LAC 相交于 E 点时,厂商实现了长期均衡,且实现长期均衡的条件是 MR＝AR＝LMC＝LAC。

需要注意的是:第一,长期均衡点就是收支相抵点(但不是停止营业点)。这时,成本与收益相等,厂商所能获得的只能是作为生产要素之一的企业家才能的报酬,即正常利润。正常利润作为用于生产要素的支出之一,属于生产成本,所以,收支相抵中就包含了正常利润在内。在完全竞争市场上,竞争激烈,长期中厂商无法实现超额利润。只要获得正常利润就实现了利润最大化。第二,实现长期均衡时,平均成本与边际成本相等。由于平均成本曲线和边际成本曲线相交时,平均成本一定处于最低点。这表明,在完全竞争的条件下,可以实现成本最小化,也就是经济效率最高,也正因为如此,完全竞争才被认为是最优状态。

第二节　完全垄断市场的厂商均衡

一、完全垄断的含义

完全垄断，又称为独家垄断，是指一个行业处于完全由一家厂商所控制的市场结构。完全垄断市场是不存在竞争的市场，任何其他厂商都不能进入这一行业，单个厂商就是整个行业。其特点是：市场上不存在替代品，也不存在竞争；厂商是市场价格的决定者，而不是市场价格的被动接受者；垄断企业可以根据获取利润的需要实行不同的价格，这个价格叫差别价格。

可以说，完全竞争是市场结构的一种极端状态，而完全垄断则是与完全竞争相对的另一种极端情形。在完全垄断市场中，只有唯一的卖者，即只有一家厂商生产该种商品，而且这种商品没有相近的替代品；另一方面，由于某些原因，其他厂商不能进入这个市场，即市场的进入被封锁，从而使厂商能够保持其垄断地位。对完全垄断市场来说，信息是不完全的。

二、完全垄断市场的条件

要形成完全垄断市场，必须具备以下几个条件，或者说如何判断一个市场是否是完全垄断的市场，需要看它是否符合这些基本条件或具备完全垄断市场的基本特征。

第一，市场上只有唯一的一个厂商生产和销售某种商品。

第二，该厂商生产和销售的商品没有十分相近的替代品。

第三，其他任何厂商都不能进入到该行业。

之所以会形成完全垄断，主要有四个方面原因。

第一，政府政权对某一行业的垄断经营，如铁路经营。

第二，政府特许的私人垄断经营，如私人天然气公司。

第三，某些需求很小的产品，只有一家厂商生产。

第四，由于某些特殊自然资源的垄断而形成的经营垄断，如美国的铝业公司长期保持对铝业的完全垄断经营；美国的可口可乐公司就是长期控制了制造可口可乐饮料的配方而垄断了这种产品的供给。

不同的垄断形成了不同的垄断性质，如有的垄断由人为形成，而有的垄断则由自然条件形成。有的是合理的,有的不合理。

如同完全竞争市场一样,完全垄断市场的假设条件也很严格。在现实的经济生活里,完全垄断市场几乎是不存在的。在西方经济学中,由于完全竞争市场的经济效率被认为是最高的,从而完全竞争市场模型通常被用来作为判断其他类型市场的经济效率的高低的标准。而完全垄断市场模型就是从经济效率最低的角度来提供这一标准。

三、完全垄断市场的需求曲线、平均收益和边际收益

由于垄断行业中只有一个厂商,所以,厂商所面临的需求曲线就是市场的需求曲线,它是一条向右下方倾斜的曲线。假定商品市场的销售量等于市场的需求量,于是,厂商所面临的向右下方倾斜的需求曲线表示厂商可以通过改变销售量来控制市场价格,以销售量的减少来抬高市场价格,以销售量的增加来压低市场价格,即厂商销售量和市场价格成反方向变动。

在完全垄断市场上,行业内只有一家厂商,其每一单位产品的卖价就是平均收益,因此,平均收益仍等于价格。从而平均收益曲线也就是需求曲线。

与完全竞争厂商不同,在完全竞争条件下,厂商是价格接受者,单个厂商不论销售多少产量都不会改变市场价格,但在完全垄断市场上,厂商是价格的制定者,要抬高价格只需减少供给量;要降低价格,就增加供给量。所以,完全垄断市场上厂商的收益情况和完全竞争市场上的厂商不同。但是,边际收益(MR)总是指厂商多卖出一单位产品所增加的总收益,或者少出售一单位产品所减少的总收益。由于垄断者的需求曲线是向右下方倾斜的,这意味着厂商的销售量每有增加,不仅最后增加的单位产品的卖价较前降低,全部销售量的其他各单位的卖价也较前降低,因而每增加销售一个单位产品带来的总收益的增加量总是小于单位产品的卖价,这意味着边际收益曲线总是位于需求曲线的左下方。在一种产品的需求曲线向右下方倾斜的情况下,厂商的边际收益总小于单位产品卖价,这与完全竞争厂商的边际收益曲线平行于横轴并与需求曲线重合是不同的。

假定某垄断厂商其产量、价格、总收益、平均收益和边际收益如表 5-1 所示,并据此得出该厂商的需求曲线、平均收益曲线和边际收益曲线如图 5-5 所示。

表 5-1　某垄断厂商的产量与价格及收益

销售量	价格	总收益	平均收益	边际收益
1	10	10	10	10
2	9	18	9	8
3	8	24	8	6
4	7	28	7	4
5	6	30	6	2
6	5	30	5	0
7	4	28	7	-2

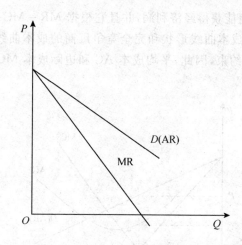

图 5-5　垄断厂商的平均收益曲线和边际收益曲线

从表 5-1 可以看出,垄断厂商销售一定量产品所得的平均收益等于销售价格,即它的平均收益曲线和其需求曲线重合,是一条向右下方倾斜的曲线。而边际收益是随着产量的增加而递减的,并且其数值小于平均收益。这是因为边际收益是产量增加一个单位所引起的总收益的增加量,当垄断厂商增加销售量时,会使价格下降,从而使前面的那些单位产品购销售收入也下降了,因此总收益的增加量要小于单位产品的卖价。从图 5-5 中也可看出,当销售价格下降时,边际收益的下降速度要比平均收益的下降速度快,即边际收益曲线比平均收益曲线陡峭。

四、完全垄断市场的厂商均衡

(一)完全垄断市场的厂商短期均衡

在短期中完全垄断厂商有权决定产品价格和销售量,它可以只卖少量的产品而维持高价,也可以用低价扩大供给量。因此,在短期,完全垄断厂商根据利润原则进行决策,要么使利润最大化,要么使亏损最小化。要达到这个目的,完全垄断厂商也必须遵循边际收益等于边际成本,即 MR＝MC 这个均衡条件,实现均衡生产。

在完全垄断市场中,垄断厂商的短期均衡有三种情况。

1.厂商利润最大化,即获得经济利润下的短期均衡

在这种情况下,厂商能获得经济利润,并且它根据 MR＝MC 决定的产量能使经济利润达到最大。垄断厂商的成本曲线形状和完全竞争厂商的成本曲线一样,它们都受到生产要素边际收益递减规律的约束,因此,平均成本 AC 和边际成本 MC 曲线都呈 U 形,如图 5-6 所示。

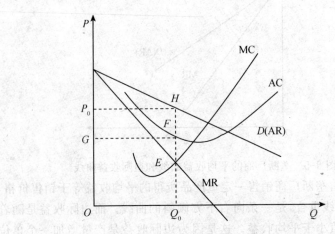

图 5-6 垄断厂商利润最大化的短期均衡

从图 5-6 可知,MR 与 MC 相交于 E 点,决定了均衡产量为 Q_0,相应的均衡价格为 P_0,厂商的平均成本为 OG,总成本相当于矩形 $OGFQ_0$ 的面积,平均收益为 Q_0H,总收益相当于矩形 OP_0HQ_0 的面积,利润为 P_0GFH 的面积。

如果垄断厂商的产量小于 Q_0,此时 MR＞MC,说明增加产量是有利的,能使利润增加,所以任何小于 Q_0 的产量不能使利润最大;如果产量大于 Q_0,此时 MR＜MC,说明增加产量

反而会使利润减少,只有 MR＝MC 时决定的产量 Q_0 才能使利润达到最大。

2.厂商不盈不亏即获得正常利润的短期均衡

在这种情况下,厂商的需求曲线与平均成本曲线相切,此时厂商根据 MR＝MC 决定的产量能使其不盈不亏,如图 5-7 所示。

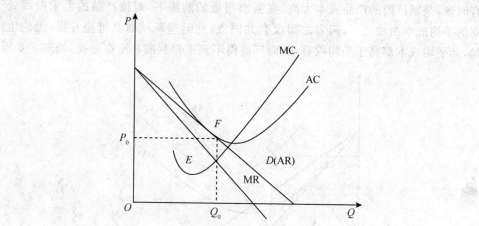

图 5-7 垄断厂商不盈不亏的短期均衡

从图 5-7 中可以看出,厂商根据 MR＝MC 决定的均衡产量为 Q_0,相应的均衡价格为 P_0,厂商的平均成本为 OP_0,总成本相当于矩形 OP_0FQ_0 的面积,平均收益为 Q_0F,总收益也相当于矩形 OP_0FQ_0 的面积,即总收益等于总成本,此时厂商不盈不亏,只获得正常利润。需要注意的是,在这种情况下边际成本和边际收益相交的 E 点必然和平均收益与平均成本相切的 F 点在一条直线上。

这点可以数学方法来证明。假设总成本函数为 $C(Q)$,总收益函数为 $TR(Q)$,则平均成本 $AC＝C(Q)/Q$,总收益 $TR＝PQ$,边际收益 $MR＝\dfrac{dTR}{dQ}＝P+\dfrac{dP}{dQ}\cdot Q$。对平均成本求导可得

$$\frac{dAC}{dQ}＝\frac{\frac{dC(Q)}{dQ}\cdot Q-C(Q)}{Q^2}＝\frac{dC(Q)}{dQ}\cdot\frac{1}{Q}-\frac{C(Q)}{Q^2}＝\frac{1}{Q}\left[\frac{dC(Q)}{dQ}-\frac{C(Q)}{Q}\right]$$

因为 $\dfrac{dC(Q)}{dQ}＝MC,\dfrac{C(Q)}{Q}＝AC$,所以 $\dfrac{dAC}{dQ}＝\dfrac{1}{Q}(MC-AC)$

又因为平均收益曲线和平均成本曲线相切,所以二者斜率相等,即 $\dfrac{dP}{dQ}＝\dfrac{dAC}{dQ}$。

则有 $\dfrac{dP}{dQ}＝\dfrac{1}{Q}(MC-AC)$。同时,在切点 H 上,$AC＝P_0$,将其代入可得

$$MC=P+\frac{\mathrm{d}P}{\mathrm{d}Q}\cdot Q=MR$$

即边际成本和边际收益相交的 E 点必然和平均收益与平均成本相切的 F 点在一条直线上。

3. 厂商亏损最小化的短期均衡

有时候,垄断厂商的产品成本太高,在需求很低的前提下,对该产品的需求曲线处于垄断厂商的平均成本曲线之下,两者之间没有共同点,此时垄断厂商就可能亏损,无论生产多少产量,其平均成本都高于平均收益,从而厂商得不到正常利润甚至在亏损,如图 5-8 所示。

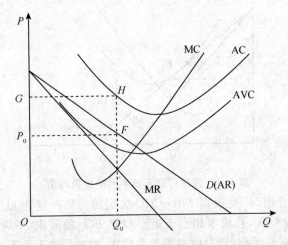

图 5-8 垄断厂商亏损最小的短期均衡

从 5-8 图中可以看出,边际收益曲线和边际成本曲线相交于 E 点,对应的产量 Q_0 是使厂商亏损最小的产量。厂商的总收益相当于矩形 OP_0FQ_0 的面积,总成本相当于矩形 $OGHQ_0$ 的面积,此时的总收益在弥补了全部可变成本之外,还有一部分可用来补偿固定成本,所以短期内维持生产比停止生产亏损要小。当需求曲线低于平均可变成本时,厂商无论生产多少产量,不但不能弥补固定成本,连可变成本都弥补不了,因此停止生产的损失会更小,此时厂商必然停止生产。

(二)完全垄断厂商的长期均衡

在长期内,垄断厂商可以通过对生产规模的调整来获得比在短期时更好的结果。这时厂商的均衡条件是边际收益与长期边际成本和短期边际成本都相等,即 $MR=LMC=SMC$。如图 5-9 所示,当短期平均成本曲线为 SAC_1 时,产量为短期边际曲线 SMC_1 与平均收益曲线 MR 相交的 E 点所决定的 Q_1,对应的价格为 P_1。此时边际收益不等于长期边际成本,因此只是短期均衡,厂商获得的是短期利润,而在长期内厂商可以对生产规模进行调整。假设厂商把生产规模调整到短期成本曲线 SAC_2,这时产量为短期边际成本曲线与边际收益曲线相交的 E_2 点所决定的 Q_2,对应的价格为 P_2,此时 $MR = LMC = SMC_2$,从而实现长期均衡,厂商获得长期利润,显然厂商长期均衡时的利润量大于短期均衡时的利润量。

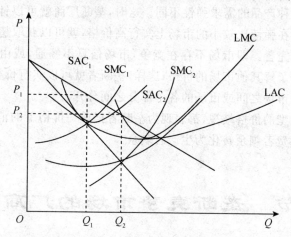

图 5-9　完全垄断市场厂商的长期均衡

从图 5-9 中可以看出,在短期垄断厂商无法调整全部生产要素,因此不一定能获得经济利润,但在长期,垄断厂商可以调整全部生产要素,从而可以获得经济利润,即厂商获得垄断利润。

五、垄断厂商的价格歧视

价格歧视是指完全垄断厂商对不同市场的消费者,或对同一消费者不同的购买量,分别以不同的价格销售。

在完全垄断市场上,由于垄断厂商控制了整个市场,所以可以通过实行价格歧视来获取垄断利润,即在同一时间对同一产品向不同的买者索取不同的价格,以增加其总收益。

根据垄断厂商实行价格差别的程度可以把价格歧视分为三种类型。

第一,一级价格歧视,又称为完全价格歧视。它是指完全垄断厂商在销售其产品时,每个产品均以不同的价格出售以获得最大可能性收入。在一级价格歧视下,垄断厂商将全部消费者剩余转变为利润。但是它只有在两种情况下才可能发生:一种情况是完全垄断厂商的产品销售对象数量很少;另一种情况是完全垄断厂商能够精确地知道每个消费者所愿意接受的最高价格。

第二,二级价格歧视。它是指完全垄断厂商将其垄断产品分批定价出售,以获得较大的收益。在二级价格歧视下,完全垄断厂商获取一部分,而不是全部的消费者剩余。

第三,三级价格歧视。它是指完全垄断厂商对同样的产品在不同的市场取不同的价格。在三级价格歧视下,需求价格弹性较大的市场,产品的价格较低;需求价格弹性较小的市场,产品的价格较高。

垄断厂商要实行价格歧视,必须具备一定的前提条件。

(1)各个市场对同种产品的需求弹性不同。这时,垄断厂商就可以针对需求弹性不同的市场实行不同的价格,在弹性比较小的市场上实行高价格,就可以获取超额利润。

(2)市场存在着不完善。即市场不存在竞争,市场信息不畅通,或由于其他原因使市场出现分割,即消费者不了解其他市场的价格,这样,垄断者就可以实行价格歧视。

(3)有效地把不同市场之间或市场的各个部分之间分开。

总之,不管哪种类型的价格歧视,都表现为垄断者把单一价格下的消费者剩余转化为自己的超额利润,即把消费者剩余转化为生产者剩余。

第三节　垄断竞争市场的厂商均衡

一、垄断竞争的含义

垄断竞争是指一种许多厂商出售相近但非同质而是具有差别的产品的市场结构,在垄断竞争市场上既有垄断又有竞争。

垄断竞争市场具有四种特征。

第一,厂商数目较多。每一个厂商都有众多的竞争对手,厂商数目多到个别厂商的行为对其竞争者的影响微不足道,每一个厂商自以为可以独立行动,可以忽视其他厂商对自身利益的影响,但事实上没有一家企业能有效地影响其他企业的行为。

第二,大量企业生产有差别的产品。市场上大量同类产品相似却又有所区别。产品差别是指同类产品在商品本身存在的差别,如质量、包装、品牌、商标等,或者是同类商品在销售条件方面的差别,如卖者的地理位置、服务质量、交货的及时性和可靠性等。

第三,厂商进出市场不受限制。众多的厂商数目,使任何一个厂商的进入或退出都对市场影响甚小,便利了厂商进入或退出市场。同时,有限的厂商规模,节省了投资建厂所需要的资金,降低了转产所付出的代价,从而减轻了厂商进出市场的困难。

第四,厂商对价格具有某种影响力。产品差别的存在使得垄断竞争厂商在市场上对自己的产品具有一定的垄断性,从而有一定的价格控制能力,同时,产品之间的高替代性又使各厂商间存在竞争,使单个厂商不能控制市场价格。

二、垄断竞争市场的条件

要形成垄断竞争市场,必须具备以下几个条件,或者说如何判断一个市场是否是垄断竞争市场,就需要看它是否符合这些基本条件或具备垄断竞争市场的基本特征。

第一,行业中有大量的厂商生产有差别的同种产品,这些产品彼此之间都是非常接近的替代品,从而使垄断竞争市场中同时具有竞争因素和垄断因素。这一条件从根本上决定了垄断竞争市场的性质。

第二,一个行业中的厂商数量比较多,每个厂商都认为自己的行为不会引起其他竞争对手的反应和报复。

第三,厂商的生产规模较小,进入行业比较容易。

当市场上存在这些特征时,便形成了垄断因素和竞争因素同时并存的垄断竞争市场。

三、垄断竞争市场的需求曲线

由于垄断竞争厂商可以在一定程度上影响商品的价格,因此垄断竞争厂商的需求曲线通常取决于生产同类产品的其他厂商的产量决策和索要的价格。

由于各垄断竞争厂商的产品相互之间都是很接近的替代品,市场中的竞争因素又使得垄断竞争厂商所面临的需求曲线具有较大的弹性。因此,垄断竞争厂商向右下方倾斜的需求曲线是比较平坦的,相对地比较接近完全竞争厂商的水平形状需求曲线。

假定垄断竞争厂商面临着两条独立的需求曲线:一条是需求曲线 d,另一条是需求曲线 D,如图 5-10 所示。

在图 5-10 中,需求曲线 d 表示该行业某一代表性厂商改变产品的销售价格,其他厂商并不随之改变价格时的需求曲线,需求曲线 D 表示该厂商降低价格,其他厂商也随之降低价格时的需求曲线。当销售价格为 P_0 时,代表厂商的销售量为 Q_0,假设厂商把价格降到 P_1,如果该行业其他厂商不改变价格,则该厂商的销售量将从 Q_0 增加到 Q_1;但是如果其他厂商也同时降低价格,则该厂商的销售量只能从 Q_0 增加到 Q_2,即稍有增加,这样就形成两条需求曲线,一条是厂商自己期望的需求曲线,一条是市场实际的需求曲线。

如果行业内有 n 个垄断竞争厂商,需求曲线 D 总是表示每个厂商的实际销售份额为市场总销售量的 $1/n$。因此,厂商的需求曲线 D 弹性较小,也就是说,需求曲线 d 和需求曲线 D 相比,需求曲线 d 上价格变动引起销售量变化的幅度,大于需求曲线 D 上价格变动引起销售量变化的幅度,需求曲线 D 比需求曲线 d 陡峭。

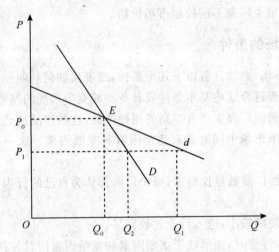

图 5-10 垄断竞争市场需求曲线

四、垄断竞争市场的厂商均衡

(一)垄断竞争市场厂商的短期均衡

在短期内,垄断竞争厂商在既定的生产规模下通过对产量和价格的同时调整,来实现 MR=MC 的均衡条件,其过程如图 5-11(a) 和 5-11(b) 所示。

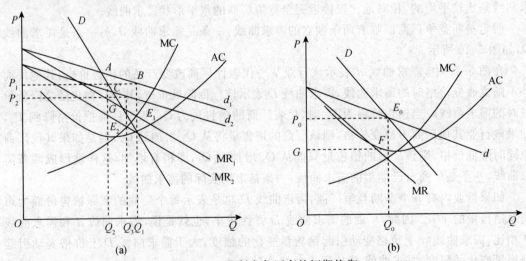

图 5-11 垄断竞争厂商的短期均衡

在图 5-11(a)中,MC 曲线表示代表性厂商的既定生产规模,d 曲线和 D 曲线分别表示代表性厂商的两条需求曲线,MR 曲线是相对于需求曲线 d_1 的边际收益曲线。假定代表性厂商最初在需求曲线 d_1 和需求曲线 D 的交点 A 处进行生产,但 A 点并不是均衡点。按照最大利润原则 $MR_1 = MC$,该厂商将选择点 B 所决定的价格 P_1 和产量 Q_1,在垄断竞争条件下,代表性厂商有利可图的某种变动,总是伴随行业内其他厂商的同等变动。既然代表性厂商为实现利润最大化,把价格确定为 P_1,行业内其他厂商也会把价格确定为 P_1,产量定位 Q_1,于是,当整个市场的价格下降为 P_1 时,代表性厂商的需求曲线 d_1 也就向下平行移动到 d_2 的位置,每个厂商的产量都是 Q_2,而不是 Q_1,相应地,每个厂商的需求曲线也都沿着 D 曲线移到了 d_2 的位置。因此,降价的结果是使代表性厂商的经营位置由 A 点沿着 D 曲线移到 C 点上。

在 C 点上,d_2 曲线所对应的边际收益曲线为 MR_2,显然,C 点所对应的价格 P_1 和产量 Q_2 仍然不符合 $MR_2 = MC$ 的均衡点 E_2 点上的价格 P_2 和产量 Q_3 的要求,因此,该厂商又会再一次降价。与第一次降价相同,厂商将沿着 D 曲线由 C 移动到 G 点,d_2 曲线再一次向下平移至 G 点。

这个调整过程不断反复,代表性厂商为实现利润最大化,会继续降低价格,需求曲线 d 会沿着需求曲线 D 不断向下平移,并在每一个新的市场价格水平与需求曲线 D 相交,直到代表性厂商没有理由再继续降价为止,即实现 $MR = MC$ 的均衡条件。如图 5-11(b)所示,代表性厂商连续降价的行为的最终结果将使得 d 曲线和 D 曲线相交于 E_0 并获得利润,在 E_0 上的产量 Q_0 和价格 P_0 就是厂商实现短期均衡的产量和价格。

垄断竞争厂商在短期均衡点上并非一定能获得最大的利润,也可能是最小的亏损,这取决于均衡价格是大于还是小于 SAC。在企业亏损时,只要均衡价格大于 AVC,企业在短期内总是继续生产的;只要均衡价格小于 AVC,企业在短期内就会停产。

(二)垄断竞争市场厂商的长期均衡

在长期内,垄断竞争厂商不仅可以调整生产规模,还可以进入或退出行业。这就意味着,垄断竞争厂商在长期均衡时的利润必定为零,即在垄断竞争厂商的长期均衡点上,需求曲线 d 必定与 LAC 曲线相切。这点垄断竞争厂商与完全竞争厂商是相似的,但其长期均衡实现过程及条件却与完全竞争厂商不同,如图 5-12(a)和 5-12(b)所示。

在图 5-12 中,d 和 D 分别表示垄断竞争厂商的两条需求曲线,它们相交于 F 点。假设该点是垄断竞争厂商的短期均衡点,均衡价格和均衡产量分别为 P_1 和 Q_1,由于均衡价格高于平均成本,因此厂商可以获得经济利润。这会吸引新的厂商加入,在既定价格下每个厂商的销售量就会减少,相应的代表性厂商的需求曲线 D 便会向左下方平行移动,即移动到图 5-12(b)中的 D_0 曲线的为止。在市场需求规模既定的情况下,随着行业内厂商数目的增多,市场价格将会下降,需求曲线 d 就会不断向左平移到图 b 中的 d_0 的位置,这个过程一直持续到平均收益等于平均成本为止,此时所有厂商的利润为零,在图 5-12(b)中代表性厂商的两条需求曲线分别移动到 d_0 和 D_0,这时,边际收益等于长期边际成本,也等于短期边际成本,即 $MR_0 = LMC = SMC_2$,且 d_0 与长期平均成本曲线 LAC 相切于 d_0 和 D_0 的交点 G。切点所对用的 P_0 和 Q_0 就是长期均衡时的均衡价格和均衡产量,垄断竞争厂商实现了长期均衡。

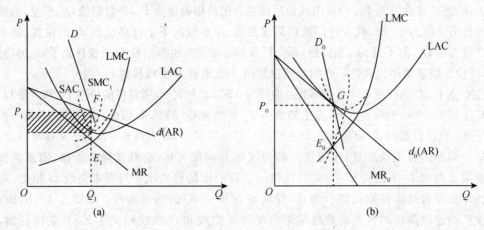

图 5-12 垄断竞争市场厂商的长期均衡

第四节 寡头垄断市场的厂商均衡

一、寡头垄断的含义

寡头垄断,又称寡占,是同时包含垄断因素与竞争因素,更接近于纯粹垄断的一种市场结构。即一个行业的产品供给全部或绝大部分由少数几家大企业所控制,它们彼此势均力敌,形成了这几家大企业在一个行业中共存的局面。这几家大企业我们称为寡头厂商,它们之间既相互依存,又存在着激烈的竞争。因此寡头垄断市场包含着垄断和竞争两种因素。和垄断竞争市场相比,寡头市场更接近完全垄断市场。

根据寡头垄断市场的产品是否有差别,可以分为两种类型:一种是无差别寡头,也叫纯粹寡头,即厂商生产的产品是无差别的,例如钢铁、石油等行业的寡头;另一种是有差别寡头,即厂商生产的产品是有差别的,例如飞机、汽车、机械、香烟等行业的寡头。

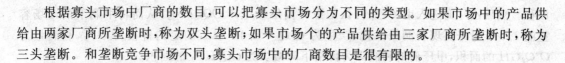

根据寡头市场中厂商的数目,可以把寡头市场分为不同的类型。如果市场中的产品供给由两家厂商所垄断时,称为双头垄断;如果市场个的产品供给由三家厂商所垄断时,称为三头垄断。和垄断竞争市场不同,寡头市场中的厂商数目是很有限的。

二、寡头垄断市场的特征

寡头垄断市场具有和其他市场不同的特征,主要有以下三点。

第一,行业内厂商数量很少。寡头垄断市场上只有两个或少数几个厂商,他们控制了大部分的市场供给,因此,每个厂商在市场上都有举足轻重的地位。

第二,厂商进入和退出行业不易。寡头垄断市场上新企业加入和旧企业退出都是相当困难的。寡头垄断行业一般在大规模生产时能取得良好的经济效益,因此,企业进入市场需要巨额资金,这样的条件对大多数厂商往往不易达到,只有少数厂商能够进入该行业。同样,由于巨额资金的占用,该行业内的企业要退出也是十分困难的。

第三,寡头垄断厂商之间相互依存。由于行业内只有少数几家企业,因此,每一个企业的产量或价格发生变化都会影响到其他厂商的生产和销售。任何一个寡头厂商都不能我行我素,在做出决策时都必须考虑竞争对手对其行为做出的反应。

三、寡头市场理论

1. 双寡头垄断理论:古诺模型

最早用数学方法研究寡头垄断的是法国经济学家古诺,古诺模型是早期的寡头模型,是法国经济学家古诺在1838年以天然矿泉水为例建立的,是只有两个寡头厂商的简单模型,又称"双头模型",其结论可以推广到三个或三个以上的寡头厂商模型中。

古诺的双头垄断模型有十分严格的条件:第一,市场上只有两个寡头,生产完全相同的产品;第二,为简单起见,假设生产成本为零;第三,需求函数是线性的,即需求曲线是一条向右下方倾斜的直线,两个寡头分享市场;第四,各方都根据对方的行动作出反应;第五,每家寡头都通过调整产量来实现利润最大化。

假设寡头厂商以产量为自变量,价格为因变量来推测产量,并且都假定对方不会改变原有的产量,从而求自己的最大利润。如图5-13所示,市场上只有甲、乙两个厂商生产和销售相同的产品,生产成本相同且为零,面临的市场需求曲线是向下倾斜的直线,甲、乙都准确了解市场总需求曲线,能在已知对方产量的情况下,按照利润最大化目标进行独立决策。

在图 5-13 中,假设整个市场竞争的产量为 OA,第一轮,开始时甲厂商进入市场,面临的需求曲线为 $OQ_1 = 1/2 \times OA$,确定的价格为 OP_1,从而实现最大利润,利润量为 OQ_1FP_1 的面积。然后乙厂商进入市场,并且认为甲厂商继续生产 OQ_1 产量,从而将甲剩下的市场容量的 $1/2$ 产量来实现利润最大化,产量为 $Q_1Q_2 = 1/4 \times OA$,确定的价格为 OP_2,利润量为 Q_1Q_2GH 的面积,甲厂商的利润因为价格下降减少为 OQ_1HP_2 的面积。

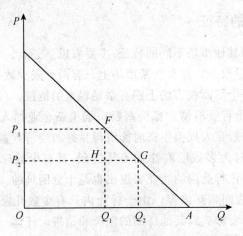

图 5-13　古诺模型

第二轮,在乙厂商采取了上述行动后,甲厂商认为乙厂商会保持 $1/4 \times OA$ 的产量,按照 $MR = MC$ 原则决定产量为市场容量 $OA - 1/4 \times OA = 3/4 \times OA$ 的 $1/2$ 产量,即 $3/8 \times OA$,比第一轮减少 $1/8 \times OA$。然后乙厂商认为甲厂商保持 $3/8 \times OA$ 的产量,乙厂商将剩下的市场容量 $1/2$ 来实现利润最大化,决定产量为 $1/2 \times 5/8 \times OA = 5/16 \times OA$,比第一轮增加 $1/16 \times OA$。如此不断下去,甲厂商的产量将逐渐减少,而乙的产量则逐渐增加。最后甲、乙厂商产量相等为止,各自生产整个市场容量的 $1/3$,行业产量为整个市场容量的 $2/3$,市场达到均衡状态。

根据两个寡头厂商共同生产竞争产量的 $2/3$ 产量的结论,可以推广到 n 个厂商的生产情况,即当达到市场均衡时,行业生产整个市场容量的 $n/(n+1)$,每个厂商各生产 $1/(n+1)$。

2. 弯折的需求曲线:斯威齐模型

1939 年,美国经济学家斯维齐对某些行业,如钢铁、煤炭业等在较长时期内价格比较稳定,即具有粘着性的原因进行分析,提出了著名的斯维齐模型,又称弯折的需求曲线模型。斯威齐认为,在寡头垄断市场上,当一家厂商主动提高价格时,其他厂商不会跟随涨价,因而其销售量会大大减少;相反,如果厂商主动降价,其他厂商也会随之降价,从而使销售量增加很少。因此,该厂商面临着一条弯折的需求曲线,如图 5-14 所示。

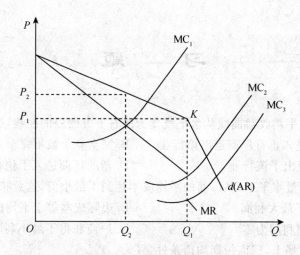

图 5-14　斯威齐模型

　　在图 5-14 中,d(AR)就是弯折的需求曲线,该曲线在 K 点弯折,将需求曲线分为两段。MR 是边际收益曲线,在平均收益曲线(需求曲线)下方,也从 K 点分为两段。在弯折点 K 处,边际收益曲线出现间断点。边际成本曲线 MC_1 与 MC_2 和边际收益曲线 MR 相交决定了产量为 OQ_1,价格为 OP_1。边际收益曲线的间断区域说明,寡头垄断厂商的产量和价格具有稳定性,在边际成本 MC_1 和 MC_2 之间,尽管成本变了,但价格不变,只有边际成本变动很大,从 MC_2 变动到 MC_3 时,才会引起产量减少为 OQ_2,同时价格上升为 OP_2。

　　因此,很多寡头垄断厂商一般都不愿率先变动价格,这也是某些行业在一定时期内价格比较稳定的原因。

四、寡头垄断厂商的长期均衡

　　以上各种寡头模型,都侧重于短期的均衡理论的分析。在对厂商进行短期分析中,寡头厂商也和其他形态的市场结构一样,既可能盈利,也可能收支平衡,甚至出现亏损。但是在长期均衡分析中,寡头厂商如果在将其生产规模调整到最佳状态后仍然亏损,则会退出该产业市场。厂商只会在盈利或至少是在收支平衡的状态下,才会停留在该产业中。即使在这种情况下,当其他厂商发现该产业厂商有利可图时,也会加入市场参与竞争。除非能够阻止新厂商的进入,至少是严格控制新厂商的进入,否则该产业就无法继续维持寡头的局面。

习　　题

一、单项选择题

1. 假如某厂商的平均收益曲线从水平线变为向右下方倾斜的曲线,这说明(　　　)。

　　A. 既有厂商进入也有厂商退出该行业　　　　B. 完全竞争被不完全竞争所取代

　　C. 原有厂商退出了该行业　　　　　　　　　D. 新的厂商进入了该行业

2. 假定在某一产量水平上,某厂商的平均成本达到了最小值,这意味着(　　　)。

　　A. 厂商获得了最大利润　　　　　　　　　　B. 边际成本等于平均成本

　　C. 厂商的超额利润为零　　　　　　　　　　D. 厂商获得了最小利润

3. 在完全竞争市场上,厂商短期均衡条件是(　　　)。

　　A. $P=AR$　　　　　　B. $P=MR$　　　　　　C. $P=MC$　　　　　　D. $P=AC$

4. 在一般情况下,厂商的价格如果低于(　　　)就停止营业。

　　A. 平均可变成本　　　B. 平均成本　　　　　C. 平均固定成本　　　D. 边际成本

5. 完全垄断厂商如果处于(　　　)。

　　A. 长期均衡时,一定处于短期均衡　　　　　B. 长期均衡,不一定处于短期均衡

　　C. 短期均衡时,一定处于长期均衡　　　　　D. 以上都不是

6. 假定完全竞争行业内某厂商在目前产量水平上的边际成本、平均成本和平均收益均
　　等于 1 美元,则这家厂商(　　　)。

　　A. 肯定只得到正常利润　　　　　　　　　　B. 肯定没得到最大利润

　　C. 肯定得到了不少利润　　　　　　　　　　D. 是否得到了最大利润还不能确定

7. 如果某厂商的边际收益大于边际成本,那么为了取得最大利润(　　　)。

　　A. 他在完全竞争条件下应该增加产量,在不完全竞争条件下则不一定

　　B. 他在不完全竞争条件下应该增加产量,在完全竞争条件下则不一定

　　C. 任何条件下都应该增加产量

　　D. 任何条件下都应该减少产量

8. 下列行业中哪一个最接近于完全竞争模式(　　　)。

　　A. 飞机　　　　　　　B. 卷烟　　　　　　　C. 水稻　　　　　　　D. 汽车

9. 垄断厂商利润极大时(　　　)。

　　A. $P=MR=MC$　　　B. $P>MR=AC$　　　C. $P>MR=MC$　　　D. $P>MR=AC$

10.垄断竞争市场上的短期均衡发生在（　　）。

　　A.边际成本等于实际需求曲线中产生的边际收益时

　　B.只能得到正常利润

　　C.平均成本下降时

　　D.主观需求曲线与平均成本曲线相切时

二、判断题

1.农产品市场可以近似看成完全竞争市场。（　　）

2.完全竞争市场上的行业需求曲线,是一条水平线。（　　）

3.完全竞争市场的厂商短期均衡条件是 MR＝MC。（　　）

4.完全垄断市场是不存在竞争的市场,市场上不存在替代品,厂商是市场价格的决定者。（　　）

5.在垄断竞争市场中的厂商实现 MR＝MC 的条件时就达到了短期均衡。（　　）

三、简答题

1.完全竞争厂商的需求曲线是平行于数量轴的水平线,市场需求曲线自左上方向右下方倾斜;垄断竞争厂商的需求曲线也自左向右下方倾斜,但为什么不可能对垄断竞争市场需求曲线给出明确定义?

2.完全竞争厂商短期供给曲线是它的哪一条成本曲线的哪一个线段,为什么?

3."在长期均衡点,完全竞争市场中每个厂商的利润都为零。因而,当价格下降时,所有这些厂商就无法继续经营。"这句话对吗?

4.拐折需求曲线的寡头垄断模型是否意味着假定没有一个厂商在行业中占支配地位?

5.某垄断竞争厂商的实际需求曲线与主观需求曲线在 10 美元处相交。这时该厂商的产品价格能否在 12 美元的水平线上达到均衡?

四、计算题

1.假设完全竞争市场的需求函数和供给函数分别为 $Q_D = 50\,000 - 2\,000P$ 和 $Q_S = 40\,000 + 3\,000P$。

(1)求市场均衡价格和均衡产量。

(2)厂商的需求函数是怎样的?

2.完全竞争行业中某厂商的成本函数为 $STC = Q^3 - 6Q^2 + 30Q + 40$,成本用美元计算,假设产品价格为 66 美元。

(1)求利润极大时的产量及利润。

(2)由于竞争市场供求发生变化,由此决定的新的价格为 30 美元,在新的价格下,厂商是否会发生亏损? 如果会,最小的亏损额为多少?

(3)该厂商在什么情况下才会退出该行业(停止生产)?

3.假设某完全竞争厂商生产的某产品的边际成本函数为 $MC=0.4Q-12$(元/件),总收益函数 $TR=20Q$,且已知生产 10 件产品时总成本为 100 元,试求生产多少件时利润极大,其利润为多少?

4.垄断竞争市场中一厂商的长期总成本函数为 $LTC=0.001q^3-0.425q^2+85q$,这里,$LTC$ 是长期总成本,用美元表示,q 是月产量,不存在进入障碍,产量由该市场的整个产品集团调整。如果产品集团中所有厂商按同样比例调整它们价格,出售产品的实际需求曲线为 $q=300-2.5P$,这里 q 是厂商月产量,P 是产品单价。

(1)计算厂商长期均衡产量和价格。

(2)计算厂商主观需求曲线上长期均衡点的弹性。

(3)若厂商主观需求曲线是线性的,导出厂商长期均衡时的主观需求曲线。

5.设垄断者面临的需求函数和成本函数分别为 $P=100-3Q+4\sqrt{A}$ 和 $TC=4Q2+10Q+A$,其中,A 是厂商的广告支出费用。求利润极大时的 A、Q 和 P 的值。

第六章　要素市场均衡理论

知识要点：

1. 掌握厂商的要素使用原则、要素供给规律及要素市场的均衡；
2. 理解引致需求和边际生产力等概念。

案例导人

华为的神话

在深圳坂田，华为新建的华为城分为生活区、科研开发区和生产厂房三大块，均由来自德国、美国和中国香港的工程师们规划、设计，生活区拥有 3 000 多套别墅式的单身公寓。这个设施齐全、技术先进、环境美丽的现代化工业城可称是中国目前最先进的大型高科技工业城，为员工提供"比这个城市的其他人相对优越的生活和待遇"。

华为是个创造神话的企业，她不仅在创造超过 20 亿美元的年销售额，也同时在创造一批敬业高效、贴着"华为制造"标签的"华为人"。3 万多名华为员工用自己的全部青春和热情，日复一日地过着两点一线的生活。如果你在深圳的 5 天工作日里，想约一个华为的朋友聚聚是非常不容易的事情，华为员工几乎将全部精力投入到工作中，没有自己的业余生活和时间。据猎头公司介绍，摩托罗拉和贝尔等外资企业要挖华为的人很难，但华为要挖他们的人就容易多了，钱，是其中重要因素。一名刚毕业的硕士可以拿到年薪 10 万元；一个刚工作两年、本科毕业的技术或市场人员可以派发 8 万股左右公司内部股票；对于一个总监级的员工（约占公司人数的 2%）来讲，平均拥有 300 万股的公司内部股票。对于华为员工而言，工资加不加已经无所谓，分红才是大头。华为的基本管理费用都比竞争对手——比如中兴通讯要高。华为的销售人员出差补贴标准是中兴通讯的近一倍。

高薪和一个巨大的持股计划,使华为员工都很关心公司的市场前景和发展,也使他们愿意用自己的青春血汗创造企业的神话。

案例来源:金雪军.西方经济学案例.浙江大学出版社,2004.

第一节 要素需求

一、引致性需求

生产要素的需求与供给形成了要素市场。在要素市场上,生产者对要素的需求是从消费者对最终消费品的需求中派生出来的一种需求,称为派生需求或引致性需求。

产品可以直接满足消费者的需求,但产品必须通过使用生产要素才能生产出来。产品的需求来自消费者,供给来自厂商;生产要素的需求来自厂商,供给来自生产要素的所有者。厂商之所以需要生产要素,是因为用它可以生产各种可供消费的物品以满足消费者的需求。如果消费者对某种产品的需求增加了,那么厂商对生产这种产品所需要的投入要素的需求也会增加。

引致性需求具有以下几个特征。

第一,引致性需求来自追求盈利的动机。厂商对生产要素的需求,是为了用它来生产产品,借此实现对利润最大化的追求,这是厂商对生产要素需求的动机。因此,引致性需求是一种投入,它需要产出,需要回报,是对中间产品的需求。

第二,引致性需求是一种复合型的需求。生产一种产品的生产过程是多种生产要素共同配合才能完成的过程。因此,厂商要生产某种产品,就必然提出对多种生产要素的需求,而不能像消费者那样,可以提出对某一种产品的需求,因此产生了一个各种要素的合理投入数量和投入比例的问题,即生产函数问题

第三,厂商对某种要素的需求取决于该要素的边际生产力。消费者对消费品的需求是从其效用函数推导出来的,厂商对生产要素的引致性需求则取决于生产函数。在技术不变条件下,能够实现最佳组合的生产函数,会确定相应的各种要素的投入量和投入比例,从而确定了各个生产要素对产量的贡献率。如果用边际的概念来衡量各个要素的贡献率,厂商对一种生产要素需求量的多少,取决于该生产要素在生产过程中的贡献率,即取决于生产要素的边际生产力。

二、边际生产力

从实物形态上看,边际生产力是指其他生产要素投入保持不变的条件下,增加某种要素一个单位的投入量所带来的总产量的增加量,用 MP 表示。

从货币形态上看,边际生产力是指在其他要素投入不变的条件下,增加一个单位某种要素的投入所增加的产值,即边际产品乘以产品的价格,称为边际产品价值,用 VMP 表示。

从收入上看,边际生产力是指增加一个单位某种要素的投入所增加的收入,即边际产品乘以边际收益,称为边际收益产品,用 MRP 表示。

这些关于边际生产力的含义适合于任何一种生产要素。例如,劳动的边际产品价值和边际收益产品分别为

劳动的边际产品价值＝劳动的边际产品×产品价格

即

$$VMP_L = MP_L \cdot P$$

劳动的边际收益产品＝劳动的边际产品×边际收益

即

$$MRP_L = MP_L \cdot MR$$

当产品市场为完全竞争市场时,产品的价格等于产品的边际收益,即 $P = MR$,因此劳动的边际产品价值会等于劳动的边际收益产品,即

$$VMP_L = MRP_L$$

三、影响生产需求的因素

第一,市场对产品的需求及产品的价格。市场对某种产品的需求量大,价格高,对增加这种产品供给的吸引力就大,从而对生产这种产品所需要的相关生产要素的需求也会增多。反之,如果对该产品的需求减少,对相关生产要素的需求也会减少。

第二,生产技术状况。生产技术状况对生产要素需求的影响表现在两个方面:一是一种产品生产所要求的生产要素组合比例,有的产品生产需要投入的劳动多,有的产品生产需要投入的资本多;二是技术进步的影响。通过改进生产技术,生产同等数量的产品,所需要的生产要素的数量可能会减少,也可能产生对一种新的生产要素的需求。

第三,相关生产要素的价格。有些生产要素之间具有替代性,在技术允许的条件下,生产者会选择价格较低的生产要素来代替价格高的生产要素。此外,如果生产要素的价格变高,意味着产品的成本增加,利润减少,会造成对生产要素需求的减少;反之,生产要素价格降低,则会增加对生产要素的需求。

第二节 · 完全竞争市场要素价格的决定

一、完全竞争厂商

在分析产品市场时,完全竞争市场的厂商实际上是指产品市场上的完全竞争厂商。但是一旦从产品市场的分析扩展到产品市场和要素市场,仅仅是产品市场完全竞争还不足以说明厂商的完全竞争性,必须要求要素市场也是完全竞争的。

因此,可以把同时处于完全竞争产品市场和完全竞争要素市场中的厂商称为完全竞争厂商,而不完全竞争厂商有三种情况:第一种是在产品市场上完全竞争,但在要素市场上不完全竞争;第二种是在要素市场上完全竞争,但在产品市场上不完全竞争;第三种是在产品市场和要素市场上都是不完全竞争。这里只介绍完全竞争厂商的要素价格决定。

与完全竞争产品市场一样,完全竞争要素市场也具有几个基本特征:要素的供求双方人数都很多;要素没有任何区别;要素供求双方都具有完全的信息;要素可以充分自由流动,等等。显然,完全满足这些要求的要素市场在现实生活中也是不存在的。

二、完全竞争厂商的要素需求

如果要素市场是完全竞争市场,则在其他条件不变的情况下,要素的需求价格取决于它的边际生产力。

(一)厂商使用要素的边际成本——要素价格

在厂商理论中,成本被看成是产量的函数,$C=C(Q)$,但是,由于产量本身又取决于所使用的生产要素的数量,因此成本也可以直接表示为生产要素的函数,即前面提到的成本方程。假设所使用的劳动要素的价格,即工资为ω,则根据成本方程可得

$$C=\omega \cdot L$$

即成本等于要素价格和要素数量的乘积。其中,要素价格ω是既定不变的常数,则成本方程对要素的导数就等于劳动的价格,即

$$\frac{dC(L)}{dL}=\omega$$

它表示完全竞争厂商增加使用一单位生产要素所增加的成本。在完全竞争条件下,要素使用的边际成本函数表现为一条水平直线,如图 6-1 所示。

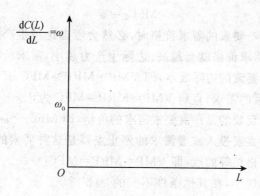

图 6-1　使用要素的边际成本

（二）厂商使用要素的基本原则

在分析生产函数时可知,厂商的基本原则是利润最大化。从产品的角度看,这一原则就是产品的边际收益等于边际成本,因此,从要素角度看,利润最大化原则就体现为要素产出的边际产品价值或边际收益产品等于要素的边际成本,即

边际产品价值或边际收益＝边际要素成本

即

$$VMP＝MFC$$

则使用劳动要素的原则可表示为 $VMP＝MFC_L＝\omega$,或者 $MP \cdot P＝\omega$。当这个条件被满足时,完全竞争厂商就达到利润最大化,此时使用的要素数量为最优数量。

如果 $VMP＞\omega$,则厂商增加使用一单位生产要素所带来的收益就会大于增加的成本,于是厂商会继续增加要素的使用以提高利润。随着要素使用量的增加,要素的价格不变,而要素边际产品会不断下降,从而边际产品价值将下降,最终使 $VMP＝\omega$;反之,如果 $VMP＜\omega$,则厂商减少使用一单位生产要素所损失的收益会小于成本的节约,从而厂商会继续减少生产要素的使用以提高利润。随着要素使用量的减少,要素的边际产品会不断上升,从而边际产品价值将上升,最终也会使 $VMP＝\omega$。因此,只有当 $VMP＝\omega$,厂商的要素使用量才能使利润最大。

（三）厂商的要素需求价格和要素需求曲线

按照厂商使用生产要素的原则,厂商对某种要素的需求必须考虑这一要素的边际收益和边际成本。边际收益取决于要素的边际生产力,而边际生产力则取决于要素的市场价格,在完全竞争条件下,厂商是价格的接受者,他使用生产要素的边际成本就等于该要素的市场价格。以劳动为例,劳动的边际成本等于劳动的市场价格,即

$$MFC_L = \omega$$

厂商在决定一种生产要素的需求价格时,必然会考虑这种生产要素的边际生产力的大小。边际生产力越大,需求价格就会越高,边际生产力越小,需求价格就会越低。只要生产要素的边际生产力高于要素的边际成本,即 $VMP = MRP > MFC$,厂商就会增加这种要素的投入,即增加对这种要素的需求,直到 $VMP = MRP = MFC$ 为止。

由于 $VMP = MRP$ 反映的是厂商要素需求的价格,而 $MFC_L = \omega$ 反映的是要素市场的均衡价格,因此,厂商一种要素投入或者需求的停止点就是这种要素的边际生产力,即厂商的需求价格与市场均衡价格相等的点,即 $VMP = MRP = MFC_L = \omega$。

根据边际收益递减规律,在其他条件不变的情况下,生产要素的边际生产力是递减的。因此,生产要素的边际收益曲线是一条向右下方倾斜的曲线,这条曲线也就是生产要素的需求曲线,如图 6-2 所示。

在图 6-2 中,横轴表示劳动的投入量,纵轴表示劳动的价格,也表示劳动的边际生产力。与横轴平行的直线表示完全竞争市场条件下劳动的市场均衡价格,这也是劳动的边际要素成本。向右下方倾斜的曲线表示劳动的边际生产力递减,厂商根据要素边际生产力的大小来确定其对

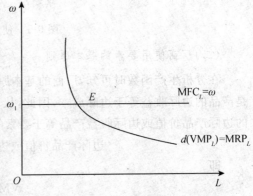

图 6-2　完全竞争市场厂商要素需求曲线

要素需求量的大小,因此,这条曲线同时也就是厂商的要素需求曲线。

第三节　要素供给

一、劳动供给与工资率

(一)收入与闲暇

一般产品的供给是价格的函数,供给量与价格是成正比的,供给曲线是一条向左上方倾斜的曲线。但是即使在完全竞争条件下,劳动的供给也不仅仅是价格的函数,因此,其供给曲线是比较特殊的。

一个人不能一天 24 小时都劳动,必须在劳动与闲暇之间进行选择:可以选择更多的闲

暇而减少工作,也可以选择工作,即向市场供给劳动而减少闲暇。因此,劳动的供给不仅是价格,即收入函数,也是闲暇的函数,且收入和闲暇之间存在替代关系,如图 6-3 所示。

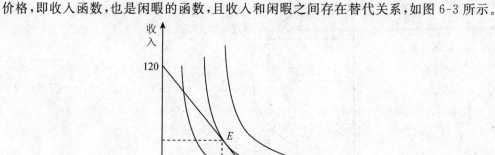

图 6-3　收入—闲暇的无差异曲线

在图 6-3 中,无差异曲线 I_1、I 和 I_2 表示不同的效用水平,但同一条无差异曲线代表可以带来相同效用的各种收入和闲暇的组合,向右下倾斜的直线表示消费者的预算线,即一天只有 24 小时,如果 1 小时收入是 5 元,则一天能够获得的最大收入是 120 元,多享受 1 小时的闲暇,就失去 5 元的收入,这个报酬水平或工资率 5 元/小时也就是闲暇的机会成本,因此,它不仅是劳动的价格,还是闲暇的价格。这个机会成本或价格就是预算线的斜率。预算线和无差异曲线 I 相切于 E 点,该点就是收入与闲暇的最佳组合,此时闲暇与劳动之间的替代率刚好等于预算线的斜率,即 $\mathrm{MRS}_L = \dfrac{\mathrm{MU}_L}{\mathrm{MU}_Y} = \omega$。

（二）劳动供给曲线

由于劳动是收入和闲暇的函数,因此劳动供给曲线是一种先向右上方倾斜,到一定点又向左上方倾斜的弯曲的曲线,即劳动供给曲线具有一段“向后弯曲”的部分,如图 6-4 所示。

在图 6-4 中,纵轴表示工资,即收入的增加,横轴表示劳动供给量的增加。当工资率从 ω_0 提高到 ω_1 时,劳动的供给会从 L_1 增加到 L_2,当工资率继续从 ω_1 提高到 ω_2 时,劳动的供给量反而回落到 L_1,整个劳动供给曲线呈现出倒弯形。

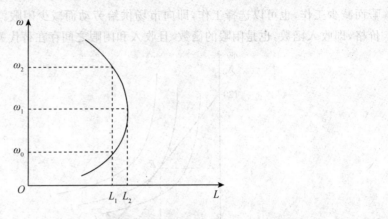

图 6-4 劳动供给曲线

二、替代效应和收入效应

劳动供给曲线向后弯是因为工资率的提高对劳动供给所产生的替代效应和收入效应。当工资率提高,意味着闲暇的机会成本提高,即闲暇的损失加大,因此人们会增加工作时间而减少闲暇时间,从而导致劳动供给的增加,劳动供给曲线向右上方倾斜,即工资率提高对劳动供给产生替代效应。

当工资率进一步提高,超过一定水平后,假定其他因素不变,会大大增加消费者的收入水平,因此,工资率即闲暇价格的收入效应较大,从而超过替代效应。此时,收入的增加对劳动供给的吸引力是有限的,在减少工作时间的情况下,人们仍然可以保持较高的生活水平,因此人们会希望多享受闲暇少工作,导致劳动供给的减少,从而劳动供给曲线开始向后弯曲。

总之,当工资的提高使人们收入增加到一定程度以后,人们会更加珍视闲暇,当工资达到一定高度而又继续提高时,人们的劳动供给量不但不会增加,反而会减少,这也是劳动供给曲线向后弯曲的原因。

三、要素市场的均衡

(一)劳动市场的均衡和工资的决定

将所有单个消费者的劳动供给曲线水平相加,即可得到整个市场的劳动曲线。尽管许多单个消费者的劳动供给曲线可能会向后弯曲,但劳动的市场供给曲线不一定如此,在较高的工资水平上,现有的劳动者也许会提供较少的劳动,但也会吸引新的劳动者进入市场,因此总的市场劳动供给曲线仍然是向右上方倾斜的。

将劳动的需求曲线和供给曲线结合在一起,即可得到劳动的市场均衡价格,即确定工资水平,如图 6-5 所示。

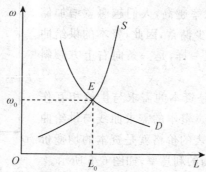

图 6-5 均衡工资的决定

在图 6-5 中,劳动需求曲线 D 和劳动供给曲线 S 的交点是劳动市场的均衡点。该均衡点决定了均衡工资为 ω_0,均衡劳动数量为 L_0,因此,均衡工资水平由劳动市场的供求曲线决定,且随着两条曲线的变化而变化。影响劳动供给曲线变化的因素主要有以下几个。

第一,非劳动收入即财富。较大的财富增加了消费者保留时间以自用的能力,从而减少劳动供给。

第二,社会习俗。有些社会不容许妇女参加工作而只能做家务,改变这个习俗将大大增加劳动供给。

第三,人口。人口的总量及其年龄、性别构成对劳动供给有重大影响。

(二)利息、地租、利润的决定

以上分析都是以劳动为例说明要素市场均衡的实现和要素价格的决定,同时也就说明工资的决定。同样也可以分析其他要素市场的均衡,即其他要素报酬的决定问题。

1.利息的决定

利息被认为是资本这种生产要素的价格。利息的价格是用利息率来表示,利息率的高低取决于资本的需求和供给,因此,在资本市场同样也存在市场均衡问题。资本的需求主要来自投资需求,因此可以用投资来代表资本的需求;资本的供给主要来自储蓄,因此可以储蓄代表资本的供给,从而可以通过分析投资和储蓄之间的关系来说明利息率的决定。

厂商借入资本进行投资,是为了追求利润最大化。利润率水平高出利息率水平越多,厂商就越愿意投资,利润率水平越接近利息率水平,厂商就越不愿投资。在利润率水平不变的情况下,厂商投资与利息率的高低成反方向的变动,因此,资本的需求曲线与一般商品类似,也是一条向右下方倾斜的曲线。

　　储蓄可以获得利息,人们的储蓄意愿与利息率的高低是呈同方向变动的。利息率越高,人们越愿意增加储蓄,利息率越低,人们就会减少储蓄,因此,资本的供给曲线也同一般商品的供给曲线一样,是一条向右上方倾斜的曲线。

　　利息率的决定过程,就是资本的需求与供给相互作用实现资本均衡价格的过程。资本的需求曲线与供给曲线相交所形成的均衡点所代表的价格就是资本的均衡价格,也就是能够实现供求平衡的利息率,如图6-6所示。

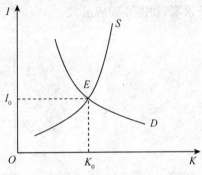

图 6-6　均衡工资的决定

　　在图6-6中,横轴代表资本量K,纵轴代表利息率I,D为资本的需求曲线,S为资本的供给曲线,这两条曲线相交于E点,决定均衡价格为I_0,均衡数量为K_0。

　　2.地租的决定

　　地租是土地这一生产要素的价格。地租由土地的需求和供给决定,而土地的需求取决于土地的边际生产力。土地的生产力也是递减的,因此,土地的需求曲线也是一条向右下方倾斜的曲线。但土地的供给是固定的,即在每个地区可以利用的土地是有限的,因此,土地的供给曲线是一条与横轴垂直的线,地租的决定如图6-7所示。

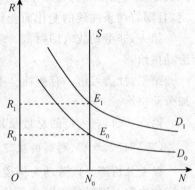

图 6-7　地租的决定

　　在图6-7中,横轴代表土地的量N,纵轴代表地租R,与横轴垂直的S代表土地的供给曲线,D_0与S相交于E_0,决定地租为R_0。随着经济的发展,对土地的需求会增加,而土地的供给却是不变的,因此地租就有变动上升的趋势,土地的需求曲线由D_0移动到D_1,表明土地的需求增加,但是土地的供给曲线仍为S,D_1与S相交于E_1,决定了地租为R_1,R_1高于原先的地租R_0,说明由于土地需求的增加,地租随之上升。

　　土地的价格决定,是以土地数量不变为前提的,经济学一般更关心特定用途的土地,如住宅和工业用地等。虽然土地总量不变,但是用于特定用途的土地的数量却是可以调整的,比如增减住宅用地的供给,从而特定用途的土地价格也会随之变动,因此,其供给曲线也像一般商品一样,向右上方倾斜,而且,特定用途的土地由于其地理位置等方面的原因,还可以形成级差地租。

3. 利润

西方经济学把利润分为两种,即正常利润和超额利润。

正常利润被认为是企业家才能的价格,也是企业家才能这种生产要素的收入,它包含在成本之中,性质与工资相类似。各种分散的生产要素只有组织起来才会构成现实的生产,因此,社会对于组织生产的企业家才能的需求很大,另一方面,并非所有人都具有企业家才能,所以企业家才能的供给在一定时期内是有限的,而且培养企业家才能的成本也是比较高的。在企业家才能的需求和供给上的这些特点,决定了企业家才能的收入,即正常利润会很高,因此正常利润被认为是一种特殊的工资,其特殊性就在于其数额要远远高于一般劳动所得的工资。

超额利润是指超过正常利润的那部分利润。超额利润有不同的来源,因此就有不同的性质。

超额利润有三种来源。第一,创新的超额利润。它包括五个方面,即引入新产品、采用新的生产方法、开辟新市场,以及获得原材料的新来源,即采用一种新的组织。第二,承担风险的超额利润。风险的存在是普遍的,承担风险也就承担了遭受失败的可能,但是如果获得成功,由此获得超额利润也会比较合理。第三,垄断超额利润。由于垄断而产生的超额利润又称垄断利润。垄断可以分为买方垄断和卖方垄断。一般来说垄断利润是垄断者对一般消费者、生产者或生产要素供给者的剥削,是不合理的,也往往会造成效率的损失。

习　　题

一、单项选择题

1. 在生产要素市场上,生产要素的供给者是(　　)。

    A. 厂商　　　　　　B. 居民户　　　　　C. 政府　　　　　　D. 以上都是

2. 用于生产产品 X 的投入 A 的边际收益产品是(　　)。

    A. A 的边际产量乘以 A 的价格　　　　B. A 的边际产量乘以 X 的价格

    C. A 的边际产量乘以 X 的边际收益　　D. A 的平均产量乘以 X 的边际收益

3. 如果厂商处于完全竞争的产品市场中,且要素 A 是其唯一的可变要素,则该厂商对要素 A 的需求曲线由以下何者给出(　　)。

    A. VMP 曲线　　　B. MPP 曲线　　　　C. MFC 曲线　　　　D. AFC 曲线

4. 生产要素的需求曲线之所以向右下方倾斜,是因为(　　)。

　　A. 要素的边际收益产量递减　　　　　B. 要素生产的产品的边际效用递减

　　C. 要素参加生产的规模报酬递减　　　D. 以上均不对

5. 劳动市场中的垄断厂商将为雇佣的劳动支付(　　)。

　　A. 较多的工资　　　　　　　　　　　B. 较多还是较少不确定

　　C. 较少的工资　　　　　　　　　　　D. 一样多的工资

6. 全体厂商对某种生产要素的需求曲线,与单个厂商对这种生产要素的需求曲线相比(　　)。

　　A. 前者与后者重合　　B. 前者比后者陡峭　　C. 前者比后者平坦　　D. 无法确定

7. 要素市场利润最大化的条件是(　　)。

　　A. MR＝MC　　　　　B. MRP＝MC　　　　C. MRP＝MFC　　　　D. MFC＝MR

8. 当工资率上升时,单位时间所获得的收入增加,劳动者为获得更多的收入,宁愿牺牲闲暇以增加劳动量,此时工资率提高对劳动供给产生的是(　　)。

　　A. 替代效应　　　　　B. 收入效应　　　　　C. 消费效应　　　　　D. 预期效应

9. 在竞争性市场中追求最大化利润的厂商将雇佣工人直到(　　)。

　　A. 工资率等于劳动的边际成本

　　B. 工资率等于边际收益

　　C. 劳动的边际产品价值等于工资

　　D. 劳动的边际产品价值等于产品的边际成本

10. 人们对某种产品的需求,使厂商产生对某些生产要素的需求,称为(　　)。

　　A. 联合需求　　　　　B. 引致需求　　　　　C. 反需求　　　　　D. 投入需求

二、判断题

1. 生产要素的需求是一种派生需求。(　　)

2. 当产品市场为完全竞争市场时,产品的价格可以不等于产品的边际收益。(　　)

3. 在完全竞争的产品和要素市场中经营的厂商,其总利润达到最大的条件为 $\dfrac{MP_a}{P_a}＝\dfrac{MP_b}{P_b}$。(　　)

4. 全体厂商对某种生产要素的需求曲线,与单个厂商对这种生产要素的需求曲线相比,前者比后者陡峭。(　　)

5. 工资率的上升所导致的替代效应是指工人宁愿工作更长的时间,用收入带来的享受

替代闲暇带来的享受。（　　）

三、简答题

1. 什么是边际产品、边际产品价值和边际收益产品？

2. 完全竞争厂商的需求原则是什么？为什么？

3. 运用劳动供给曲线的特征说明劳动和闲暇产生的替代效应和收入效应。

4. 如何理解生产要素及其价格。

5. 要素使用原则与利润最大化产量原则有什么关系？

四、计算题

1. 已知劳动是唯一的可变要素，生产函数为 $Q = A + aL - bL^2$，产品市场是完全竞争市场，劳动的价格为 ω，试推导证明以下结论。

(1) 厂商对劳动的需求函数为 $L = a/2b - \omega/2bP$。

(2) 厂商对劳动的需求量与工资反方向变化。

(3) 厂商对劳动的需求量与产品价格同方向变化。

2. 在产品和要素市场中完全竞争的厂商雇佣一个劳动日的价格是 20 元，厂商的生产情况如下表所示。

劳动和产出数量表

劳动日数	3	4	5	6	7	8
产出数	6	11	15	18	20	21

假设每个产品的价格是 10 元。问：该厂商应该雇佣多少个劳动日？

3. 假设某特定劳动市场的供需曲线分别为：$D_L = 6\,000 - 100\omega$，$S_L = 100\omega$。

(1) 均衡工资为多少？

(2) 假如政府对工人提供的每单位劳动以 10 美元的税，则新的均衡工资为多少？

(3) 实际上对单位劳动征收的 10 美元税收由谁支付？

(4) 政府征收到的总税收额为多少？

4. 设某厂商只把劳动作为可变要素，其生产函数为 $Q = -0.01L^3 + L^2 + 36L$，Q 为厂商每天产量，L 为工人的日劳动小时数。所有市场均为完全竞争的，单位产品价格为 0.1 美元，小时工资率为 4.80 美元。假设当厂商利润极大时，试求下列各题。

(1) 厂商每天将投入多少劳动小时？

(2) 如果厂商每天支付的固定成本为 50 美元，厂商每天生产的纯利润为多少？

5. 某农场主决定租进土地 250 英亩，固定设备的年成本为 12\,000 美元（包括利息、折旧等），燃料种子肥料等的年成本为 3\,000 美元，生产函数为 $Q = -L^3 + 20L^2 + 72L$，Q 为谷物年产量(吨),人为雇佣的劳动人数,劳动市场和产品市场均系完全竞争,谷物价格每吨75美元,按现行工资能实现最大利润的雇佣量为12人,每年的最大纯利润为3 200美元,他经营农场的机会成本为5 000美元,求解下列各题。

(1)每个农业工人的年工资为多少?

(2)每英亩土地支付多少地租?

第七章　市场失灵与政府规制

知识要点：

1. 掌握市场失灵的含义及其形成原因；

2. 掌握垄断、外部性及公共产品等概念及其对经济活动的影响；

3. 认识和了解政府对垄断的规制。

▶ 案例导入

二手车市场

在实际生活中，旧车的卖主对车的质量比买主要知道得多得多，那么，如果卖主知道车的质量而买主不知道，会发生什么？起初，买主可能会想，他们买的旧车是高质量的可能性是 50%。因此，在购买时，买主会把所有的车都看作是"中等"质量的。

而当消费者开始明白大多数售出的车都是低质量车时，他们的需求转移了。而且这种转移会持续下去，直到低质量车全都卖完为止。此时，市场价格太低而不能使任何高质量车进入市场，因此消费者正确地假定，他们购买的任何车都是低质量的，市场上虽然有一些高质量车，但是其比例很小。因此，由于信息不对称，低质量商品把高质量商品逐出市场。

旧车例子说明了不对称信息是如何导致市场失灵的。在一个市场完全运转的理想世界里，消费者能够在低质量和高质量轿车之间进行选择。有些人会选择低质量车，因为它们价格较低，而另一些人愿意为高质量车支付较多的钱。遗憾的是，事实上消费者在购买以前不容易确定一辆旧车的质量，因此旧车的价格下跌，高质量车被逐出市场。这只是一个例子，但是可以用来说明影响许多市场的一个重要因素——信息不对称。

案例来源：臧日宏，王广斌. 西方经济学习题与案例. 北京：中国农业大学出版社，2005 年 8 月

第一节　市场失灵

一、市场失灵的含义

微观经济学认为,在完全竞争的市场中,资源配置效率可以实现最优。在现实经济运行中,由于存在公共产品、垄断现象及外部性和信息不对称等原因,完全竞争遭到破坏,价格机制不能正常发挥作用,从而造成"市场失灵"。"市场失灵"最早是由美国经济学家弗朗西斯·M·巴托于 1958 年在《市场失灵分析》一文中提出。

市场失灵是指由于垄断、外部性、公共产品和信息不对称等原因,使市场机制不能正常发挥作用,从而导致资源配置不能达到最优,即资源配置低效率或无效率的状态。如垄断、外部性等现象,公共产品等领域,它们既是导致市场失灵存在的原因条件,也是市场失灵的表现。

在现实经济生活中,并不是所有的经济活动都可以被纳入价格机制的调节范围中,即使被纳入其中的,价格机制也并不一定能够使之达到效率最大化状态。市场失灵有两种情况:一种是以不完全信息、信息有偿性、不完备市场为基础的;另一种是与公共产品、负外部性等因素相联系的。这两种市场失灵之间存在着差别,后一种在很大程度上是容易确定的,其范围也容易控制,它需要明确的政府干预。而对于前一种情况,由于现实中所有的市场都是不完备的,信息也总是不完全的,道德风险与逆向选择问题对于所有市场来说各有特点,因此,经济中的市场失灵普遍存在。

二、市场失灵的原因

市场经济条件下,市场失灵的实质是价格机制对某些问题无能为力,表现出一定的局限性。引起价格调节局限性的主要原因有垄断、外部性及公共产品。

(一)垄断

垄断是指对市场的直接控制和操纵。市场机制本身不能保证竞争的完全性,自由竞争不可避免要导致垄断,而且程度会越来越高,产生对消费者的掠夺和欺诈。例如垄断者为了维持较高的价格,常常人为地限制产量以造成一种供不应求的局面。因此,与完全竞争相比,在垄断市场上,厂商会生产较少的产量,索要较高的价格,消费者因此会受到损害。从社会的角度讲,垄断致使社会资源不能达到最优配置,使社会福利受到危害。自由竞争无力消除垄断,市场机制本身孕育着垄断。要防止垄断,获得竞争的好处,不可能依靠市场机制本身而必须借助市场以外的力量。

（二）外部性

市场价格能够将信息正确地传递给生产者和消费者,从而促进市场机制的有效运行。这是以交易双方的经济行为对他人的经济福利不发生影响为假设前提的。这种假设往往与经济现实相背离。现实是:消费者和生产者是相互联系、相互作用的经济单位,单个消费者的行为会影响到其他消费者的经济福利;单个生产者的行为会影响到其他生产者和消费者的经济福利。当这些生产或消费的某些外在影响未被包括在价格中时,就会产生外部性问题。例如,一个化学公司在生产过程中释放出大量的污染,给其他企业或者个人带来危害,但该公司并没有为此付出足够的代价;又比如,一个生产鲜花的农场使得过路人能够免费得到一种享受。外部性有正外部性和负外部性之分,在上面两个例子中,前者属于负外部性,后者属于正外部性。当外部性存在时,不能保证个人追求自身利益最大化的行为,同时能够使社会福利趋向最大化,因此,需要政府对市场加以干预,以弥补市场调节的缺陷。

（三）公共产品

西方经济学家认为,公共产品的存在是造成市场失灵的重要原因,也是市场失灵的主要表现之一。按照西方经济学家解释,在提供人们所需的物品方面,市场能否完美发挥作用,完全取决于所涉及的物品。在现实生活中,大部分物品都是私人产品,私人产品既有排他性又有竞争性。市场机制只能提供私人产品,而不能提供公共产品。公共产品通常是指具有非排他性和非竞争性的物品。但是,任何一个社会的生存与发展都离不开公共产品,所以,必须靠市场以外的机制来保证公共产品的供给。

（四）信息不对称

信息对称是指市场交易双方对商品的有关信息具有同等的了解。如果市场交易双方所掌握的信息出现一方多、一方少,或一方有、一方无的情况,就出现了信息不对称。如在旧货市场上,卖主一般较清楚自己旧货的质量,而买主却很难了解得十分清楚。在信息不对称的情况下,就有可能出现败德行为和逆向选择,妨碍市场对资源进行有效的配置。

信息不对称的现象在现实生活中大量存在,造成大量不该有的经济后果——效率损失。例如有人买了一辆汽车之后,他就面临汽车被盗从而遭受损失的危险。如果此人对汽车没有投保的话,就会非常小心,采取诸如安装防盗锁之类的防护措施。当他对汽车投了保险,在汽车丢失后会得到保险公司的全额赔偿,这时他就不会采取相应的防盗措施,结果汽车被盗的概率就增加了,保险公司理赔的概率也相应增加了。同样的情况会出现在家庭财产保险市场上,一个人在没有对家庭财产保险之前,可能会安装防盗门来保护家庭财产,但是在购买了家庭财产保险之后,可能就会对家庭财产疏于保护,使保险公司理赔的概率增加,蒙受损失的概率也增加了。

买卖双方在信息不对称的情况下,当交易中的上方对交易中可能出现的风险比另一方知道的更多时,就会出现逆向选择。逆向选择经常出现在二手车市场上。在二手车市场上,卖方清楚地知道二手车的车况如何,而买方却知之甚少。因此,买方在外观相似的情况下,往往先选择价格低的汽车,而这些车之所以价格低是因为质量差,质量好的汽车是不会在低价下成交的,成交的都是质量差的汽车,结果质量好的汽车被质量差的汽车驱逐出市场,即所谓"劣品驱逐良品"。如果信息对称,就不会出现逆向选择。例如在二手车市场上,如果买卖双方对汽车的情况都非常清楚,买方就会根据自己的需要选择适当质量和价格的汽车,就不会出现优先选择劣质汽车的情况。

三、政府对市场失灵的干预

理想的市场经济是指所有物品和劳务都按照市场价格自愿地以货币形式进行交换。这种制度无需政府的干预,市场能够从社会上可供利用的资源中实现最大的利益。然而,现实经济中,还没有一种制度能够完全按照"看不见的手"的原则顺利进行。相反,市场失灵的事实说明仅仅依靠价格机制并不能解决一切问题,政府必须运用经济政策来克服市场机制本身的缺点。

从实际操作来看,政府干预经济的政策有两种类型,一种是宏观经济政策,另一种是微观经济政策。前者以宏观经济理论为依据,着眼于对经济总量的调控。后者以微观经济理论为依据,着眼于纠正市场机制本身的不完善之处。现代市场经济条件下,政府应主要使用微观经济政策来纠正市场失灵。

微观经济政策是指政府为了解决微观经济问题或主要由微观经济主体带来的经济问题,以及调节微观经济行为而采取的政策措施。微观经济政策的政策内容和具体手段十分丰富,基本上可分为这样几类:①促进市场竞争的政策,如反垄断政策;②消除外部性影响的政策,如征税和补贴;③在市场机制无法发挥作用的领域采取的政策,如提供公共产品;④政府制定并监督实施关于提供真实信息的法规,其具体内容包括反对交易中的欺诈性行为、真实包装法、披露证券信息的法规等。

第二节　垄　断

市场机制作用的发挥是以充分竞争为前提的,但在一些部门和行业中,由于生产的物质技术条件、人为因素及自然条件等种种原因而存在垄断,致使市场配置资源的功能不能得以正常或有效发挥。本节在市场理论的基础上进一步探讨垄断对市场效率和社会福利的影响及怎样对垄断施加一定的微观规制。

一、垄断的类型及其经济效率

垄断是指少数资本主义大企业或若干企业的联合独占生产和市场。垄断企业往往控制一个甚至几个生产部门的生产和流通,在该部门的经济活动中取得统治地位,操纵并影响部门产品的销售价格和某些生产资料的购买价格,以获取高额垄断利润。

现代西方经济学认为,在完全竞争的条件下,市场需求和供给决定均衡价格,而均衡价格又调节着市场的需求量和供给量,从而实现社会资源的有效配置。但在存在垄断的条件下,竞争受到限制,市场调节机制就会失灵。

(一)垄断的类型及原因

垄断主要有两种类型:一是市场垄断,二是自然垄断。

市场垄断是指一家或几家厂商控制了市场的供给或需求而产生的垄断。市场垄断的产生主要有以下两个原因。

第一,产品差别,即产品本身的差异或销售条件的差异,如果这种差异造成了消费者对该产品特定的偏好,那么生产该产品的厂商就处于垄断地位。

第二,政府对某些行业竞争的限制,它包括专利限制、进入限制和外贸限制。专利限制是指政府对发明者的专利所给予的法律保护,它使发明者在某种产品的生产上具有一定的垄断能力。进入限制是指政府出于某种目的授予一家或几家厂商经营某个行业的权力,从而使这家或这几家厂商具有一定的垄断能力。外贸限制是指政府对国外同类产品征收高额的进口关税或实行配额限制,这种措施使国内该行业的厂商具有相对的垄断能力。

自然垄断是指一个产业因规模经济的存在,以至于厂商的长期平均成本在市场可容纳的产量范围内不断下降,从而造成一个市场上只有一个厂商时的情况。在实际经济生活中,城市供水、供电、供气等公用事业通常由一个厂商来生产经营,其垄断就具有典型的自然垄断性。自然垄断产生的原因主要有以下两点。

第一,规模经济。自然垄断的形成并非政府行为的人为结果,而是规模经济条件下市场竞争的自然结果。规模经济是指随着产量的增加,平均成本趋于下降的经济规模。在公用事业部门,当厂商提供的产量增加时,其平均成本不是先趋于下降,然后再趋于上升,而是不断地下降。这样,此类产品的性质决定了由一家厂商来生产是最有效率的,从而形成了自然垄断。

第二,范围经济。范围经济是指一家厂商同时生产多种相似产品所引起的平均总成本下降。范围经济之所以能产生经济效应,可能有以下四方面原因:①合成效应,同一个厂商进行多品种生产,在研发、生产、销售等方面的成本比分别生产要低;②内部市场,多产品企业可以在更大程度上利用企业内部市场合理配置资金和人力资源,以代替市场机制;③减少经营风险,对关联的多元化生产而言,企业将从产业生态环境中受益,从而增强抗风险能力,但是无关联的多元化对企业也可能构成发展陷阱;④扩大发展空间,在单一产品上企业的发展空间是有限的,面临着来自市场和法律的限制,因此,多产品经营是企业扩大经营空间的要求。在这个范围内,当厂商凭借自身优势增加产品种类时,便产生了自然垄断。

(二)垄断对经济效率的影响

西方学者认为,在完全竞争的情况下,社会资源可以得到最充分的利用,消费者也可以从中获益。在完全垄断的市场里,垄断厂商追求自身最大利润,并不考虑社会效果。垄断厂商通过控制产量提高价格的办法获得高额利润,产量长期小于社会需求量,导致社会资源配置和收入分配的不合理,对整个社会效率也是一种损失。

垄断对社会所造成的损失,主要表现为资源浪费和社会福利的损失。如图 7-1 所示,假定某产业长期平均成本和长期边际成本是不变的,则该产业的长期供给曲线为一条与横轴平行的直线 $P_N B$。若该行业的需求曲线为 D,则在完全竞争的市场结构中,长期均衡时的产量为 OQ_N,价格为 OP_N。但是,在完全垄断的市场结构中,该厂商为了追求利润最大化,将产量定于长期边际成本与边际收益的交点,其产量为 OQ_M,价格为 OP_M。由此可得出以下两点结论。

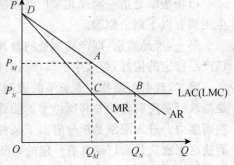

图 7-1 垄断对社会造成的损失

(1)垄断情况下的产量 OQ_M 小于完全竞争条件下的产量 OQ_N,而价格 OP_M 也高于完全竞争条件下的产业均衡价格 OP_N,因而存在资源浪费。

(2)由于产量减少及垄断利润的存在,消费者支付了较高的价格,因而消费者剩余减少。在完全竞争条件下,消费者剩余为 DBP_N 三角形面积所代表的价值,而在垄断条件下,消费者剩余只剩下 DAP_M 面积所代表的价值,减少了 ABP_NP_M 面积所代表的价值。其中 ACP_NP_M 面积为厂商获得的垄断利益,ABC 面积为社会福利损失,它是由垄断性产量限制所造成的。

二、反垄断措施

由于垄断导致经济低效率、市场失灵,所以政府应该承担起限制垄断、促进竞争的职能。政府对垄断的限制主要采取两方面的措施。

（一）反垄断法

对于市场垄断,西方国家大都通过制定一系列反垄断法加以限制,其中最为突出的是美国。1890—1950 年,美国国会通过的反垄断法主要有《谢尔曼法》、《克莱顿法》和《塞勒-凯弗维尔法》等。这些法案相互补充,从不同侧面对垄断加以限制,形成了一个完整的反垄断法律体系。

《谢尔曼法》(1890 年)是美国的第一部反垄断法规。该法规规定:任何以托拉斯或其他垄断形式所进行的兼并活动,任何限制或企图限制洲际或国际贸易的活动,均属非法;任何垄断或企图垄断洲际或国际贸易的活动,均被认为是犯罪。谢尔曼法的核心思想是保护竞争,防止和反对形成大的垄断企业。直到如今此法仍然是美国政府反垄断的重要武器。

《克莱顿法》(1914 年)修正和加强了《谢尔曼法》,宣布导致削弱竞争或造成垄断的不正当做法为非法,其目的主要是限制不公平竞争。该法案宣布,导致削弱竞争的不正当做法主要有三种:①搭配售货;②联锁董事会;③公司之间相互持有股票。凡有上述三种做法之一者均为非法经营。

《塞勒-凯弗维尔法》(1950 年)是对《克莱顿法》的修正和补充。《克莱顿法》限制大公司购买竞争者股票,但大公司却可以通过购买竞争者的资产而达到同一目的。这是克莱顿法的漏洞。反合并法就是为弥补这个漏洞而制定的。法令规定,联邦贸易委员会和司法部对企业之间的合并有管制权。企业在合并之前,必须先把合并计划提交给这两个机构,由这两个机构对合并计划进行审核批准。如果企业未经批准擅自合并,司法部就可以对它提起诉讼。

上述反垄断法均由美国国会制定,负责强制执行这些法律的国家机构是联邦贸易委员会和司法部反托拉斯局。前者主要负责反不正当的贸易行为,后者主要负责反垄断活动。如果公司被指控违反反垄断政策,则要受到各种惩罚,如法院警告、罚款、赔偿受损人损失、改组公司甚至判刑等。

（二）政府管制

政府解决垄断问题的另一种方法是管制垄断者行为。政府管制又称政府规制，是指政府机构通过价格决定、产品标准与类型，以及新企业进入一个行业的条件对经济活动进行管理和限制。管制适用于银行与金融服务、通信、煤气和电力、铁路、公路、公共汽车交通等许多行业。政府管制的措施主要包括价格控制或者价格和产量的双重控制、税收或补贴及国家直接经营。

1. 对垄断的价格控制，按照边际成本定价

如图 7-2 所示，如果允许厂商自行定价，厂商将按照利润最大化原则把价格确定在与 $MC=MR$ 对应的 E_1 的位置上，即价格为 P_1，产量为 Q_1；假定政府对垄断行业施行价格管制，即规定产品的价格但不规定厂商的生产数量，价格将被确定在什么位置呢？按照“管制的公共利益论”的要求，管制的结果应当是满足消费者与生产者对总剩余最大化的需求，所以价格应当确定在边际成本与需求曲线相交即 E_2 的位置上，此时的总剩余达到最大。显然，与不受管制的垄断价格 P_1 相比，管制价格低于垄断价格，而产量则高于垄断产量。

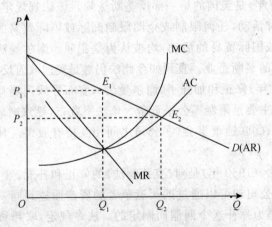

图 7-2　垄断的价格控制

2. 对自然垄断行业的管制，按照平均成本定价

自然垄断行业是指在行业中规模经济存在于很高的产量水平上，相对于市场需求而言，随着产量的增加，厂商的平均成本逐渐减少。自然垄断行业一般有两个特点：一是这类行业通常需要大型的资本设备和大量的固定要素；二是自然垄断行业中一个企业通常比两个或更多的企业能够以较低的价格供应整个市场，比如城市自来水公司、公用电话局、地铁等行

业大都具有这种特性。

在自然垄断行业中,任何低于市场需求量的产量所要求的生产成本都比较高。这意味着试图通过竞争来消除垄断是不现实的,因为,如果生产规模较小的话,进入该行业的厂商不可能与原有的厂商进行竞争。此外,如果进行竞争,就会花费更多的固定投入,从而使得生产能力过剩。因此,在自然垄断行业中,过度的竞争对资源本身就是一种浪费。

在自然垄断行业中,厂商的边际成本与需求曲线的交点位于其平均成本的下方,此时采取上述的价格管制会使垄断厂商处于亏损状态。在这种情况下,政府往往既管制价格又管制厂商的产量。

实践中,政府通常把价格确定在需求曲线与厂商平均成本曲线的交点 E_3 之处,即按平均成本定价,如图 7-3 中 P_3 的价格和 Q_3 的产量。对应于这一价格和产量,厂商可以获得正常利润。

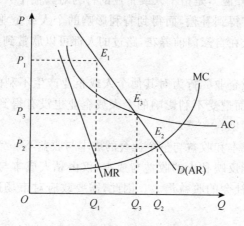

图 7-3 自然垄断及其价格与产量控制

3.其他管制措施

除了价格和数量管制外,政府还可以采取补贴或税收手段来调节垄断厂商的利润。如果垄断厂商因为政府的价格管制或价格和数量管制而蒙受损失,政府应给予适当的补贴,以使垄断厂商获得正常利润;如果在政府管制以后,厂商仍可以获得超额利润,那么政府就应该征收一定的特殊税收,以利于收入的公平分配。

对于垄断行业,政府也可以采取直接经营的方式来解决由于垄断所造成的市场失灵。由于政府经营的目的不在于利润最大化,因此,可以按照边际成本或者平均成本决定价格,部分地解决由于垄断而带来的低效率问题。

第三节 外 部 性

一、外部性的含义及其特点

（一）外部性的含义

外部性是指个人或企业的行为直接影响到其他个人或企业,但其他个人或企业并没有因此而支付任何成本或得到任何补偿。按照个人或企业的行为对其他个人或企业所产生的影响不同,外部性可以划分为两种类型:正外部性和负外部性。

正外部性也称"内权外溢",是指个人或企业的行为对其他个人或企业产生有利的影响,但这些个人或企业却没有得到补偿,而得到有利影响的个人或企业也没有支付成本。正外部性的典型事例是一个人在自家门前养花,路过的人都可以欣赏到美丽的花,却并未付出任何成本。

负外部性是指个人或企业的行为对其他个人或企业产生不利的影响,但这些个人或企业却没有支付任何成本,而遭受不利影响的个人或企业也没有得到任何补偿。负外部性的典型事例是企业的环境污染。

外部性引起私人的成本和收益与整个社会的成本与收益不一致,造成资源的不当配置,导致市场失灵。市场只能反映私人的收益与成本,仅由私人成本与收益的市场决定整个社会的产量,无法保证整个社会的收益最大。因此,需要政府对市场进行干预,以弥补市场调节的缺陷。

（二）外部性的特点

1.外部性的产生独立于市场机制之外

外部性的影响不是通过市场发挥作用的,它不属于买者与卖者的关系范畴,换句话说,市场机制无力对产生外部性的厂商给予惩罚。如果市场机制有能力自动地惩罚产生污水的化工厂,补偿受损的近邻饮水厂,那么,市场机制就不会出现这种外部性的缺陷了。

2.外部性产生于决策范围之外,具有明显的伴随性

厂商在做出寻求私人利润最大化的决策时,首先考虑生产的私人成本,而不是社会成本。就污染的排放而言,不是因为污染本身能够使得总收益超过总成本,而是因为生产在这样处理废物时的收益超过了其所负担的那部分成本。在这种情况下,创造负外部性的厂商

的产出水平有可能超过最优水平。此时,厂商的决策动机不是为了排污而生产,排污本身只是生产过程中的伴随物,不是故意制造的效应。外部性是伴随着生产或消费而产生的某种副作用,它独立于市场机制之外,是市场机制容许生产者或消费者在决策时可以忽视的行为结果。

3.外部性与受损者之间具有某种关联性

外部性所产生的影响并不一定能明确表示出来,但它必定有某种正的或负的福利意义。当受损者对外部性并非漠不关心的时候,它就是相关的,否则就不是相关的。例如水流从邻居家灌进你的院子,使你出入不便,于是便产生了外部性,但如果你并不介意,那么这种外部性就是不存在的。

4.外部性具有某种强制性

在很多情况下,不管你是否同意,外部性加在承受者身上时具有某种强制性,如住宅附近飞机场的轰鸣声。这种强制性是不能通过市场机制解决的。

5.外部性不可能完全消除

任何行为都必然产生外部性,只要有行为发生,就一定伴随着某种外部性。可以采取措施限制、缓解外部性的影响,但不可能完全消除外部性。工业污染是不可能全消除的,市场机制的作用无能为力,政府干预也只能是限制污染,使之达到人们能够接受的某种标准,要想完全消除污染的外部性是不可能的。

二、外部性对资源配置的影响

外部性的存在造成社会脱离最有效的生产和消费状态,市场经济机制不能很好地实现其优化资源配置的基本功能,外部性最严重的影响在于它可能导致资源配置失当。

外部性之所以对经济效率产生这种影响,其原因在于它使得私人成本和社会成本出现差异。私人成本是指一个经济单位从事某项经济活动所需要支付的费用。社会成本是指全社会为了这项活动需要支付的费用,包括从事该项经济活动的私人成本加上这一活动给其他经济单位施加的成本。如果一项活动产生负的外部经济影响,社会成本大于私人成本;反之,存在正的外部经济影响时,社会成本小于私人成本。当社会成本小于私人成本时,从社会角度来看,某项活动是值得进行的,然而却不会有人去从事该项活动。因此,存在正的外部性影响时,私人活动的水平通常要低于社会所要求的最优水平。相反,当社会成本大于私人成本时,存在负的外部性影响时,私人活动的水平通常要高于社会所要求的最优水平,尽管从社会角度来看,某项活动是不值得进行的,然而肯定会有人去进行该项活动。可见,无论是哪种外部性的影响,其结果都是使得社会资源配置失当。

社会成本与私人成本之间的差异导致资源配置低效率的机制可以通过图7-4说明。

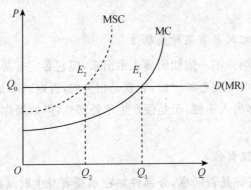

图 7-4 生产的负外部性

在图7-4中,水平直线 $D=MR$ 是某厂商处于完全竞争市场中的需求曲线和边际收益曲线,MC是其边际成本曲线。由于存在着负的外部性,社会的边际成本 MSC 高于私人的边际成本 MC,社会边际成本曲线位于私人边际成本曲线的左上方。当市场价格为 P_0 时,要不考虑企业所造成的外部性的情况下,其利润最大化的产出水平为 Q_1;但从企业造成的社会边际成本 MSC 来看,由于 MC 小于 MSC,最优的产出水平是 Q_2。由于 $Q_1 > Q_2$,这表明,负的外部性造成产品供给过多,超过了社会要求的水平。

三、解决外部性的办法

外部性的存在导致资源配置缺乏效率,西方经济学提出征税或补贴、外部影响内部化及确定产权等主要方法来纠正。

(一)征税或补贴

征税或补贴方案是由庇古在《福利经济学》一书中阐述的,其提出的纠正外部性的方法也被称为"庇古税"方案。按照庇古的观点,对造成社会成本大于私人成本的外部性,即造成负外部性的企业和个人,征收相当于社会成本大于私人成本价值的税收,使私人成本与社会成本一致,这样,会把原先对于当事人来说是外在成本的社会成本内在化为当事人自己的成本,迫使其从自身利益出发来调整和控制外部性;对于造成社会收益大于私人收益的企业和个人,政府应给予他们相当于多出部分受益的补贴,以鼓励此类行为。

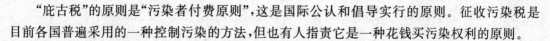

"庇古税"的原则是"污染者付费原则",这是国际公认和倡导实行的原则。征收污染税是目前各国普遍采用的一种控制污染的方法,但也有人指责它是一种花钱买污染权利的原则。

（二）合并企业

合并企业是指如果某企业的行为对另一个企业产生了外部性,那么,可以将这两个企业合并为一个企业,这样,无论是正外部性还是负外部性,都将转化为企业内部问题,从而外部性会消失。比如,甲企业善于培训员工,而乙企业却善于使用员工,因而甲企业对其所雇佣的工人进行培训后,这些工人经常转到乙企业去工作,而甲企业并不能从乙企业那里索取培训费或其他形式的补偿。这样,甲企业从培训工人的活动中所得到的私人收益就小于该活动的社会收益。这必然引起两个企业的恶性竞争,针对这种情况,可以将甲乙两个企业合并,使甲企业所产生的正外部性内部化,此时,企业就会考虑到共同利益,根据总平均成本最小的原则来确定企业员工的雇佣和培训。

（三）产权明晰与有效协商

科斯定理认为,如果与外部性有直接利害关系的各方能够在不花费成本或只花费很少成本的条件下通过协商来解决外部经济效果的赔偿问题,那么,即使面临严重的外部性,完全竞争的市场经济机制也能够有效地实现资源的最优配置。例如,假设在一条河流的上游有企业,下游有用水户。这里有两种可能,一种是存在负外部性,另一种是存在正外部性。在前一场合,企业污染水流,下游的用水户拥有使用洁净水流的权利。如果污染高于法定标准,下游用水户有权向上游企业索取赔偿。而上游企业考虑到自身的利益,为了减少成本,将自动地把污染降低到社会最优污染控制水平。在后一场合,假设上游企业能将水质提高到法定标准以上,那么,它有权向下游用水户索取代价以补偿成本。在这两种场合,企业和用水户之间的赔偿问题都可以通过协商来解决,就不会出现私人成本同社会成本、私人利益同社会利益之间的差异。

产权明晰是通过民间协商来解决外部性的前提。上述例子中下游用水户拥有使用标准洁净水的财产权及上游企业拥有对法定标准以上的洁净水的财产权,就是产权明晰的例子。有关方面的索赔和赔偿实际是这种财产权的买卖,通过这种买卖来实现对外部性问题的最优控制,就是所谓的科斯定理。

第四节 公共产品

一、公共产品及其特征

西方经济学认为,公共产品的存在是造成市场失灵的重要原因,同时也是市场失灵的主要表现之一。

(一)公共产品的内涵

公共产品是相对于私人产品而言的。公共产品是指不具有排他性和竞争性,不能依靠市场交易实现有效配置的商品。如国防、消防、公共道路、教育、公共卫生等就属于公共产品。私人产品是指具有排他性和竞争性,能够通过市场交易达到资源优化配置的产品。如我们在商店买到的食品和服装等就属于私人产品。而某个消费者在既定的价格条件下使用某一公共产品时并不排除其他消费者同时使用该物品。来自公共产品的利益也并不是归属于个人"私有"的财产权利。因此,在市场交换的原则下,公共产品的交换行为难以产生,消费者与供给者的联系由此中断,虽然存在市场需求,却没有直接的市场供给。这时,只能通过政府介入来提供这类产品。

(二)公共产品的特征

判定一个物品是公共产品还是私人产品,首先可以从这两个方面来界定。

(1)非竞争性。非竞争性是指某一公共产品一旦被提供,多一个消费者的加入并不影响其他人对该公共产品的消费。换言之,公共产品可以被许多人同时消费,它对某一人的供给并不会减少对其他人的供给;某人分享某公共产品的利益通常也不会减少其他人分享该公共产品的利益。非竞争性产生的原因之一是非分割性。由于存在非分割性,在充分消费即产生"拥挤"之前,每增加一个消费者所增加的边际成本等于零或接近于零。例如,国防、路灯、环境治理等公共产品都有这种特点。

(2)非排他性。非排他性是指某一公共产品一旦被提供,便可以由任何消费者进行消费,其中任何一个消费者都不会被排斥在外。斯蒂格勒曾经形象地比喻说,国防这类公共产品"保护萨缪尔逊大街或其他任何地方不受外国的袭击,并不会削弱对邻州弗里德曼大街的保护"。某些公共产品虽然存在技术上排他的可能性,但是排他的成本非常昂贵,以至于在经济上是不可行的,因此,也具有非排他性的特征。

公共产品的消费经常出现"搭便车"的问题,之所以产生搭便车问题,是因为如果一个人支付的费用对他能够消费的物品量没有影响,那么就会刺激这个人不为这种物品付费。换言之,如果一个人不用购买就可以消费某种物品,他就不会去购买。私人产品的消费具有竞争性和排他性,不购买就无法消费,所以不存在搭便车问题。公共产品由于非竞争性和非排他性,无须购买就能消费,而且一个人的消费并不减少其他人的消费,所以存在搭便车问题。私人提供公共产品无利可图,决定了公共产品只能主要依靠政府提供。

二、公共产品的分类

公共产品分为两大类:纯公共产品和准公共产品。

（一）纯公共产品

纯公共产品是指既无排他性,又无竞争性的物品。它的主要特点除了具有广泛的外部性以外,还包括:无拥挤性和选择性,通过纳税间接购买与被动消费,消费时无法分割,只能由政府提供等,比如国防、外交、灯塔和港口。

（二）准公共产品

准公共产品是指具有竞争性但无排他性或具有排他性但无竞争性的物品。它的主要特点除了同样具有广泛的外部性以外,还包括:具有一定程度的拥挤性,部分间接购买、部分直接购买,消费时部分可以分割,政府和私人皆可以提供等。准公共产品可以分为两类:一类是与规模经济有联系的产品,称之为自然垄断型公共产品,如下水道系统、供水系统、铁路运输系统等,这类公共产品一般属于社会基础设施;另一类为优效物品,即那些不论人们的收入水平如何都应该消费或应该得到的公共产品,如社会卫生保健、住房、中小学教育等。

准公共产品有一个显著的特点就是"拥挤性"。在准公共产品的消费中,当消费者的数目从零增加到某一个可能是相当大的正数即达到了拥挤点时,就显得十分拥挤。比如在音乐厅欣赏音乐,人们在街道和桥梁上行走,等等。随着消费者的不断增加,超过拥挤点以后,新增加的消费者的边际成本开始上升并同时减少全体消费者的效用,当达到容量的绝对限制时,增加额外消费者的边际成本趋于无穷大。某些准公共产品的实际消费过程具有强烈的私人产品性质,所以,如果政府免费提供或是象征性地收费,人们就可能过度消费该物品,增加其拥挤性。鉴于准公共产品的拥挤性,有的学者称之为"有限的公共产品"。

三、公共产品的供给

由于公共产品的非竞争性和非排他特征,造成公共产品无法由私人部门提供,或者私人部门不愿意提供,这样,必须由政府来提供社会所需的公共产品。政府提供公共产品不等于全部的公共产品都由政府来直接生产,政府应该根据公共产品的最优数量及其特点决定公共产品的最佳供给方式。

(一)公共产品的最优数量

公共产品的最优产量是社会边际成本与社会边际收益相等所决定的产量。假如在公共产品生产过程中没有外部成本,那么,社会边际成本就等于私人边际成本,关键在于如何计算公共产品的社会收益。由于公共产品消费的非竞争性和非排他性,从社会角度看,消费公共产品带来的社会边际收益是所有消费者的边际收益的加总。如图 7-5 所示,假设只有两个消费者 A 与 B,各自的需求曲线即边际收益曲线为 D_A 与 D_B,社会边际收益曲线或社会需求曲线 D_S 由 D_A 与 D_B 曲线的垂直相加构成。由于公共产品的成本不因消费者需求的增

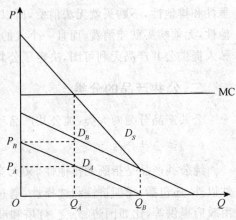

图 7-5　公共产品的最优产量

加而增加,所以公共产品的边际成本是一条与横轴平行的水平线。D_S 与 MC 相交之点的均衡产量 Q 将是公共产品的最佳供给量。其中,消费者 A 支付 P_A,消费者 B 支付 P_B,实际上也就是消费者各自的税收负担,$P_A + P_B$ 正好等于边际成本 MC。

(二)公共产品的供给方式

政府提供公共产品有两种基本方式:一是政府直接生产,二是政府间接生产。

纯公共产品和自然垄断性很高的准公共产品通常采取政府直接生产的方式来提供。在西方国家,造币厂和中央银行都是由中央政府直接经营的。邮政服务、电力、铁路、保险业、煤气等在有些国家也是由中央政府直接经营的。地方政府直接提供的公共产品主要有保健、医院、警察、消防、煤电供应、图书馆等。

政府间接生产公共产品是指政府利用预算安排和政策安排形成经济刺激、引导私人企业参与公共产品生产,在公共产品的提供过程中引进市场和私人的力量。由于私人经营的效率一般高于政府直接经营的效率,在政府支出一定时能提供更多的公共产品,或在既定的公共产品提供量下减少政府开支。因此,只要有可能,就应该采用这种提供方式。

政府间接生产公共产品主要有以下四种形式:①政府与私人企业签订生产合同。适用于这种形式的主要是具有规模经济效益的自然垄断性行业,包括基础设施,这些行业在收费

方面没有太大的困难。政府选择私人厂商的方式一般是公开招标,借助于投标者的竞争把价格压到合理水平。②授权经营。这种方式适合于提供那些外部性显著的公共产品,如自来水供应、电话、供电、广播电台、航海灯塔等。③政府经济资助。主要适用于那些盈利性不高或者只有在未来才能盈利且风险大的公共产品。资助的方式有:补贴、津贴、优惠贷款、无偿赠款、减免税等。高精尖技术的基础研究和应用技术的超前研究及教育是政府资助的主要领域。④政府参股。主要适用于初始投入大的基础设施项目,如桥梁、道路、发电站、高速公路等。政府参股又分为政府控股和政府入股。政府控股针对那些具有举足轻重地位的项目,政府入股主要是向私人企业提供资本和分散私人投资风险。

习　题

一、选择题

1. 公共产品的产权是属于社会,而不属于任何个人是指它的(　　　)。
　　A. 排他性　　　　　　B. 非排他性　　　　　　C. 竞争性　　　　　　D. 非竞争性

2. 私人商品的特点是(　　　)。
　　A. 有竞争性与无排斥性　　　　　　　　　B. 有竞争性
　　C. 无竞争性与排斥性　　　　　　　　　　D. 有竞争性与排斥性

3. 大路朝天,各走一边,这既不会增加路的成本,也不会使任何一个人感到不便。这说明了公共产品的(　　　)。
　　A. 竞争性　　　　　　B. 非竞争性　　　　　　C. 排他性　　　　　　D. 非排他性

4. 市场失灵是指(　　　)。
　　A. 市场没有达到可能达到的最佳结果
　　B. 市场没能使社会资源的分配达到最有效率的状态
　　C. 市场未能达到社会收入的公平分配
　　D. 以上都是

5. 公共产品具有以下哪个特性? (　　　)
　　A. 外部性　　　　　　B. 排他性　　　　　　C. 竞争性　　　　　　D. 以上都是

6. 可用下面哪一个术语来描述一个养蜂人与其邻近的经营果园的农场主之间的影响(　　　)。
　　A. 外部不经济　　　　B. 外部经济　　　　　C. 外部有害　　　　　D. 以上都不是

7. 解决外部不经济可采用以下哪种方法（　　　）。

　　A. 通过产权界定的方法　　　　　　　B. 通过征税的办法

　　C. 通过将外部性内在化的方法　　　　D. 以上各项都可行

8. "搭便车"现象是对下面哪个问题的一种形象的比喻？（　　　）。

　　A. 社会福利问题　　B. 公共选择问题　　C. 市场失灵问题　　D. 公共产品问题

9. 政府进行市场干预的理由是（　　　）。

　　A. 税收　　　　　　B. 反托拉斯法　　　C. 外部性　　　　　D. 以上都是

10. 如果上游工厂污染了下游居民的饮水，按科斯定理，问题就可妥善解决（　　　）。

　　A. 不管产权是否明确，只要交易成本为零

　　B. 只要产权明确，且交易成本为零

　　C. 只要产权明确，不管交易成本有多大

　　D. 否认产权是否明确，交易成本是否为零

11. 某一活动存在外部经济是指该活动的（　　　）。

　　A. 私人利益大于社会利益　　　　　　B. 私人成本大于社会成本

　　C. 私人利益小于社会利益　　　　　　D. 私人成本小于社会成本

二、判断题

1. 不完全竞争市场中出现低效率的资源配置是因为产品价格大于边际成本。（　　　）

2. 由于垄断会使效率下降，因此任何垄断都是要不得的。（　　　）

3. 为了提高资源配置效率，政府对竞争性行业厂商的垄断行为是提倡的。（　　　）

4. 某一经济活动存在外部不经济是指该活动的私人成本小于社会成本。（　　　）

5. 政府提供的物品并不一定都是公共物品。（　　　）

三、简答题

1. 什么是市场失灵？

2. 公共产品如何引起市场失灵？

3. 外部性如何引起市场失灵？

4. 政府一般采取什么方法消除垄断？

5. 政府提供公共产品的基本方式有哪些？

第八章 国民收入核算理论

知识要点：
1. 掌握失业、通货膨胀等国民收入核算相关的概念；
2. 掌握国民收入核算的各种方法；
3. 了解国民收入核算的基本公式及含义。

案例导入

GDP 不是万能的，但没有 GDP 是万万不能的

从 GDP 的含义到它的计算方法不难看出，GDP 实际只是用来衡量那些易于度量的经济活动的营业额，不能全面反映经济增长的质量。美国罗伯特·肯尼迪（美国总统约翰·肯尼迪之弟）在竞选总统的演说中提出"GDP 衡量一切，但并不包括使我们的生活有意义的东西"，这句话就是他对 GDP 这个经济指标的批评。他不是经济学家，但他的这段话颇受经济学家的重视。

越来越多的人包括非常著名的学者，对 GDP 衡量经济增长的重要性发生了怀疑。斯蒂格利茨曾经指出，如果一对夫妇留在家中打扫卫生和做饭，这将不会被列入 GDP 的统计之内；假如这对夫妇外出工作，另外雇人做清洁和烹调工作，那么这对夫妇和佣人的经济活动都会被计入 GDP。说得更明白一些，如果一名男士雇佣一名保姆，保姆的工资也将计入 GDP。如果这位男士与保姆结婚，给保姆不发工资了，GDP 就会减少。

需要进一步指出的是，国内生产总值中所包括的外资企业，虽然在我们境内，从统计学的意义上给我们创造了 GDP，但利润却是汇回他们自己的国家的。一句话，他们把 GDP 留给了我们，把利润转回了自己的国家，这就如同在天津打工的安徽民工把 GDP 留给了天津，

把挣的钱汇回了安徽一样。看来 GDP 只是一个"营业额",不能反映环境污染的程度,不能反映资源的浪费程度,看不出支撑 GDP 的"物质"内容。在当今中国,资源浪费的亮点工程,半截子工程,都可以算在 GDP 中,都可以增加 GDP。

上述分析不难看出,目前在评价经济状况、经济增长趋势及社会财富的表现时,使用最为广泛的国民经济核算所提供的 GDP 指标,不能完全反映自然与环境之间的平衡,不能完全反映经济增长的质量。这些缺陷使传统的国民经济核算体系不仅无法衡量环境污染和生态破坏导致的经济损失,相反还助长了一些部门和地区为追求高的 GDP 增长而破坏环境、耗竭式使用自然资源的行为。可以肯定的是,目前 GDP 数字里有相当一部分是靠牺牲后代的资源来获得的。有些 GDP 的增量用科学的发展观去衡量和评价,不但不是业绩,反而是一种破坏。我们要加快发展、加速发展,但不能盲目发展。

尽管 GDP 存在着种种缺陷,但这个世界上本来就不存在一种包罗万象、反映一切的经济指标,在我们现在使用的所有描述和衡量一国经济发展状况的指标体系中,GDP 无疑是最重要的一个指标。正因为有这些作用,所以可以说,GDP 不是万能的,但没有 GDP 是万万不能的。

案例来源:摘自 www.zyrtvu.com

第一节　国民收入的总量及其相互关系

国民收入是反映一个社会经济全貌的综合指标,国民收入有广义和狭义之分,广义的国民收入包括国内生产总值、国内生产净值、国民收入、个人收入、个人可支配收入五个总量;狭义的国民收入仅仅指这五个总量中的国民收入一项。

一、国内生产总值

(一)国内生产总值的概念

国内生产总值(GDP)是指一个国家在一定时期内(通常为一年)在本国领土范围内所生产的全部最终产品(包括产品与劳务)的市场价值的总和。

要准确理解这一概念,应注意以下几点。

第一,国内生产总值是一个市场价值的概念。各种最终产品的价值都是用货币加以衡量的,而不是以实物产量来衡量的。所有最终产品都是按其市场价格(而不是以要素成本)乘以其产量计入 GDP 的。

第二,国内生产总值测度的是最终产品而不是中间产品的市场价值。最终产品是指在一定时期内生产的并由最后使用者购买使用的产品和劳务;中间产品是指用于再出售供生产别种产品的产品。事实上,最终产品的价值中已经包含了中间产品的价值,如果在计算GDP时,不区分最终产品和中间产品,就会出现重复计算的错误。

第三,国内生产总值是指在一定时期内生产的而不是销售的最终产品的市场价值。GDP反映的是一个经济体系在一定时期内新增加的最终产品的价值,只要生产出来的都应计入GDP,多销售一些或者少销售一些,不会影响GDP的数值,只会影响企业非意愿存货的多少。

第四,国内生产总值仅指在一定时期内生产的产品的市场价值,包含时间因素,是一个流量概念,而不是存量概念。流量是指一定时期内发生的变量,存量是指在一定时点上存在的变量。凡是在计算期内生产的最终产品的价值,都应计入当期GDP,而不是在这一期内生产的价值,就不应计入当期的GDP。如对已有商品的交易,购买二手车和旧的住房,车款和房款都不能计入当期的GDP,因为它们是以前年度生产的,已经被计算在前年度的GDP中了。

第五,国内生产总值仅指在本国领土范围内生产的产品的市场价值,既包括本国企业所生产的产品和劳务,也包括外国企业或合资企业在本国生产的产品和劳务。

第六,国内生产总值一般仅指为市场而生产的商品和劳务的价值,家务劳动、自给自足的生产等非市场活动都不计入GDP当中。

(二)实际国内生产总值与名义国内生产总值

如前所述,国内生产总值是最终产品市场价值的总和。因此,国内生产总值不仅要受产品和劳务数量的影响,而且还要受价格水平的影响。同样的最终产品量按不同的价格计算,可得出不同的国内生产总值。

按当年价格计算的某一年国内生产总值,称为名义GDP;按不变价格计算的某一年国内生产总值,称为实际GDP。不变价格是指统计时确定的某一年(称为基年)的价格。由于实际GDP不受价格变动的影响,只反映生产的产量变动,反映了经济满足人们需要与欲望的能力,因此在衡量经济福利时,实际GDP是比名义GDP更好的一个指标。当讨论一国经济增长时,往往是用该国实际的GDP的变动百分比来衡量增长率。二者之间的关系可以表示为

$$实际\ GDP = \frac{名义\ GDP}{物价指数} \times 100\%$$

为了准确反映一个国家生产的真实变动情况,使国民收入具有纵向可比性,就需要消除

价格变动的影响,用物价指数(或平减指数)比较各个年度的国民收入的真实情况。

GDP 物价指数(或平减指数)＝名义 GDP/实际 GDP×100%

这一指数是衡量相对于基期价格的现期物价水平,是用来监视经济平均物价水平的重要物价指数之一,能反映通货膨胀的程度。

(三)国内生产总值与人均国内生产总值

国内生产总值反映了一国的总体经济实力和市场规模,而人均国内生产总值则反映了一国的富裕度与生活水平。

用国内生产总值除以当年的人口数量,就可以得到当年的人均国内生产总值,用公式表示为

$$某年人均国内生产总值＝\frac{某年国内生产总值}{某年人口数}$$

这里所用的人口数量是当年年初与年末的人口数平均值,或者是年中(当年 7 月 1 日零时)的人口数。

二、国内生产净值

国内生产净值(NDP)是指一个国家在一定时期内(通常为一年)在本国领土范围内所生产的全部最终产品(包括产品与劳务)按市场价格计算的净值,即在国内生产总值(GDP)中扣除生产资本的消耗后得到的国内生产总值,等于国内生产总值减去折旧,用公式表示为

$$国内生产价值(NDP)＝国内生产总值(GDP)-折旧$$

三、国民收入

国民收入(NC),在这里特指狭义的概念,是指一个国家在一定时期内(通常为一年)用于生产产品和劳务的各种生产要素(劳动、资本、土地、企业家才能)所获得的报酬(收入)的总和,即工资、利息、地租和正常利润的总和,用公式表示为

$$国民收入(NI)＝工资＋利息＋租金＋正常利润$$

四、个人收入

个人收入(PI)是指一个国家或地区,在一定时期内(通常为一年),所有个人得到的各种来源的收入总和。具体包括劳动收入、业主收入、租金收入、利息和股息收入、政府转移支付和企业转移支付等,但不包括个人之间的转移支付。个人收入这个概念是用来表示个人实

际得到的收入,并以此区别于国民收入。个人收入的构成用公式表示为

个人收入(PI)＝国民收入(NI)－(公司未分配利润＋公司利润税＋公司和个人缴纳的
社会保险费)＋(政府对个人的转移支付＋企业对个人的转移支付)

五、个人可支配收入

个人可支配收入(PDI)是指一个国家或地区所有个人在一定时期内(通常为一年)所得
到的收入总和减去个人所得税和非税支付部分后可以由个人直接支配的收入,也就是个人
可以随意支配的收入。个人税包括个人所得税、财产税、房地产税等;非税支付包括罚款、教
育费和医疗费等。

个人可支配收入用于两个方面:一是个人消费支出,包括食品、衣物、居住、交通、文娱和
其他杂项;二是个人储蓄,包括个人存款、个人购买债券等。个人可支配收入用公式表示为

个人可支配收入(PDI)＝个人收入(PI)－(个人税＋非税支付)
＝个人消费支出(C)＋个人储蓄(I)

第二节　国民收入核算方法

国内生产总值的基本核算方法有三种:支出法、收入法,以及部门法。下面我们主要介
绍最常用的支出法和收入法两种核算方法。

一、支出法

用支出法核算 GDP,是从对最终产品的需求方面来衡量的,是通过核算在一定时期内
整个社会购买最终产品的总支出,即最终产品的总卖价来计量 GDP 的。

如果用 $Q_1, Q_2, Q_3, \cdots, Q_n$ 表示购买的各种产品和劳务的数量,用 $P_1, P_2, P_3, \cdots, P_n$ 表
示购买的各种产品和劳务的价值,则国内生产总值可表示为

$$GDP = Q_1 P_1 + Q_2 P_2 + Q_3 P_3 + \cdots + Q_n P_n = \sum_{i=1}^{n} QP$$

在现实生活中,产品和劳务的最后使用,除了居民消费,还有私人投资,政府购买和出口
(国外需求)。因此,我们把 GDP 的最终使用分为以下四个部分。

(1)居民个人消费(用 C 表示)。是指由本国家庭和非盈利机构购买的最终产品和服务
的市场价值总额,以及他们自己提供自己消费的水平和劳务折合的收入。消费支出包括三

个部分,即耐用消费品(如汽车、空调、彩电等)支出;非耐用消费品(如食品、衣物、报刊等)支出;劳务(如医疗、教育、旅游等)支出。建造和购买住宅的支出不包括在内,而归入固定资产投资中。

(2)私人投资支出(用 I 表示)。私人投资支出包括固定投资和存货投资的支出。固定投资是指非居民购买的新生产的建筑和耐用生产设备的市场价值总额加上居民购买的新建造的住房的市场价值。存货投资是指厂商持有的存货价值的变动。从总投资的用途来看,可以把它分为两个部分,即净投资和重置投资。重置投资是指弥补当期资本设备的生产消耗和意外损耗的投资支出,总投资减去重置投资就是净投资。只有净投资才能增加资本存量。

(3)政府购买支出(用 G 表示)。政府购买支出是指各级政府购买商品和劳务的支出,政府出钱设置法律系统、国防系统,兴建道路港口,开办学校等,都属于政府购买,都要作为对最终产品的购买支出计入 GDP。政府购买也包括政府雇员的薪金支出。需要注意的是政府购买支出和政府支出是有区别的。政府购买支出只是政府支出的一部分,政府支出的另一部分是政府转移支付。政府转移支付只是把收入从一个人或一个组织转移到另一个人或组织,并不涉及商品和劳务的生产和交易,因而,政府转移支付不能单独作为一项计入GDP,而应计入个人可支配收入中。例如,政府给失业人员发放的救济金,并不是因为这个人提供了劳务,创造了价值,而是因为他们失去了工作,没有经济来源,要靠救济生活。实际上,政府转移支付会影响个人可支配收入,通过消费支出来影响 GDP。

(4)净出口(出口减进口的差额,用 X-M 表示)。净出口是指商品和劳务的出口价值减去商品和劳务的进口价值的差额。用 X 表示出口,用 M 表示进口,则(X-M)就是净出口。出口和消费支出、投资支出及政府购买支出一样,是对本国商品和劳务的购买,当然应该计入本国的 GDP。进口是本国对外国生产的商品和劳务的购买,因此,不应该计入本国的GDP。并且,由于私人的消费支出总额、私人国内的投资支出总额和政府购买支出总额中都包含一部分本国从国外进口的商品和劳务,因此在计算 GDP 时,要减去进口。

通过以上分析,用支出法计算 GDP 的公式可以表示为

GDP=消费支出(G)+投资支出(I)+政府购买(G)+净进口(X-M)

表 8-1 是一个假想的用支出法计算 A 国某年国民生产总值的例子。

表 8-1　**A 国某年国民生产总值**　　　单位:10 亿元(当年价格)

项目	金额
国民生产总值	4 070
1. 消费支出	2 600
耐用品	360
非耐用品	900
劳务	1 340
2. 投资支出	650
固定投资	640
①非居民投资	480
建筑投资	180
耐用生产设备投资	300
②居民住房投资	160
存货投资	10
3. 政府购买支出	800
4. 净出口	20
出口	380
进口	360

二、收入法

收入法又称要素收入法、要素支付法和要素所得法。它从商品与劳务的市场价值应与生产这些商品与劳务所使用的生产要素的报酬之和相等的角度,将经济系统内各生产要素取得的收入相加,计算出考察期内一个国家生产的最终产品和劳务的价值总和。在采用收入法计算国内生产总值时,一般包括以下几个项目。

(1)工资。工资是劳动者因工作而取得的酬劳的总和,即包括工资、薪水,也包括各种补助或福利项目,如雇主代雇员向社会保险机构缴纳的社会保险金、养老金等。

(2)净利息。净利息是个人及企业因进行储蓄在本期内发生的利息收入与因使用由他人提供的贷款而在本期发生的利息支出之间的差额,不包括在以前发生但在本期收入或支付的利息,也不包括政府公债利息,因为政府借的债不一定投入生产活动,而往往是用于弥补财政赤字。政府公债利息常常被看作是从纳税人身上取得的收入加以支付的,因而习惯上被看作是转移性支出。

(3)租金收入。租金收入包括个人出租房屋、土地等获得的租赁收入,个人居住自己房子应付的租金估算,专利及版权收入。

(4)非公司企业收入。非公司企业收入是指合伙企业和个人经营企业的收入,如医生、律师、农民和小店铺主的收入。他们使用自己的资金,自我雇佣,其工资、利息、利润、租金常混在一起作为非公司企业收入。

(5)公司税前利润。公司税前利润是指公司制企业在一定时期内所获得的利润,可分为公司所得税、社会保险税、股东红利及公司未分配利润。

以上五大项分别是对劳动、土地、资本、企业家才能四类生产要素所支付的报酬,即生产要素收入的总和,它与一个国家最终产品和劳务的市场价格在金额上仍存在差别,其中最主要的因素是在商品与劳务的价格中,除包括生产要素报酬外,还包括其他一些费用。所以,若要准确核算国内生产总值,就要在要素收入的基础上再加上折旧、企业间接税,以及误差调整等。

(6)企业间接税。企业间接税是指税收负担不由纳税人本人承担的税种,这种税负可以通过流通渠道转嫁出去。例如对商品征收的货物税由生产厂商支付,但厂商可以把税收加入成本中,通过提高价格转嫁给消费者。营业税、消费税、进口关税等都属于间接税。尽管这些税收不是生产要素获得的收入,但却时消费该商品所必须支付的,故应作为成本。

(7)资本折旧。折旧是对一定时期内因经济活动而引起的固定资本消耗的补偿。折旧与企业间接税一样不属于生产要素的收入,但由于折旧已被分摊在商品和劳务的价格中,所以在计算国内生产总值时要加上折旧。

所以,综上所述,按收入法核算的国内生产总值公式可表示为

GDP＝工资＋利息＋租金＋非公司收入＋公司税前利润＋企业间接税＋资本折旧

按以上两种方法计算得出的结果,从理论上说应该是一致的,因为它们是从不同的角度来计算同一国内生产总值。但在实际中,这两种方法所得出的结果往往不一致。在实际经济分析中,因为最终产品的使用去向比较清楚,资料收集比较容易,所以世界各国政府比较重视支出法,如果两种核算方法得出的结果不一致,一般以支出法统计的结果为准,然后利用统计误差调整收入法和部门法所得的数值(见表8-2)。

表 8-2 美国 1999 年国内生产总值及构成（收入法）

单位：10 亿美元（按当年价格计算）

1.工资及其他补贴	5 332
2.净利息	468
3.个人的租金收入	146
4.企业间接税，调整和统计误差	815
5.折旧	815
6.非公司企业收入	658
7.公司税前利润	893
公司利润税	259
股息	365
未分配利润	269
国内生产总值	9 256

第三节　国民收入恒等式

一、总需求与总供给的恒等关系

总需求（AD）是一定时期内整个社会对产品与劳务（最终产品）的需求总量。在现实经济中，它由消费需求、投资需求、政府需求和国外需求构成。这些需求最终都是以支出的形式表现出来的，即总需求所衡量的是国民经济活动中各种行为主体的总支出。因此，总需求可以用总支出表示。

总供给（AS）是一定时期内国民经济各部门提供的物质产品和劳务的总和，是全社会经济活动的总成果。总供给是由各种生产要素生产出来的，是各种生产要素供给的总和，而生产要素（劳动力、资本、土地、企业家才能）供给的总和又可以用它们相应得到的收入（工资、利息、地租、利润）的总和（总收入）来表示。因此，总供给也可以用总收入来表示。总支出、总收入和总需求、总供给的关系用公式表示为

$$总支出＝总收入＝GDP$$
$$总支出＝总需求＝GDP$$
$$总收入＝总供给＝GDP$$

所以

$$AD=AS=GDP$$

二、两部门经济中的储蓄——投资恒等式

两部门经济实际上是一种理论的简化。它是指一个假设的社会仅由厂商和居民户这两种经济单位所组成,因而不存在企业间接税。同时,为了简化分析,我们也可以撇开折旧(假设它为零)。在这种经济中:居民向厂商提供各种生产要素,同时从厂商那里得到相应的货币收入;居民向厂商购买消费品,相应的用于消费的货币支出流向厂商;如果居民不把所有的收入用于消费,那么就会发生储蓄。这些储蓄流入金融市场,厂商则从金融市场得到贷款,进行投资。

两部门经济中的收入流量循环如图8-1所示。

厂商向居民户支付生产要素报酬

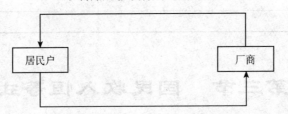

居民户向厂商购买各种产品与劳务

图8-1 两部门经济的收入循环模型

在两部门经济中,总需求分为消费需求(C)、投资需求(I),用公式可以表示为

$$AD=C+I$$

总供给是各种生产要素收入的总和,这些收入可分为消费(C)、储蓄(S)两部分,用公式可以表示为

$$AS=C+S$$
$$AD=AS$$
$$C+I=C+S$$

如果两边同时消去C,则总需求与总供给的恒等式可以写成

$$I=S$$

三、三部门经济中的储蓄——投资恒等式

三部门经济是指在居民户和企业之外,再加上政府部门的经济活动。政府的经济活动

包括两个方面：一方面是政府收入，主要是政府向企业和居民征税；另一方面是政府支出，包括政府对商品和劳务的购买，以及政府给居民的转移支付，如救济金、福利开支等。因此，政府与居民户、政府与厂商之间的货币流向是双向的，这时收入流量模型如图 8-2 所示。

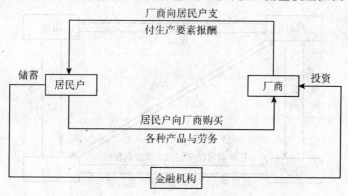

图 8-2　三部门经济的收入循环模型

在三部门经济中，总需求不仅包括消费需求（C）、投资需求（I），而且还包括政府需求，政府需求可以用政府支出（G）来表示。上述关系用公式表示为

$$AD=C+I+G$$

三部门的总供给除各种生产要素供给之外，还包括政府供给，即政府给社会提供了国防、基础设施等"公共物品"。政府由于提供这些"公共物品"而得到相应的收入——税收（T）。因此，三部门经济中，总供给的构成可以用公式表示为

$$AS=C+S+T$$

因为

$$AD=AS$$

所以

$$C+I+G=C+S+T$$

两边同时消去 C，则总需求与总供给的恒等关系可以用公式表示为

$$I+G=S+T$$

这样，I＝S＋（T－G），也就是三部门经济中的储蓄（私人储蓄和政府储蓄的总和）等于投资恒等式。

四、四部门经济中的储蓄——投资恒等式

把三部门经济加进一个国外部门就成了四部门经济。在四部门经济中，国外部门的经

济功能主要体现在两个方面：一是作为国外生产要素的供给者，向国内各部门提供产品与劳务，构成社会总供给的一部分，对国内来说就是进口（M）；作为国内产品与劳务的需求者，向国内进行购买，对国内来说，就是出口（X）。这时，收入流量循环的模型如图 8-3 所示。

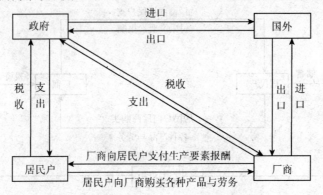

图 8-3　四部门经济的收入循环模型

因此，在四部门经济中，总需求除了包括消费需求、投资需求、政府需求之外，还包括国外需求，即本国的出口，用公式表示为

$$AD＝C＋I＋G＋X$$

相应的，四部门经济的总供给除了各种生产要素的供给和政府的供给之外，还有国外供给，即本国的进口，用公式表示为

$$AS＝C＋S＋T＋M$$

因为

$$AD＝AS$$

所以

$$C＋I＋G＋X＝C＋S＋T＋M$$

两边同时消去 C，则总需求与总供给的恒等关系可以用公式表示为

$$I＋G＋X＝S＋T＋M$$

这样，$I＝S＋（T－G）＋（M－X）$，也就是四部门经济中的储蓄（私人储蓄和政府储蓄的总和）——投资恒等式。

习　题

一、单项选择题

1. GDP 一般包括(　　)。

　　A. 上年的存货　　　　　　　　　B. 当年生产的物质产品和劳务

　　C. 当年销售掉的全部最终产品和劳务　　D. 本国公民创造的全部价值

2. 一国的国内生产总值小于国民生产总值,说明该国公民从外国取得的收入(　　)外国公民从该国取得的收入。

　　A. 大于　　　　　　　　　　　　B. 小于

　　C. 等于　　　　　　　　　　　　D. 可能大于也可能小于

3. 在一年中,如果产出没有被全部消费或售出时,则当年的国内生产总(GDP)将(　　)。

　　A. 增加　　　　　　　　　　　　B. 保持不变

　　C. 减少　　　　　　　　　　　　D. 上述说法都不准确

4. 在国民收入核算体系中,测度一定时期内所有最终产品和劳务的货币价值量的是(　　)。

　　A. 国民收入　　　　B. 国内生产总值　　　C. 国内生产净值　　　D. 可支配收入总和

5. 下列哪一项计入 GNP(　　)。

　　A. 购买一辆二手车

　　B. 购买普通股票

　　C. 汽车制造厂买进 10 个钢板

　　D. 银行向某企业收取一笔贷款利息

6. 有时 GDP 的折算指数增加,而实际 GDP 下降,当这一现象发生时(　　)。

　　A. 名义 GDP 必增加

　　B. 名义 GDP 必下降

　　C. 名义 GDP 保持不变

　　D. 名义 GDP 可能增加或保持不变,甚至下降

7. 下列哪项指标可由现期要素成本加总得到(　　)。

　　A. 国民收入　　　　B. 国内生产总值　　　C. 国民生产净值　　　D. 国民生产总值

8. 为从国民收入中获得个人收入,不用减去下列哪一项?(　　)

　　A. 社会保险基金　　B. 公债利息　　　C. 公司收入税　　　D. 公司未分配利润

9.按国民收入核算体系,在一个只有家庭、企业和政府机构的部门经济系统中,必然有（　　）。

　　A.家庭储蓄等于净投资

　　B.家庭储蓄等于总投资

　　C.家庭储蓄加消费等于总投资加政府支出

　　D.家庭储蓄加税收等于总投资加政府支出

10.如果个人收入等于570美元,而个人所得税等于90美元,消费等于430美元,利息支付总额为10美元,个人储蓄为40美元,个人可支配收入等于（　　）。

　　A.500美元　　　　　B.480美元　　　　　C.470美元　　　　　D.400美元

二、判断题

1.国民生产总值只计算最终产品和劳务的价值,而不包括中间产品价值。（　　）

2.政府给贫困家庭发放的一笔救济金也属于国民生产总值核算的内容。（　　）

3.一国的国民生产总值小于国内生产总值,说明该国公民从外国取得的收入大于外国公民从该国取得的收入。（　　）

4.今年的名义国民生产总值大于去年的名义国民生产总值,不一定说明今年生产的物品和劳务的总量一定比去年多。（　　）

5.在一个只有家庭、企业和政府构成的三部门经济中,家庭储蓄加税收一定等于净投资家政府支出。（　　）

三、简答题

1.什么是国内生产总值,它与国民生产总值有何区别?

2.最终产品和中间产品能否根据产品的物质属性加以区别?

3.试述实际国内生产总值与名义国内生产总值的关系。

4.能否说某公司生产的汽车多卖掉一些时增加GNP比少卖掉一些时增加的GNP要多一些?

5.请解释为什么在三部门经济中家庭储蓄加税收一定等于净投资家政府支出。

四、计算题

1.假设某公司某年有下列国民收入统计资料如下表所示。

国民收入统计资料　　　　　　　　　　　单位:10亿美元

资本消耗补偿	356.4
雇员酬金	1 866.3
企业支付的利息	264.9

续表

间接税	266.3
个人租金收入	34.1
公司利润	164.8
非公司企业主收入	120.3
红利	66.4
社会保险税	253.0
个人所得税	402.1
消费者支付的利息	64.4
政府支付的利息	105.1
政府转移支付	347.5
个人消费支出	1 991.9

请计算:①国民收入;②国民生产净值;③国民生产总值;④个人收入;⑤个人可支配收入;⑥个人储蓄。

2.假定一国有国民收入统计资料如下表所示。

国民收入统计资料　　　　　　　　　　　　单位:亿美元

国民生产总值	4 800
总投资	800
净投资	300
消费	3 000
政府购买	960
政府预算盈余	30

试计算:①国民生产净值;②净出口;③政府税收减去政府转移支付后的收入;④个人可支配收入;⑤个人储蓄。

第九章　凯恩斯的国民收入决定理论

知识要点：
1. 掌握消费函数、均衡产出等概念；
2. 掌握均衡分析的基本思路和方法；
3. 理解乘数概念及其表示方式。

▶ 案例导入

从短缺到过剩的转换：我国经济的运行态势

从已有的政策决策及各方面的专家论证意见看，人们对于"在我国国民经济的运行过程中，供求关系已处于普遍性的供大于求的失衡状态之中"已具有相当的共识。根据20世纪90年代末内贸部对610种主要商品的调查，供求基本平稳的为403种，供大于求的为206种，供不应求的只有棕榈油一种。除商品供给过剩外，生产能力过剩、资金供给过剩，以及劳动力过剩目前在我国也表现得十分突出。

经济过剩的出现是社会总供给大于总需求的必然结果。从我国1981—1997年16年需求结构变化趋势看，最终消费率基本上以平均每年0.6个百分点的幅度持续下降，由1981年的67.5％降至1997的54.8％，与70％的国际平均水平相比，显然偏低。最终消费率过低，必然导致国内总需求不足，从而使经济运行中出现过剩。这是我国经济增长中面临的一个突出问题。

从供给方面看，我国的经济过剩是因为有效供给缺乏，无效供给过多。能创造、适应需求的供给是有效供给，抑制需求的供给就是无效供给。无效供给因不能满足消费者的需求，在参与市场的交换中，就不能实现由W—G的"惊险跳跃"，结果就会表现为过剩。有效需求不足与有效供给不足有直接关系。几年前,不少人就提出在我国应培育新的消费热点,这些消费热点是轿车、住房、旅游等,但"热点"并未热起来,原因在于价格太高,令消费者望而生畏。以住房而言,目前全国大约有 331 万缺房户,但据国家统计局提供的资料,我国商品房累计空置率很高,中心城市、沿海开放城市商品房空置更为严重。

经济过剩不是资本主义国家的专利,在我国向社会主义市场经济体制的目标迈进过程中,由于历史和现实的原因,造成产品的供给与居民需求之间的脱节,随着社会主义市场经济的发展,市场体系的完善,"历史遗留问题"的解决,价格机制的正位,政策制订者、管理者、生产者、消费者市场心理的成熟和理性化,社会主义市场经济条件下的经济过剩将不再是一个难题。

案例来源:摘自 jpkc.gdcvi.net

第一节　国民收入的决定因素及其关系

一、凯恩斯的国民收入决定理论假设

凯恩斯在建立国民收入决定理论体系时,采用的是一种短期静态分析,认为在短期内由于生产技术、自然和经济资源等的供给不会发生变化,即总供给水平是既定的,因此,国民收入水平的大小取决于总需求。总需求增加,国民收入增加;总需求减少,国民收入减少。因此,在说明一个国家的生产或收入水平是如何决定之前,首先要了解三点重要的假设。

第一,潜在的国民收入水平,即充分就业的国民收入水平是不变的。也就是说,经济中的生产能力不变,拥有的资源数量不变,技术水平也不变。一般来说,潜在的 GDP 在长期中是不断增长的,因为人口增长使劳动力增加,投资使资本存量增加,技术进步等使劳动生产率提高。但在短期内,一个社会拥有的劳动力、资本存量和技术条件是一定的,因而短期内潜在的 GDP 是一定的。

第二,各种资源没有得到充分利用,因此,总供给可以适应总需求的增加而增加,也就是不考虑总供给对国民收入决定的影响。

第三,价格水平是既定的。既不论需求量为多少,经济制度均能以不变的价格提供相应的供给量,这就是说,社会总需求变动时,只会引起产量的变化,不会引起价格的变动。因为在短期中,价格不易变动,社会需求变动时,企业首先考虑的是调整产量而不是价格。

此外,为了简化分析,我们还假定折旧和公司未分配利润为零。这样,GDP、NDP、NI、PI

都相等。

从以上假设中可知,经济社会的产量或者说国民收入决定于总需求,总需求增加,国民收入增加;总需求减少,国民收入减少。因此,分析均衡国民收入的决定,就是分析总需求的各组成部分是如何决定的。国民收入核算理论表明,国民收入的构成,从总需求方面来看表现为

国民收入＝消费＋投资

而从总供给方面来看表现为

国民收入＝消费＋储蓄

可见,国民收入最终可以转化为消费、储蓄和投资三个因素。

二、消费与消费函数

在现实生活中,影响消费量大小的因素有很多,如收入水平、价格水平、利率水平、收入分配状况、消费者偏好、家庭财产状况、消费者信贷状况、消费者年龄构成,以及制度、风俗习惯等。凯恩斯理论认为,在影响消费的各种因素中,收入是消费的唯一决定因素,收入的变化决定消费的变化。

如果以 C 代表消费,Y 代表收入,消费与收入这两个经济变量之间的依存关系称为消费函数。则消费函数可以表示为

$$C = f(Y)$$

一般而言,在其他条件不变的条件下,消费随收入的变动而呈同方向变动,即收入增加,消费增加;收入减少,消费减少。

消费并不随收入同比例变动,它们之间有一个比例关系,称为消费倾向。消费倾向可分为平均消费倾向和边际消费倾向。

平均消费倾向指平均每单位收入中消费所占的比重,或总收入中总消费所占的比重。若以 APC 表示平均消费倾向,则有

$$APC = C / Y$$

边际消费倾向是指每一单位收入增量中消费增量所占的比例,若用 MPC 表示边际消费倾向,以 ΔC 表示消费增量,以 ΔY 表示收入增量,则有

$$MPC = \Delta C / \Delta Y$$

由于收入所引致的消费增量小于收入增量,故 $0 < MPC < 1$,并且边际消费倾向是逐渐递减的。

三、储蓄与储蓄函数

储蓄是指没有用于当前消费的那部分可支配的收入,或者说储蓄是收入中用于消费后的剩余。因此,在收入既定的情况下,储蓄的增加,意味着消费的减少。

凯恩斯假定收入 Y 是决定储蓄 S 的唯一因素,如果以 S 代表储蓄,则储蓄函数可以表示为

$$S = f(Y)$$

收入和储蓄两个经济变量之间的这种关系被称为储蓄函数或储蓄倾向。储蓄倾向可分为平均储蓄倾向和边际储蓄倾向。

平均储蓄倾向指平均每单位收入中储蓄所占的比重,或总收入中总储蓄所占的比重。若以 APS 表示平均储蓄倾向,则其公式可表示为

$$APS = S / Y$$

边际储蓄倾向指每一单位收入增量中储蓄增量所占的比重。若以 MPS 表示边际储蓄倾向,以 ΔS 表示储蓄增量,ΔY 表示收入增量,则其公式可表示为

$$MPS = \Delta S / \Delta Y$$

一般情况下,ΔS 仅是 ΔY 的一部分,所以 $0 < MPS < 1$。因为,人们的全部收入只用于消费和储蓄,即 $C + S = Y$,所以

$$APC + APS = C/Y + S/Y = 1$$

同样,人们增加的全部收入也只用于增加消费或储蓄,即 $\Delta C + \Delta S = \Delta Y$,所以

$$MPC + MPS = \Delta C / \Delta Y + \Delta S / \Delta Y = 1$$

四、投资与投资函数

投资也是国民收入均衡分析中的一个重要变量。从短期看,按凯恩斯的观点,之所以会发生有效需求不足的问题,关键在于储蓄不能全部转化为投资。从长期看,投资是未来生产能力形成的基本源泉,是决定经济增长的关键因素,且易于发生较大的波动。

按凯恩斯的观点,投资主要由利率决定,并且二者呈反方向变动关系,如果以 I 代表投资,i 代表利率,则投资函数用公式表示为

$$I = f(i)$$

投资和利率两个经济变量之间的这种关系被称为投资函数。

第二节　简单的凯恩斯宏观经济模型

一、总需求与国民收入的决定

凯恩斯认为,在经济萧条的时候,许多企业减产或停产倒闭,企业的投资需求很小,利率很低且相对稳定不变。因此,在简单的凯恩斯国民收入决定中,假设利率是不变的,对调节投资不起作用。因此,在总需求中只有消费变化,而投资是固定不变的,如图9-1所示。

在图9-1中,横轴 OY 表示国民收入 Y,纵轴 AD 表示总需求,45°线表示总需求等于总供给。AD_0 表示某一情况下的总需求水平线,当它与45°线相交于 E_0,决定了均衡的国民收入水平为 Y_0。

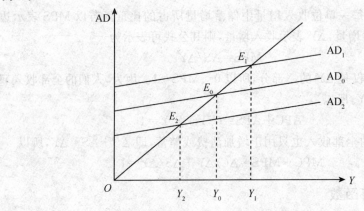

图 9-1　总需求决定的均衡国民收入

由于均衡的国民收入的水平是由总需求决定的,因而总需求的变动必然引起均衡的国民收入的变动。这种变动是同方向的,即总需求增加,均衡的国民收入增加;总需求减少,均衡的国民收入减少。在图9-1中,AD_1 线与45°线相交于 E_1 点时的 OY_1 所表示的均衡国民收入水平比 AD_2 线与45°线相交于 E_2 点时的 OY_2 所表示的均衡国民收入水平要高得多。总需求是由消费、投资、政府支出与净出口四个部分组成的。因此,总需求中任何一部分的增加都会提高国民收入水平。

二、凯恩斯的"节俭的悖论"

在消费与储蓄的分析中,我们已看到了消费与储蓄之间存在着互为消长的关系,即消费增加,储蓄减少;消费减少,储蓄增加。由于消费是总需求中的一个重要组成部分,储蓄的增加必然会使消费减少,从而使总需求减少,进而降低国民收入水平;反之,就会提高国民收入水平。据此,当代西方经济学家,首先是凯恩斯,提出了所谓的"节俭的悖论",其含义是说:按传统的观念,节俭本来是一种美德,增加储蓄、减少消费是好的,而增加消费、减少储蓄则是恶的;但按上述储蓄变动引起国民收入水平反方向变动的理论,增加储蓄却会减少国民收入,使经济衰退,因而是恶的;而减少储蓄、增加消费就会增加国民收入,使经济繁荣,因而是好的。这种矛盾便称为"节俭的悖论"。

但应注意,凯恩斯的"节俭的悖论"是有其适用范围的,那就是各种资源尚未得到充分利用,从而总供给可以无限增加的情况。在各种资源已得到充分利用,从而总供给的增加会受到某种限制时,这一结论就不再适用了。

三、乘数原理

乘数是指总需求的增加所引起的国民收入增加的倍数,或者说是国民收入增加量与引起这种增加量的总需求增加量之间的比率。若以 K 表示乘数,以 ΔY 表示国民收入增量,以 ΔAD 表示总需求增量,则乘数用公式表示为

$$K = \Delta Y / \Delta AD$$

总需求中不同部分的增加都会有这种乘数作用。如果是总需求中投资的增加,便有投资乘数;如果是总需求中政府支出的增加,便有政府支出乘数;如果是总需求中出口的增加,便有对外贸易乘数。

乘数的大小取决于边际消费倾向。边际消费倾向越高,乘数越大;边际消费倾向越低,乘数就越小。这是因为,边际消费倾向越大,增加的收入就有更多的部分用于消费,从而使总需求越大,国民收入增加的也越多,这一点我们可以从投资乘数的例子来予以说明。若以 ΔY 表示国民收入增量,以 ΔI 表示投资增量,则投资乘数为

$$K = \Delta Y / \Delta I \tag{1}$$

以 ΔC 表示消费增量,则有

$$\Delta Y = \Delta I + \Delta C \tag{2}$$

$$\Delta I = \Delta Y - \Delta C \tag{3}$$

将(2)式代入(1)式,则有

$$K = 1 + \Delta C / \Delta I$$

将(3)式两边都除以 ΔY，则有

$$\frac{1}{K} = 1 - \frac{\Delta C}{\Delta Y} \qquad (4)$$

而(4)式中 $\dfrac{\Delta C}{\Delta Y}$ 即为边际消费倾向 MPC，所以(4)式又可写为

$$K = \frac{1}{1 - \text{MPC}} \qquad (5)$$

从(5)式可看出，边际消费倾向(MPC)与乘数(K)呈同方向变动。

从以上的分析还可以看出，因为边际消费倾向是小于1的，所以，乘数一定是大于1的。这也反映了国民经济各部门之间存在着密切的联系。某一部门的总需求的增加，不仅会使本部门收入增加，而且会在其他部门引起连锁反应，从而使这些部门的需求与收入也增加，最终使国民收入数倍地增加。

第三节 凯恩斯宏观经济模型的扩展

在研究简单国民收入决定模型时，通常假定利息率与投资是不变的。但实际上，利率是变化的，投资也不可能是一个常数。利率变动时，投资会发生变化，从而对总需求和均衡国民收入产生影响，而且影响较大。本章所考察的 IS－LM 模型的分析方法是 20 世纪 30 年代由 J·希克斯最早提出的，但是，其理论思想最先由凯恩斯提出。凯恩斯是按照下述思想把产品市场和货币市场联系起来的：产品市场上收入的变化影响到货币市场中货币的需求，货币需求的变化会影响利率，利率的变化要影响到私人部门的投资支出，而投资支出的变化又会影响到产品市场的总需求，进而改变收入，收入变化又会影响到货币需求……因此，在产品市场和货币市场中，只要有一个市场没有实现均衡，国民收入就不会稳定。只有产品市场和货币市场同时实现均衡时的国民收入才是均衡的国民收入。即 IS－LM 模型是说明产品市场与货币市场同时达到均衡时，国民收入与利率决定的模型。在这里，I 是指投资，S 是指储蓄，L 是指货币需求，M 是指货币供给。这一模型在理论上是对总需求分析的全面高度概括，在政策上可以用来解释财政政策与货币政策，因此，被称为整个宏观经济学的核心。

一、IS 曲线

IS 曲线也称投资储蓄曲线，是描述产品市场达到均衡时，即 $I = S$ 时，国民收入与利率之

间存在着反方向变动关系的曲线。IS 曲线如图 9-2 所示。

在图 9-2 中，横轴 OY 代表国民收入，纵轴 OI 代表利率。IS 曲线上任何一点都是 $I=S$，即产品市场上实现了均衡。IS 曲线向右下方倾斜，表明当产品市场上实现均衡时，利率与国民收入呈反方向变动，即利率高则国民收入低，利率低则国民收入高。

在产品市场上，利率与国民收入呈反方向变动是因为利率与投资呈反方向变动。大家知道，投资的目的是为了实现利润最大化。投资者一般要用贷款来投资，而贷款必须付出利息，即利息是投资者借贷资金的成本，所以利润最大化实际是偿还利息后纯利润的最大化。这样，投资就要取决于利润率与利率。在利润率既定的条件下，投资就要取决于利率。一般情况，利率越低，投资者借贷资金的成本越小，则纯利润越大，从而投资就越多；反之，利率越高，投资者借贷资金的成本就越大，纯利润就越小，从而投资就越少。由此可见，利率与投资呈反方向变动。由于投资是总需求的一个重要组成部分，投资增加，总需求增加，从而国民收入就增加；投资减少，总需求减少，从而国民收入就减少。因此，利率与国民收入呈反方向运动。

在图 9-3 中，此外，自发总需求的变动，例如，自发消费、自发投资的变动会使 IS 曲线的位置平行移动，如图 9-3 所示。

当自发总需求增加时，IS 曲线向右上方移动，即从 IS_0 移动到 IS_1。当自发总需求减少时，IS 曲线向左下方移动，即从 IS_0 移动到 IS_2。

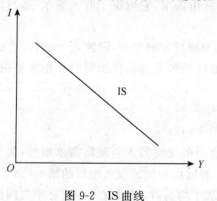

图 9-2　IS 曲线

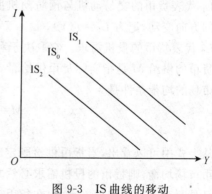

图 9-3　IS 曲线的移动

二、LM 曲线

LM 曲线也称货币供求曲线，是描述货币市场达到均衡时，即 $L=M$，国民收入与利率之间存在同方向变动关系的曲线。LM 曲线如图 9-4 所示。

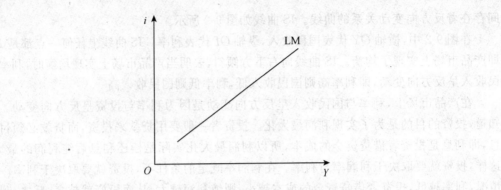

图 9-4 LM 曲线

在图 9-4 中,横轴代表国民收入 Y,纵轴代表利率 i。LM 曲线上任何一点都是 $L=M$,即货币市场上实现了均衡。LM 曲线向右上方倾斜,表明在货币市场上实现均衡时,利率与国民收入呈同方向变动,利率高则国民收入高,利率低则国民收入低。

在货币市场上,利率与国民收入呈同方向变动可以用凯恩斯的货币理论来解释。在凯恩斯理论中,货币不仅执行交易媒介的职能,还是具有高度流动性的资产转移手段。为此,他认为人们不仅需要货币用于交易活动,还可将其用于投机活动,故而,将人们的货币需求 L 分成为 L_1 和 L_2 两部分。

L_1 代表货币的交易动机与预防动机所决定的货币需求,它取决于收入的水平,与国民收入同方向变动,记为 $L_1=f(Y)$。

L_2 代表货币的投机需求。它取决于利率,与利率成反方向变动,记为 $L_2=f(i)$。

货币的供给 M 是指实际货币供给量,由中央银行的名义货币供给量与价格水平决定。货币市场的均衡条件是

$$M=L=L_1+L_2$$
$$=f(Y)+f(i)$$

从上式中可以看出,当货币供给既定时,如果货币的交易需求与预防需求增加,为了保持货币市场均衡,则货币的投机需求必然减少。L_1 的增加是国民收入增加的结果,而 L_2 的减少又是利率上升的结果。因此,在货币市场上实现了均衡时,国民收入与利息率之间必然是同方向变动的关系。

货币供给量的变动会使 LM 曲线的位置平行移动,如图 9-5 所示。

在图 9-5 中,当货币供给量增加时,LM 曲线向右下方移动,即从 LM_0 移动到 LM_1;当货币供给量减少时,LM 曲线向左上方移动,即从 LM_0 移动到 LM_2。

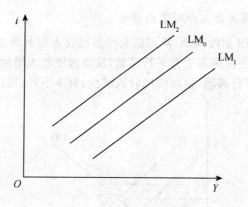

图 9-5 LM 曲线的移动

三、IS−LM 模型

（一）国民收入与利率的决定

把 IS 曲线与 LM 曲线放在同一个图上，就可以得出说明两个市场同时均衡时，国民收入与利率决定的 IS−LM 模型，如图 9-6 所示。

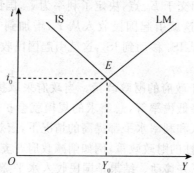

图 9-6 IS−LM 曲线

在图 9-6 中，IS 曲线上任意一点都表示产品市场的均衡，即满足产品市场储蓄与投资相等；在 LM 曲线上任意一点都表示货币市场的均衡，即满足货币市场的供给与需求相等。IS 曲线与 LM 曲线相交与 E 点，在其他条件不变的条件下，E 点所表示的国民收入和利率的组合 Y_0 和 i_0，可以同时使产品市场和货币市场达到均衡。

（二）总需求变动对国民收入和利率的影响

总需求变动会引起 IS 曲线移动，从而就会使国民收入与利率变动。在 LM 曲线不变的情况下，总需求增加，IS 曲线向右上方平行移动，从而国民收入增加，利率上升；反之，总需求减少，IS 曲线向左下方平行移动，从而国民收入减少，利率下降，如图 9-7 所示。

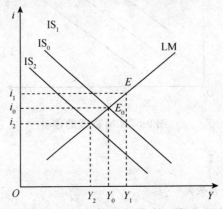

图 9-7　IS 曲线的变动对均衡国民收入和利率的影响

在图 9-7 中，IS_0 与 LM 相交于 E_0 点，决定了利率为 i_0，国民收入为 Y_0。当总需求增加时，IS 曲线从 IS_0 移动到 IS_1，这就引起国民收入从 Y_0 增加到 Y_1，利率从 i_0 上升为 i_1。反之，当总需求减少时，IS 曲线从 IS_0 移动到 IS_2，这就引起国民收入从 Y_0 减少到 Y_2，利率从 i_0 下降到 i_2。

IS 曲线的变动主要取决于政府的财政政策。当政府采取扩张性的财政政策时，例如增加政府开支、兴建公共工程、降低税率等，总需求的规模就会扩大，从而使 IS 曲线向右上方移动。最终结果是在国民收入和利率水平都提高的情况下，宏观经济达到新的均衡。

相反，如果政府采取紧缩性的财政政策，例如削减政府开支、提高税率等，总需求的规模会缩小，从而使 IS 曲线向左下方移动。结果是国民收入水平降低，利率水平下降，宏观经济再次达到均衡。

（三）货币量变动对国民收入和利率的影响

货币量的变动会引起 LM 曲线移动，从而使国民收入与利率变动。在 IS 曲线不变的情况下，货币量增加，LM 曲线向右下方平行移动，从而国民收入增加，利率下降；反之，货币量减少，LM 曲线向左上方平行移动，从而国民收入减少，利率上升。这一影响过程如图 9-8 所示。

在图 9-8 中，LM_0 与 IS 相交于点 E_0，决定了均衡利率为 i_0，国民收入为 Y_0。当货币量增加时，LM 曲线从 LM_0 移动到 LM_1，引起国民收入从 Y_0 增加到 Y_1，利率从 i_0 下降为 i_1。

反之,当货币量减少时,LM 曲线从 LM_0 移动到 LM_2,引起国民收入从 Y_0 减少到 Y_2,利率从 i_0 上升为 i_2。

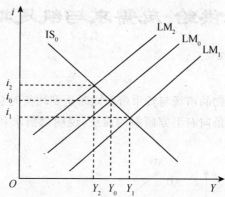

图 9-8　LM 曲线的变动对均衡国民收入和昨率的影响

　　LM 曲线的变动主要取决于中央银行的货币政策。当中央银行采取扩张性货币政策,增进货币供给量,例如降低存款准备金率,公开市场操作等,就会使 LM 曲线向右下方移动,这一方面使国民收入水平提高,另一方面又会导致利率下降,宏观经济达到新的均衡。

　　相反,如果中央银行采取紧缩性的货币政策,减少货币供给量,则会使 LM 曲线向左上方移动,从而导致国民收入水平降低,利率水平提高,宏观经济再次达到新的均衡。

　　按凯恩斯主义理论,当实行扩张性财政政策时,政府财政支出的增加会使国民收入增加,但同时却又会使利率上升。利率的上升会减少投资,减少总需求,从而减少国民收入,因此,为了使扩张性财政政策既能增加国民收入,又不使利率上升,就应该配合使用扩张性政策,以便有效地刺激经济,如图 9-9 所示。

　　总之,IS－LM 模型分析了储蓄、投资、货币需求与货币供给如何影响国民收入和利率。这一模型不仅精炼地概括了总需求分析,而且可以用来分析财政政策和货币政策。因此,这一模型被称为宏观经济学的核心。

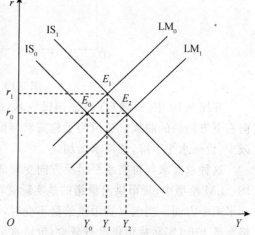

图 9-9　扩张性财政政策和货币政策的配合

第四节　总供给、总需求与凯恩斯宏观经济模型

一、总需求曲线

总需求曲线是表明物品市场与货币市场同时达到均衡时总需求与价格水平之间关系的曲线。总需求曲线是一条向右下方倾斜的曲线,说明总需求和价格水平之间是反方向变动的关系,如图 9-10 所示。

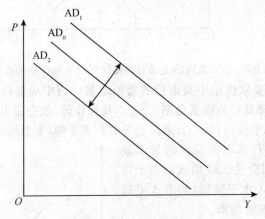

图 9-10　总需求曲线

在图 9-10 中,横轴 OY 代表国民收入,纵轴 OP 代表价格水平,总需求倾斜 AD 是一条向右下方倾斜的曲线。这说明了总需求与价格水平成反方向变动,即价格水平上升,总需求减少,价格水平下降,总需求增加。

这种总需求与价格水平呈反方向变动的原因可用前面的 IS—LM 模型来予以解释。在 IS—LM 模型中,货币供给量指的是实际货币供给量,其大小取决于名义货币供给量与价格水平两个方面。当名义货币供给量不变时,实际货币供给量与价格水平成反方向变动,即价格水平上升,实际货币供给量减少;价格水平下降,实际货币供给量增加。因而,在货币需求不变的情况下,实际货币供给量的减少会引起利息率的上升,进而引起投资减少,总需求减少;反之,实际货币供给量的增加会引起利息率的下降,进而引起投资增加,总需求增加。

总需求曲线由 AD$_0$ 移向 AD$_1$ 或 AD$_2$,是由于总需求的变动而引起的。当价格水平既定时,总需求会由于某种原因(如消费、投资或政府支出等的增加)而增加,这时总需求曲线向

右上方推移；同样，总需求也会由于某种原因（如消费、投资或政府支出等的减少）而减少，这时总需求曲线向左下方推移。

二、总供给曲线

总供给曲线是表明产品市场与货币市场同时达到均衡时，总供给与价格水平之间关系的曲线。它反映的是在每一既定的价格水平上，所有厂商愿意提供的产品与劳务的总和。

总供给取决于资源利用的情况。在不同的资源利用情况下，总供给曲线，即总供给与价格水平之间的关系（即总供给曲线）是不同的。图 9-11 说明了总供给曲线的三种不同情况。

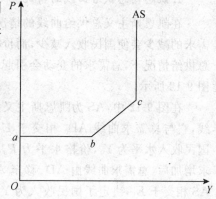

图 9-11　总供线曲线

（1）总供给曲线呈现了一条与横轴平行的线，即图 9-11 中的 ab 线段。它表明在资源尚未得到充分利用的条件下，可以在不提高价格的情况下增加总供给。因为这种情况是由凯恩斯提出来的，因而该曲线被称为"凯恩斯主义总供给曲线"。

（2）总供给曲线表现为一条向右上方倾斜的线，即图 9-11 中的 bc 段。它表明在资源接近充分利用的条件下，由于产量的增加会使生产要素的价格上涨，从而使生产成本增加，进而推动整个价格水平的上升，即表明总供给与价格水平呈同方向变动，但这是短期内存在的情况。该曲线称为"短期总供给曲线"。

（3）总供给曲线表现为一条与纵轴垂直的线，即图 9-11 中的 c 点以上的线。它表明的是在资源已得到充分利用的条件下，无论价格水平如何上升，总供给也不会增加。由于从长期来看，经济总是会实现充分就业的，因而该曲线被看作是"长期总供给曲线"。

上述三种情况的总供给曲线，除了短期总供给曲线会由于技术进步等原因而发生向左上方或右下方的平行推移外，其他两种情况的总供给曲线，在资源既定，即潜在的国民收入水平既定的条件下，均不会发生上下或左右的平行推移。

三、总需求—总供给模型

把总需求曲线和总供给曲线放在同一个坐标中，就可以得到总需求-总供给模型。总需求曲线 AD 与总供给曲线 AS 的交点就决定了均衡的国民收入水平和，均衡的价格水平。

经济均衡中的国民收入水平和价格水平取决于总需求和总供给之间的关系。无论是总需求变化,还是总供给变化,都会影响均衡的国民收入和价格水平。因而需要分别予以说明。

（一）需求曲线变动对国民收入与价格水平的影响

在总需求—总供给模型中,尽管我们首先要分析的是总需求变动对国民收入与价格水平的影响,但也必须要与总供给曲线的三种不同情况结合起来进行分析。

1. 凯恩斯总供给曲线的情况

在凯恩斯主义总供给曲线的情况下,总需求的增加会使国民收入增加,但价格不变;总需求的减少会使国民收入减少,而价格水平仍然不变。这就意味着,在资源尚未充分利用的总供给情况下,总需求的变动会引起国民收入同方向变动,当年不会引起价格水平变动,如图 9-12 所示。

在图 9-12 中,AS 为凯恩斯主义总供给曲线,它与总需求曲线 AD_0 相交于 E_0 点,决定国民收入水平为 Y_0,价格水平为 P_0。当总需求增加后,总需求曲线由 AD_0 移至 AD_1,并与 AS 相交于 E_1,决定了国民收入为 Y_1,价格水平仍为 P_0。当总需求减少后,总需求曲线由 AD_0 移至 AD_2,并与 AS 相交于 E_2,决定了国民收入为 Y_2,价格水平仍为 P_0。

2. 短期总供给曲线的情况

在短期总供给曲线的情况下,即在资源接近充分利用的总供给情况下,总需求的增加会使国民收入增加,但价格水平也会同时上升;

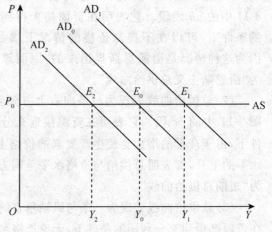

图 9-12 凯恩斯主义总供给曲线下的模型

总需求的减少会使国民收入减少,同时价格水平也会下降。这就意味着,在资源接近充分利用的总供给情况下,总需求的变动会同时引起国民收入和价格水平的同方向变动,如图 9-13 所示。

在图 9-13 中,AS 为短期总供给曲线,它与总需求曲线 AD_0 相加于 E_0 点,决定国民收入水平为 Y_0,价格水平为 P_0。当总需求增加后,总需求曲线由 AD_0 移至 AD_1,并与 AS 相交于 E_1,决定了国民收入为 Y_1,价格水平为 P_1。当总需求减少后,总需求曲线由 AD_0 移至 AD_2,并与 AS 相交于 E_2,决定了国民收入为 Y_2,价格水平为 P_2。

如图 9-13 中，AS 为总供给曲线，在总需求曲线 AD₀ 的情况下，均衡于 E₀ 点，决定了充分就业的收入水平为 Y₀，价格水平为 P₀。若总需求曲线向右移动到 AD₁，均衡于 E₁，收入水平为 Y₁，价格水平上升为 P₁。这样，AD₁ 曲线和 AS 曲线对应点的连线都高于充分就业的收入水平由 AD₀ 变为 AS 所决定于 E₂ 时……价格水平下降。E₂，以及……价格水平下降。

……

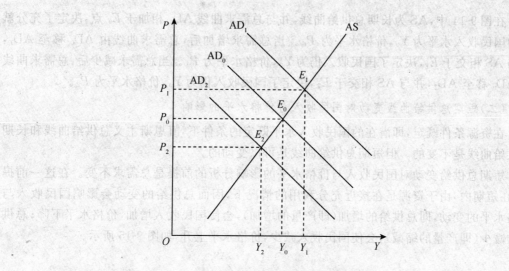

图 9-13　短期总供给曲线下的模型

3.长期总供给曲线的情况

在长期总供给曲线的情况下,由于资源已得到了充分的利用,所以总需求的增减,只会引起价格水平的升降,而不会使实际的国民收入发生变化,如图 9-14 所示。

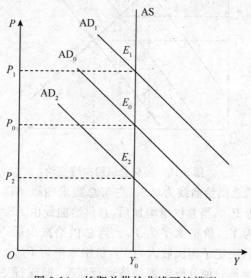

图 9-14　长期总供给曲线下的模型

在图 9-14 中，AS 为长期总供给曲线，并与总需求曲线 AD₀ 相加于 E₀ 点，决定了充分就业的国民收入水平为 Y_0，价格水平为 P_0。当总需求增加后，总需求曲线由 AD₀ 移至 AD₁，并与 AS 相交于 E₁，决定了国民收入仍为 Y_0，价格水平为 P_1。当总需求减少后，总需求曲线由 AD₀ 移至 AD₂，并与 AS 相交于 E₂，决定了国民收入仍为 Y_0，价格水平为 P_2。

（二）短期总供给曲线变动对国民收入与价格水平的影响

在资源条件既定，即潜在的国民收入水平既定的条件下，凯恩斯主义总供给曲线和长期总供给曲线是不变的。但短期总供给曲线是可以变动的。

短期总供给变动对国民收入与价格水平的影响分析的前提是总需求不变。在这一前提下，在短期内，由于资源是在接近充分利用的情况下，因而总供给的变动会影响国民收入与价格水平的变动，即总供给的增加（即产量的增加），会使国民收入增加，价格水平下降；总供给的减少（即产量的缩减），会使国民收入减少，价格水平上升，如图 9-15 所示。

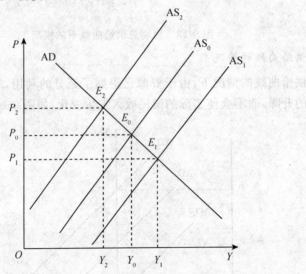

图 9-15　短期总供给曲线变动

在图 9-15 中，最初的总供给曲线为 AS₀，它与总需求曲线 AD₀ 相交于 E₀，决定国民收入水平为 Y_0，价格水平为 P_0。当总供给增加后，总供给曲线由 AS₀ 移至 AS₁，并与 AD 相交于 E₁，决定了国民收入为 Y_1，价格水平为 P_1。当总供给减少后，总供给曲线由 AS₀ 移至 AS₂，并与 AD 相交于 E₂，决定了国民收入为 Y_2，价格水平为 P_2。

总需求—总供给模型是一种分析宏观经济运行状况，即现行更好经济政策的十分有用的工具。图 9-16 是一个运用该模型分析在资源尚未充分利用的情况下所采取的不同的应对通货膨胀的政策。

假定现在的政策目标是要使价格水平由 P_0 下降至 P_1。首先,从图 9-16(a)中可以看到,采取抑制总需求的方法(即减少总需求,使总需求曲线由 AD_0 移至 AD_1)是可以实现这一目标的。但在采取这一政策使价格水平下降的同时,也使国民收入由 Y_0 减少至 Y_1,从而引起经济的衰退。其次,从图 9-16(b)中可以看到,采取刺激总供给的方法(即增加总供给,使总供给曲线由 AS_0 移至 AS_1)也可以实现这一目标。但在采取这一政策使价格水平下降的同时,也使国民收入由 Y_0 增加到 Y_1,从而促进经济的繁荣。可见,在资源尚未充分利用的情况下,采用刺激总供给的政策,比采用抑制总需求的政策来应对通货膨胀,似乎显得更为有利。

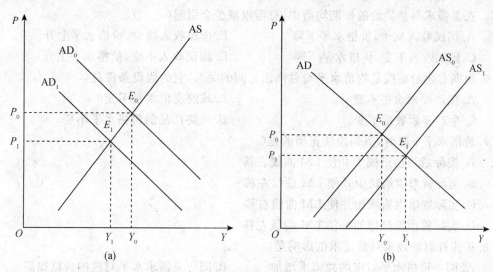

图 9-16 应对通货膨胀的政策比较

习　　题

一、单项选择题

1. 在其他条件不变的情况下,政府的净税收增加,导致总需求曲线(　　　)。

　　A. 向右下方移动　　　B. 向左下方移动　　　C. 向右上方移动　　　D. 向左上方移动

2. 短期总供给曲线(　　　)。

A. 向右下方倾斜　　　B. 向右上方倾斜　　　C. 与纵轴平行　　　D. 与纵轴垂直

3. 在总需求与总供给的短期均衡中,总需求增加会引起(　　)。

A. 国民收入减少,价格水平下降　　　　　B. 国民收入减少,价格水平上升

C. 国民收入增加,价格水平下降　　　　　D. 国民收入增加,价格水平上升

4. 在短期总需求与总供给达到均衡时,如果政府支出增加,将引起(　　)。

A. 均衡国民收入增加,价格总水平上升

B. 均衡国民收入增加,价格总水平下降

C. 均衡国民收入减少,价格总水平上升

D. 均衡国民收入减少,价格总水平下降

5. 在总需求与总供给的长期均衡中,总需求减少会引起(　　)。

A. 国民收入减少,价格水平下降　　　　　B. 国民收入减少,价格水平上升

C. 国民收入不变,价格水平下降　　　　　D. 国民收入不变,价格水平上升

6. 短期总供给曲线是物价水平与总产出之间的关系,它的假设条件是(　　)。

A. 生产要素价格不变　　　　　　　　　　B. 政府支出水平不变

C. 生产要素数量不变　　　　　　　　　　D. 最终产品的价格水平不变

7. 价格水平下降时,下列说法正确的是(　　)。

A. 实际货币供给减少并使 LM 曲线右移

B. 实际货币供给减少并使 LM 曲线左移

C. 实际货币供给增加并使 LM 曲线右移

D. 实际货币供给增加并使 LM 曲线左移

8. 扩张性财政政策对总需求的影响是(　　)。

A. 同一价格水平对应的总需求增加　　　　B. 同一总需求水平对应的价格提高

C. 价格水平下降,总需求增加　　　　　　D. 价格水平提高,总需求减少

9. 在总需求与总供给的短期均衡中,如果短期总供给曲线左移,在总需求曲线不变的情况下,会出现(　　)。

A. 经济停滞,通货紧缩　　　　　　　　　B. 经济繁荣,通货紧缩

C. 经济停滞,通货膨胀　　　　　　　　　D. 经济繁荣,通货膨胀

10. 在以价格为纵坐标,收入为横坐标的坐标系中,长期总供给曲线(　　)。

A. 向右下方倾斜　　　　　　　　　　　　B. 向右上方倾斜

C. 与纵轴平行　　　　　　　　　　　　　D. 与纵轴垂直

二、判断题

1. 在两部门经济中,均衡发生在计划储蓄和计划投资相等之时。(　　)

2. 边际消费倾向递减,平均消费倾向也一定递减;反之,平均消费倾向递减,边际消费倾向也一定递减。(　　)

3. 假定其他条件不变,厂商投资增加将引起国民收入增加,但消费水平不变。(　　)

4. 消费者储蓄增多而消费支出减少,则 GNP 和储蓄 S 都将下降。(　　)

5. 净税收增加不会使收入水平增加。(　　)

三、简答题

1. 根据简单的国民收入决定模型,均衡的国民收入是如何决定的? 又是如何变动的?

2. 怎样理解凯恩斯的"有效需求"概念? 假如某一年的总供给大于总需求,同时存在着失业,国民收入和就业将发生什么变化? 凯恩斯认为应采取何种对策?

3. 为何边际消费倾向越大,乘数就越大?

4. 在两部门经济里,为什么使用收入-支出法和储蓄-投资法所得到的均衡的国民收入是一样的?

5. 税收、政府购买和转移支付这三者对总支出的影响方式有何区别?

四、计算题

1. 假设某经济社会的消费函数为 $C=100+0.8Y$,投资为 50(单位:10 亿美元)。

(1)求均衡收入、消费和储蓄。

(2)如果当时实际产出(即 GNP 或收入)为 800,企业非意愿存货积累为多少?

(3)若投资增至 100,求增加的收入。

(4)若消费函数变为 $C=100+0.9Y$、投资仍为 50,收入和储蓄各为多少? 投资增至 100 时收入增加多少?

(5)消费函数变动后,乘数有何变化?

2. 假定某经济社会的消费函数为 $C=100+0.8Y_d$(Y_d 为可支配收入),投资支出为 $I=50$,政府购买 $G=200$,政府转移支付 $T_r=62.5$,税收 $T=250$(单位:10 亿元)。

(1)求均衡的国民收入。

(2)求投资乘数、政府购买乘数、税收乘数、转移交付乘数和平衡预算乘数。

第十章 宏观经济政策

> **知识要点：**
> 1. 了解财政政策和货币政策的含义；
> 2. 熟悉宏观经济政策的运用及其效应；
> 3. 掌握宏观经济政策的基本原理。

▶ 案例导入

减税刺激经济？

1961年，当一个记者问肯尼迪总统为什么主张减税时，肯尼迪回答："为了刺激经济。"他的目的是实行减税，减税增加了消费支出，扩大了总需求，并增加了经济的生产和就业。

虽然税收变动会对总需求有潜在的影响，但也有其他影响，特别是通过改变人们面临的激励，税收还会改变物品与劳务的供给。肯尼迪建议的一部分是投资税减免，它给投资于新资本的企业减税。高投资不仅直接刺激了总需求，而且也增加了经济长期的生产能力。因此，通过较高的需求增加生产的短期目标与通过较高的总供给增加生产的长期目标是相对称的。而且，实际上当肯尼迪提出的减税最终在1964年实施时，它促成了一个经济高增长的时期。

自从1964年减税以来，决策者不时地主张把财政政策作为控制总需求的工具。如布什总统就企图通过减少税收扣除来加快从衰退中复苏。同样，当克林顿总统1993年入主白宫时，他的第一批建议之一就是增加政府支出的"一揽子刺激"。他宣布的目的是帮助美国经济更快地从刚刚经历的衰退中复苏。但是，"一揽子刺激"最后遭到了失败。许多议员认为克林顿的建议太晚了，以至于对经济没有多大帮助。此外，一般认为减少赤字鼓励长期经济增长比短期总需求扩张更重要。

案例来源：摘自 www.tjufe.edu.cn

第一节 财政政策及其效应

一、财政政策的含义

财政政策是指为了提高就业水平、减轻经济波动、防止通货膨胀、实现稳定增长而对政府收入和支出水平所做的决策,是国家干预经济的主要政策之一。

财政政策主要包括政府收入政策、政府支出政策、国家债务政策和预算平衡政策。

财政收入政策是指由税种、税率所构成的税收政策。财政收入的最主要来源就是税收,税收在国民生产总值中占相当大的比重,在一些发达国家的国民生产总值中占到了 20% 以上。现代社会中税收已不仅仅是维持政府行使其职能的手段,税收的功能已经发生了很大的变化,成为政府调节经济的重要工具。

财政支出政策是政府的各种预算拨款,即财政资金的分配。政府支出是指各级政府支出的总和,政府支出包括政府的购买和转移支付两部分内容。政府购买是指政府在市场上对商品和劳务的购买,这是政府作为市场的主体而存在,是为了满足社会的公共需要。而政府转移支付是指政府在社会福利保险、贫困救济和补助等方面的支出,并无商务和劳务与之交换。

国家债务是财政政策的重要组成部分,债务收入也是财政收入的一个来源。大多数国家的政府,都发行债券取得收入,增加政府财力。政府发行的债券称为公债,公债可由中央政府发行,也可由地方政府发行,中央政府发行的债务称为“国债”,其收入列入中央政府预算,地方政府发行的债务称为地方公债,收入列入地方政府的预算范围。

预算平衡是指在一定时期内政府的财政预算收支平衡。政府作为管理一国收支的机构,预算是必不可少的。政府的预算实际上是一国政府对下一年总的收入和支出所做的预先安排,也就是政府的收支计划。它反映了政府取得收入的规模、财力的使用方向和结构。通常为满足支出的需要,政府以向公众征税的方式来获取大部分收入。如果政府的预算收入和支出相互一致,称为预算平衡。如果预算收入大于预算支出,则政府存在预算盈余。如果预算收入小于预算支出,则政府存在预算赤字。

二、财政政策工具

财政政策工具是指财政当局为了实现既定的政策目标所选择的操作手段。政府为了实现既定的经济政策目标,使用的财政政策工具主要有政府采购、政府转移支付、税收和公债,以及预算规模等。

(一)政府购买

政府购买是指政府对商品和劳务的采购,它是一种实质性支出,存在商品和劳务的实际交易,因而形成直接的社会需求和购买力。

在总需求不足的情况下,政府可以加大政府购买,如举办公共工程等,以增加社会整体需求水平,抑制经济衰退;在总需求过高的情况下,政府可以采取相反的政策,减少购买支出,降低社会总需求,抑制通过膨胀。因此,政府购买的变动是财政政策的有力手段。

(二)政府转移支付

政府的转移支付是指政府在社会福利保险、贫困救济和补助等方面的支出。这种支付并无商品和劳务的交换与之相对应,属于货币性支出,是政府将收入在不同社会成员之间进行转移和重新分配。

经济萧条时期,政府采取提高转移支付水平的政策,可以提高人们的可支配收入和消费支出水平,增加社会有效需求,抑制经济衰退。经济繁荣时期,政府则可以采取降低政府转移支付水平的政策,从而降低人们可支配收入和社会总需求水平,控制经济膨胀。

(三)税收

税收是政府财政收入最主要的组成部分。税收政策主要通过税率和税收绝对量的变动来影响国民经济运行。

总需求不足时,政府降低税率,让个人和公司有更多的可支配收入来刺激总需求。相反,总需求过盛时,政府提高税率,减少个人和公司的可支配收入,从而降低总需求。

(四)公债

公债是政府对公众或组织的债务,或者是公众和组织的债权。一般情况下,政府为了弥补赤字,除去增加税收、减少支出、商业银行借款、国际信贷外,还采取发行公债的方法。公债是政府收入的重要组成部分,包括中央政府的债务和地方政府的债务,其中中央政府的债务又称国债。公债不仅是政府弥补财政赤字的一个重要手段,同时也是重要的政策工具。政府发行或采取公债,一方面增加财政收入或财政支出,影响财政收支;另一方面还能在货币市场和资本市场实行金融扩张或金融紧缩。因此,公债政策起着双重经济政策的作用。

（五）财政预算

财政预算是指政府的收支计划。政府可以通过增加或压缩财政预算规模调节国民经济的运行,主要表现为调节国民收入的分配和再分配、调节社会总供给和总需求的平衡和调节国民经济中各种比例关系和产业结构。

三、财政政策的应用

（一）自动性财政政策

政府的宏观财政政策的基本作用,是通过税收和支出来调节总支出,以消除"通货紧缩缺口"或者"通货膨胀缺口",从而实现没有通货膨胀的充分就业。

例如,当经济存在"通货膨胀缺口"时,政府通过减少政府支出或者增加税收来消除"缺口",即实行宽紧的财政政策,以达到消除通货膨胀和实现充分就业的目标,如图 10-1 所示;当经济存在"通货紧缩缺口"时,政府通过增加政府支出或者减少税收来消除"缺口",即实行宽松的财政政策,以实现充分就业的国民收入水平目标,如图 10-2 所示。

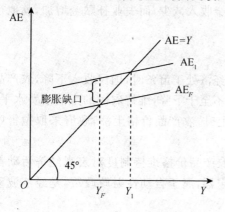

图 10-1　通货膨胀缺口

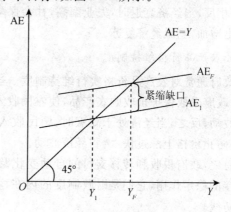

图 10-2　通货紧缩缺口

政府在制定财政政策体系时,就设立一种自动稳定经济的内在机制,在经济繁荣时自动防止膨胀,经济衰退时自动防止萧条,而无须政府财政政策的干预,这种作用被认为是内在稳定器的作用。

内在稳定器,是指政府没有作出影响国民收入的政策决定条件下,能够自动调整支出变量来缓和国民收入水平波动的财政政策措施。内在稳定器主要包括下面几种工具。

1.政府税收的自动变化

经济衰退时,国民产出水平下降,个人收入减少。在税率不变的情况下,政府税收会自动减少,留给人们的可支配收入就会自动减少一些,从而使消费和需求自动下降一些。在实行累进税的情况下,经济衰退使纳税人的收入自动进入较低纳税档次,政府税收下降的幅度会超过收入下降的幅度,从而可以起到抑制衰退的作用;反之,经济繁荣时,失业率下降,人们的收入自动增加,税收会随着个人收入的增加而自动增加,留给人们的可支配收入也就会自动增加一些,从而使消费和需求自动增加一些。在实行累进税的情况下,繁荣使纳税人自动进入较高的纳税档次,政府税收上升的幅度会超过收入上升的幅度,从而起到抑制通货膨胀的作用。因此,西方经济学者认为,税收因经济变动而自动发生变动的内在机制和伸缩性是一种有助于减轻经济波动的自动稳定因素。

2.政府的转移支付支出

政府的转移支付支出,包括政府的社会保险制度及其他社会福利支出。当经济繁荣时,失业率低,社会保险金收入增加,而失业补贴金减少,其他社会福利支出减少,减轻通货膨胀压力;相反,当经济衰退时,失业率高,社会保险金收入减少,而失业补贴金增加,其他社会福利支出增加,刺激经济复苏。

3.农产品价格维持制度

政府通常对农产品价格实行维持制度。当经济处于萧条时,国民收入下降,农产品价格下降,政府采取保护价收购农产品,使农民收入不至于下降,维持农民的生活消费水平,缓和经济波动;反之,当经济处于高涨时,国民收入上升,农产品价格上涨,政府采取抛售库存农产品,防止价格上涨过快,缓和经济波动。

总之,政府税收和转移支付的自动变化及农产品价格维持制度对宏观经济活动都能起到直接的稳定作用,它们是财政制度的内在稳定器,属于自动性财政政策,是经济波动的第一道防线。

(二)补偿性财政政策

补偿性财政政策是指政府根据对经济情况的判断而主动地调整财政支出以改变社会总需求的财政政策。自动性财政政策的作用十分有限,只能缓和而不能消除经济波动。当社会总需求过小时,必须主动提高总需求来补偿;当社会总需求过大时,则必须主动降低总需求。

1.紧缩性财政政策

紧缩性财政政策是指在经济高涨时期,通过财政分配活动减少或抑制社会总需求,降低经济过热所产生的各种副作用的政策措施。其主要政策手段包括缩小预算规模、增加税收、减少国家信用和实行财政盈余等。

(1)缩小预算规模。国家预算的规模是指以正常的财政收入安排的财政支出,不包括国家债务和向银行透支。国家预算规模的大小和社会总需求的大小有着正相关关系,而且国家预算收入的紧缩效应要等于企业和居民个人收入的紧缩效应,这样,国家预算规模的缩小也就意味着降低社会总需求。

(2)增加税收。增加税收实质上是把部分居民用于消费支出的货币收入转移到国家手里,以抑制社会总需求。增加税收对投资具有较强的抑制作用,是紧缩性财政政策的有力手段。

(3)减少国家信用。国家信用的减少直至取消,实质上是把一部分原先由国家安排的货币收入原为最初状态,即储蓄。相对于存在国家信用的情况来说,缩小或取消国家信用就是减少了社会总需求。需要注意的是,如果国家信用来源于企业和居民对即期消费的节约,又用于本期投资,那么社会总需求水平便不可能收缩,只会产生结构性调整社会总需求的效应。

(4)财政盈余。财政盈余是缩小社会总需求的一种典型形态。财政收入本身代表一部分社会购买力,而财政盈余则意味着把相应数量的社会购买力冻结起来,因此,可以把财政盈余的数量视为社会总需求相对缩小的数量。

2.扩张性财政政策

扩张性财政政策是指在经济萧条时期,通过财政分配活动来增加或刺激社会总需求,以防止经济衰退所产生的各种副作用的政策措施。主要的政策手段包括减少税收和和扩大预算支出的规模。

(1)减少税收。减税增加了企业和个人的可支配收入,相应减少了国家的财政收入,在支出规模不变的情况下,相应的扩大了社会总需求,同时减税扩大了企业和个人在国民分配中所占份额,有助于促进其扩大经济活动范围和规模。

(2)扩大预算支出的规模。作为社会总需求的一部分,政府支出的扩大会带来社会总需求相应数量的扩大。实行扩张性财政政策往往能够增加就业,刺激经济增长,但也会造成财政赤字,引起通货膨胀,特别是在总需求大于总供给的条件下,会引起经济波动。因此使用时要全面考虑经济发展的状况。

(三)斟酌使用的财政政策

财政制度的自动稳定器被认为是对经济波动的第一道防线,对经济波动起减震器作用,但它并不能完全消除经济波动。因此,为确保经济稳定,政府要主动采取一些财政措施,即通过变动政府支出、税收和债务水平以稳定总需求水平,使之接近物价稳定的充分就业水平。这就是斟酌使用的财政政策。

西方经济学家认为,斟酌使用的财政政策应该逆经济风向行事。当政府认为出现总需求不足,即出现经济衰退时,政府要实行扩张性财政政策,主要通过削减税收、降低税率、增加支出(包括政府购买和转移支付)等手段,以刺激总需求,解决衰退和失业问题。相反,当政府认为出现总需求过旺,即出现经济过热、较高的通货膨胀时,政府要实行紧缩性财政政策,主要通过增加税收或削减支出(包括政府购买和转移支付)等手段,以抑制总需求,解决经济过热问题。

1.改变政府购买水平

在总需求不足、失业增加时,政府要扩大对商品和劳务的购买。政府购买的商品和劳务可以用于举办公共工程,例如修建水利工程、高速公路等基础设施等。相反,在总需求过大、价格水平不断上升时,政府要减少对商品和劳务的购买。

2.改变政府转移支付水平

在总需求不足、失业增加时,政府应该增加失业救济金、养老金等社会福利费用,提高转移支付水平,以增加人们特别是失业工人、老人或其他低收入者的可支配收入,以增加社会有效需求。相反,在总需求过大、价格水平不断上升时,政府要减少社会福利支出。除了社会救济金、养老金等社会福利费用外,退伍军人额外津贴、为维持农产品价格对农民的付款、领取失业救济金期限的长短等也常随经济风向而变动。

3.改变税赋水平

在总需求不足、失业增加时,政府采取减税措施,降低税率,增加企业或个人的可支配收入,从而增加社会有效需求,刺激经济增长。相反,在总需求过大、价格水平不断上升时,政府可以提高税率或增加税种,从而增加税赋,减少企业或个人可支配收入,减少社会需求。

4.发行公债

当政府税收不足以弥补政府支出时,政府就会发行公债,增加政府财政收入,进而增加政府购买和转移支付,最终将社会闲置资金转化为现实的支付手段,扩大社会需求,促进经济增长。

四、财政政策的效应

财政政策有两种效应:一是对国民收入的乘数效应;二是对私人消费和投资的挤出效应。前者是积极效应,后者是消极效应。后者在一定程度上会削弱前者。

（一）财政政策乘数效应

财政政策乘数效应是指当政府逆经济风向行事而变动政府支出或税收所带来的对国民收入的倍增作用,包括政府购买乘数、政府转移支付乘数和税收乘数等。

1.政府购买乘数

政府购买乘数是指政府购买的变动对收入变动的倍增作用。政府购买乘数为正值,表示政府购买与收入变动的倍增作用。

2.政府转移支付乘数

政府转移支付乘数是指政府转移支付的变动对收入变动的倍增作用。政府转移支付乘数为正值,表示政府转移支付与国民收入同方向变动。

3.税收乘数

税收乘数是指税收的变动对收入变动的倍增作用。税收乘数为负值,表示税收与国民收入反方向变动。税收乘数有两种,即税率的变动对总收入的影响和税收绝对值的变动对总收入的影响。

（二）财政政策的挤出效应

财政政策的挤出效应是指政府采购增加会使利率上升,利率的上升对消费或投资则会产生一定的抑制作用。财政政策的挤出效应可以用 IS－LM 模型来说明,如图 10-3 所示。

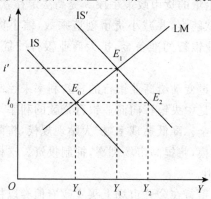

图 10-3　财政政策的挤出效应

在图 10-3 中,假定政府实行一项扩张性财政政策,增加政府采购会使 IS 曲线移动到 IS′,右移距离为 $E_0 E_2$。根据乘数理论,$E_0 E_2$ 为政府采购乘数与政府采购增加额的乘积,此时国民收入应该从 Y_0 增加到 Y_2,但是如果考虑到货币市场,实际上国民收入不可能增加到

Y_2，因为如果国民收入增加到 Y_2，利率必定为 i_0，但是当 IS 曲线向右方移动时，收入增加，人们对货币的交易需求也会增加，而货币供给是不变的，即 LM 曲线未发生移动，因此，人们用于投机需求的货币就会减少，导致利率上升，而利率上升会抑制私人投资，从而使新的均衡点位于 E_1 处，这时的收入是 Y_1，而不是 Y_2。

在充分就业的情况下，挤出效应最大，其数值为 1，也就是政府支出的增加等于私人支出的减少，此时，财政政策的作用非常有限；在没有实现充分就业的情况下，挤出效应介于 0 和 1 之间，财政政策充分发挥作用的前提是挤出效应不存在或者非常小。

第二节　货币政策及其效应

一、货币政策的含义

货币政策是指政府根据宏观经济调控目标，通过中央银行对货币供给和信用规模的管理来调节信贷供给和利率水平，以影响和调节宏观经济运行状况的经济政策。

货币政策主要包括三个方面的内容，即调整法定准备金率、再贴现政策和公开市场业务。

调整法定准备金率是中央银行通过调整法定准备金率以影响商业银行的准备金和货币创造乘数，从而控制货币供给量的货币政策手段。提高法定存款准备率，将增加商业银行的准备金，削弱商业银行的贷款能力，并减小货币创造乘数，缩小货币扩张的规模；反之，降低法定存款准备金，将减少商业银行的准备金，扩大商业银行的贷款能力，并增大货币创造乘数，扩大货币扩张的规模。

再贴现率是中央银行通过变动给商业银行的贷款利率来控制货币供给量与利率的货币政策手段。这里的再贴现率是中央银行向商业银行贷款的利率。中央银行向商业银行贷款意味着增加商业银行的准备金。降低贴现率，扩大贴现规模，将降低市场利率，刺激投资；反之，提高贴现率，缩小贴现规模，将提高市场利率，抑制投资。这样中央银行通过贴现率的变动，就能起到调节经济的作用。

公开市场业务是指中央银行在公开市场上买卖政府债券以控制货币供给与利率的货币政策手段。中央银行在公开市场上买进政府债券，将增加商业银行的准备金，提高市场上政府债券的价格，从而增加货币供给，降低利率，刺激投资，促进经济发展；反之，卖出政府债券，将减少商业银行的资金储备，降低市场上政府债券的价格，从而减少货币供给，提高利率，控制需求，平抑物价。公开市场业务是中央银行稳定经济的最灵活的政策手段，也是最常使用的一种政策手段。

二、货币政策工具

货币政策供给是指货币当局为了实现既定的政策目标所选择的操作手段。西方政府为了实现既定的经济政策目标,经常实施的货币政策工具包括一般性政策工具和选择性政策工具。

（一）一般性政策工具

1. 法定存款准备金率

在西方宏观货币政策中,利用法定准备金率的调整可起到调节经济运行的作用,在萧条时期(即总需求小于总供给)降低法定准备金率,以便商业银行能够在活期存款额不变的条件下,扩大放款额,增加市场上的货币量,降低利息率水平,促进企业投资,从而增加总需求。

在通货膨胀时期(即总需求大于总供给)则提高法定准备金率,迫使商业银行不得不收缩放款,减少货币供应,提高利息率水平,阻碍企业投资,从而减少总需求。

改变法定存款准备金率会引起宏观经济活动的强烈波动,实践中很少使用这种强有力的武器。

2. 再贴现政策

西方金融界的票据名目繁多,主要包括支票、期票和汇票三种。支票被称为是活期存款户对银行发出的支付命令。期票又称本票是由债务人向债权人出具的借款收据,写明付款数额和日期可作转账票据,有时本票只指对本人付款而言。汇票是指出票人向受票人签发的要求即期或在指定期支付一定数额予受款人的无条件的书面支付命令,是西方各国重要的信用工具(包括银行汇票、商业汇票、单汇票等)。汇票经过背书(由转让中负责倒贴利息的负责人在背后签字),可以转让或贴现买卖。

在萧条时期(即总需求小于总供给)国家通过中央银行降低贴现率,以促进商业银行向中央银行借款,这样,商业银行不但可以不抽回对私人企业的贷款,甚至可以扩大贷款。贷款的扩大增加了货币供应量,降低利息率,促使企业投资,从而增加总需求。

在通货膨胀时期(即总需求大于总供给)国家通过中央银行限制或减少商业银行向中央银行借款,从而迫使商业银行收缩银根,减少货币供应量,提高利息率,阻止企业投资,从而减少总需求。

改变贴现率并不像人们所期望的那样,是一种卓有成效的货币政策。实际上,贴现率的变动对货币供给量的影响很小,因此,这种政策手段已不占主要地位。

3.公开市场业务

运用公开市场业务,可以通过货币供给量的调节来调节利率,并通过利率的变动来调节总需求,达到宏观经济政策的目标。

在萧条时期(即总需求小于总供给)国家通过中央银行买进政府债券,把货币投入市场,即中央银行用支票向公众支付,售出政府债券的企业或个人则把支票存入商业银行。商业银行存款增加后,可按法定准备金率,将增加的存款中的一部分作为增加的贷款,从银行得到贷款的单位又将此款再存入银行,如此循环往复,根据货币乘数的作用,将使商业银行的存、放款增加若干倍,市场上货币流通增大,利息率下降,投资增多,总需求扩大。

此外,中央银行在公开市场上买进政府债券,还将导致债券价格上涨。根据债券价格与利息率成反方向变化的关系,债券价格上涨将使利息率下降,也会促使投资增多,总需求扩大。

在通货膨胀时期(即总需求大于总供给)中央银行卖出政府债券,使得货币回笼。即购买政府债券的企业和个人用支票支付,从银行抽出存款,银行势必会减少放款,或向企业收回放款,如此循环往复,根据货币乘数作用,市场上货币流通量相应减少,利率上升,投资减少,总需求缩小。

此外,中央银行在公开市场上卖出债券,还将导致债券价格下跌,也会引起利息率上升,抑制投资,使总需求缩小。

(二)选择性货币政策工具

除了一般性货币政策工具外,还有一些选择使用的货币政策工具,主要有以下几种。

1.道义上的劝告

中央银行对商业银行发出口头或书面的声明劝说商业银行自动遵循中央银行所要求的信贷政策。这种劝告没有法律约束力,但能发挥一定的作用。

2.利率上限

中央银行规定商业银行和其他储蓄机构定期存款和储蓄存款的利率上限。

3.控制消费信贷

中央银行控制分期付款的条件,包括消费者采购耐用消费品的最低付现额和最长偿还期。

三、货币政策的应用

(一)扩张性货币政策

扩张性货币政策指通过提高货币供给增长率,从而增加信贷的可供性,降低利率,以达到刺激总需求的目的。因此,在总需求低于国民经济的生产能力时,即资源未被充分利用、劳动失业严重时,采用扩张性货币政策是合适的。

扩张性货币政策以凯恩斯首创的"半通货膨胀"理论为依据。该理论认为在达到充分就业以前,货币数量每增加一次,有效需求还能增加,其作用固然会使成本增加从而价格提高,但同时也使产量增加。所以凯恩斯主义者认为,通货膨胀并不单纯是执行赤字财政政策的一种消极结果,而且是使赤字财政产生"积极"效果的必要条件。

根据凯恩斯理论,在萧条时期采取扩张性货币政策,既可扩大社会支付能力,又可以降低利率。低利率既能刺激消费,又能刺激投资。同时,通货膨胀还能提高物价,降低实际工资,这又能相应地提高资本边际效率,增加资本家对劳动力的需求。同时,在严重事业的情况下,工人并不因为降低实际工资而减少劳动力的供给,因此,通货膨胀可通过压低工资而扩大就业面,有助于"非自愿事业"问题的解决。

总之,由于扩张性货币政策对总需求的各个组成部分都有刺激作用,因而凯恩斯主义者认为这是"挽救"经济危机,消除"失业"的良方。

但是,不断采取扩张性货币政策,货币供应扩大,将使利率呈上升趋势,从而抑制投资需求,导致总需求下降。

(二)紧缩性货币政策

紧缩性货币政策是指通过缩小货币供给增长率,使信贷可供性减少,利息上升,以达到削弱总需求增长的目的。因此,在通货膨胀严重的时期,采用这一政策较为合适。

从扩张性货币政策,放松银根,转变到紧缩性货币政策,抽紧银根,可能是采取主动措施的结果,例如在公开市场上出售证券,提高准备金率,以及提高贴现率等,也可能是被动的,例如信贷需求日益增长情况下没有相应增加准备金。

采取紧缩性货币政策,缩减货币供应,虽然会有大多数的物价下跌,但不是全部均衡下跌。由于失业严重,以致在此期间所有得收益都是不稳定的,因而只有很少几个收入固定的厂商才能在通货紧缩和萧条期间真正得到好处。由于这个原因,现代资本主义国家都采取不同的反周期计划,试图减少螺旋式通货紧缩的压力,例如扩大用于公共工程的政府开支、增加救济开支及放松银根等。

四、货币政策的效应

货币政策效应指在其他条件不变的条件下,货币供给量的变动对总需求从而对国民收入和就业的影响。从 IS—LM 模型看,货币政策效应是指 LM 曲线的移动对国民收入变动的影响,如图 10-4 所示。

在图 10-4 中,IS 曲线和 LM 曲线相交于 E_1 点,对应的利率和国民收入分别为 r_1 利 Y_1。假定中央银行采用增加货币供给量 ΔM 的扩张性货币政策,LM 曲线向右下方移动到 LM',LM' 曲线与 IS 曲线相交于 E_2,对应的利率和国民收入分别为 r_2 和 Y_2。由于采用扩张性货币政策,国民收入从出 Y_1 增加为 Y_2。这就是扩张性货币政策的政策效应。同理,如果中央银行采用紧缩性货币政策,国民收入将会减少。

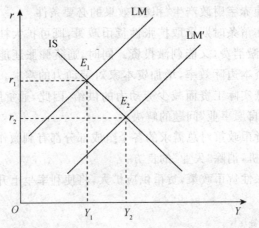

图 10-4   货币政策效应

货币政策效应的大小可以用货币政策乘数来计量和反映。所谓货币政策乘数,是指 IS 曲线位置不变,即产品市场均衡时,实际货币供给量的变化对均衡国民收入变动的影响程度。从图中可以看出,影响货币政策效应大小的因素主要是投资需求对利率的反应敏感程度和货币需求对利率的反应敏感程度。

第三节   财政政策与货币政策的组合使用

一、财政政策和货币政策的局限性

货币政策和财政政策在调节经济中都起重要作用,但这不是说货币政策和财政政策是万能的,事实上,不管是货币政策还是财政政策在调节经济中都存在很大的局限性。

货币政策的局限性主要表现在以下几个方面。

第一,流动性陷阱使货币政策失效。在出现流动性陷阱时,利率降到最低水平。货币需求的利率弹性无限大，货币供给再大，也不会引起利率变动，货币政策效应为零，如图 10-5 所示。

在图 10-5 中，LM_1 曲线与 IS 曲线相交于 E 点，对应的利率和国民收入分别为 r_1 和 Y_1。当政府货币当局采用增加货币供给的扩张性货币政策，尽管会使 LM_1 移至 LM_2，但 LM 曲线与 IS 曲线的交点位置 E 不变，利率不变，国民收入不变，因此货币政策效应为零。

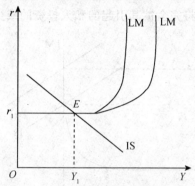

图 10-5　流动性陷阱的货币政策效应

LM 曲线处于这种情况时称为"流动性陷阱"，也称为"凯恩斯陷阱"。在这个区域，利率水平很低，以至于政府货币当局增加的任何货币都将被流动性偏好吞噬，因此货币政策对利率和国民收入没有影响。

此时，政府无法再用货币政策降低利率，刺激投资。货币政策失去了其存在意义。正是从这个意义上，凯恩斯主义者认为货币政策对经济的调节作用有限，应当注重财政政策对经济的调节作用。

第二，公众行为影响货币政策的效果。货币政策到底能取得多大成效，很大程度上取决于公众与政府货币当局的配合。然而，公众局部利益与政府的全局利益往往不一致，这难免使公众行为与政府货币当局的愿望背道而驰。当经济萧条时，利率再低，公众也不愿投资，政府扩张性的货币政策多此一举；当经济高涨时，利率再高，公众也竞相投资，政府紧缩性的货币政策也只能是耳旁风。因此，公众利益的局限性大大削弱了政府货币政策的作用。

第三，同样的货币政策在不同部门产生的作用不同。不同经济部门之间存在着很大差别，这些差别使同样的货币政策在不同的经济部门会产生不同的效果。利率反应敏感的部门，货币政策效果大；而利率反应差的部门，货币政策效果小。这种情况将广泛影响货币政策的作用。

第四，个人储蓄对货币政策的反应差。个人储蓄主要是为了满足个人的生活需要，它的多寡往往取决于个人收入和消费偏好,利率对它的影响不大,货币政策对其调节作用很小。

另外,国际金融市场的变动、政治因素等也会对货币政策效果产生影响。

财政政策的局限性主要表现在以下几个方面。

第一,挤出效应是财政政策的绊脚石。政府扩张性财政政策引起货币需求的增加,利率提高,这将使私人投资减少,从而大大地降低财政政策的效果。特别是当 LM 曲线处于古典区域时,政府扩张性财政政策将完全被其引起的私人投资的减少所抵消,如图 10-6 所示。

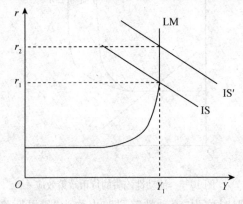

图 10-6 古典情况下的财政政策效应

在图 10-6 中,当 LM 曲线处于垂直段时,被称为"古典区域",在古典区域中的 LM 曲线是一条垂线,斜率为无穷大。这说明货币需求的利率弹性为零,即货币需求的微小变动就会引起利率的无限变动,因此,当政府增加财政支出时,即 IS 曲线向右上方移动到 IS',利率迅速升高,私人投资下降,国民收入没有发生变化,仍为 Y_1 时的水平,此时挤出效应达到最大。

正是由于这一点,货币主义认为,财政政策只会引起利率升高,不会引起收入增加,应当少采用财政政策,多采用货币政策。

第二,公众行为可能偏离财政政策的目标。当政府采用增支减税的扩张性财政政策扩大总需求时,公众可能把由此增加的收入转为储蓄。这会使总需求的增加大打折扣,也会使政府的扩张性财政政策达不到预期的目的。

第三,财政政策的实施往往受到来自不同方面的阻力。不同的财政政策对不同阶层和不同利益集团的影响是不同的。减少所得税,有利于一般公众;增加军事购买,有利于军工厂商;增加转移支付,有利于穷人;增加投资补贴则有利于投资家。这一切无疑增添了财政政策实施的难度。

另外,政治因素、其他政策等也会对财政政策效果产生影响。

二、财政政策和货币政策的组合使用

货币政策和财政政策对经济调节的不同作用和它们各自的局限性,要求政府在货币政策和财政政策之间做出选择,或者选用货币政策,或者选用财政政策,或者两种政策兼而用之。由于经济问题十分繁杂,因此,在实践中,往往将二者结合起来混合使用。

假如某一时期经济低于充分就业的水平,政府既可以采用扩张性财政政策,也可以采用扩张性货币政策。只采用扩张性财政政策,会引起货币需求增加,导致利率的上升,抑制私人投资,产生挤出效应;但若采用扩张性货币政策增加货币供给,则会导致利率下降。因此,如果在采用扩张性财政政策的同时,采用扩张性货币政策,则可抵消两种政策导致的利率的上升与下降,使利率维持在一定的水平上,避免挤出效应。这样既稳定了利率,又促进了经济增长。

如图 10-7 所示,IS_1 曲线和 LM_1 曲线交于 E_1 点,相应的利率和国民收入分别为 r_1 和 Y_1,但 Y_1 不是充分就业的国民收入,充分就业的国民收入为 Y^*。为了实现充分就业,政府既可以实施扩张性的财政政策,将 IS_1 曲线向右移动,也可以实施扩张性的货币政策,将 LM_1 曲线向右移动。这两种政策都能实现充分就业,使国民收入增加为 Y^*。但只采用财政政策,需将 IS_1 曲线移至 IS_2 的位置,这时利率上升为 r_2;只采用货币政策,需将 LM_1 曲线移至 LM_2 的位置,这时利率降低为 r_2'。这两种方法都会导致利率的大起大落,不利于经济的稳定。如果同时采用扩张性财政政策和扩张性货币政策,即同时将 IS_1 和 LM_1,分别移动到 IS' 和 LM' 置,则利率 r 可保持不变,而国民收入可达到充分就业水平 Y^*。

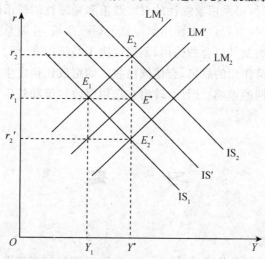

图 10-7　财政政策与货币政策的组合使用

财政政策和货币政策的混合是多种多样的,其基本组合有以下四种:扩张性财政政策和扩张性货币政策混合;扩张性财政政策和紧缩性货币政策混合;紧缩性财政政策和扩张性货币政策混合;紧缩性财政政策和紧缩性货币政策混合。

这些混合的政策效应,有的可以事先预料;有的则必须根据财政政策效应和货币政策效应的大小,进行比较后才能断定。混合政策效应的几种基本类型如表 10-1 所示。

表 10-1 财政政策与货币政策的组合使用

	扩张性财政政策	紧缩性财政政策
扩张性财政政策	利率不定 收入增加	利率上升 收入不定
紧缩性财政政策	利率下降 收入不定	利率不定 收入减少

财政政策和货币政策的组合方式不同,产生的政策效应不同,适用的经济环境也就不同。①当经济严重萧条时,可采用扩张性的财政政策和扩张性的货币政策。一方面用扩张性的财政政策增加总需求;另一方面用扩张性的货币政策降低利率,避免挤出效应。②当经济萧条但不太严重时,可采用扩张性的财政政策和紧缩性的货币政策。一方面用扩张性的财政政策刺激需求;另一方面用紧缩性的货币政策抑制通货膨胀。③当经济出现通货膨胀但又不太严重,可采用紧缩性的财政政策和扩张性的货币政策。一方面用紧缩性的财政政策压缩总需求;另一方面用扩张性的货币政策,降低利率,刺激投资,遏止经济的衰退。④当经济发生严重的通货膨胀时,可采用紧缩性的财政政策和紧缩性的货币政策。一方面用紧缩的货币政策提高利率,抑制投资;另一方面用紧缩性的财政政策,控制总需求。

财政政策和货币政策及其组合的选用,不仅取决于经济因素,而且取决于政治等其他因素。财政政策和货币政策作用的后果,会使国民收入的组成比例发生变化,从而对不同阶层和不同利益集团产生不同的影响。因此,政府在选用财政政策和货币政策及其组合时,必须全面考察,兼顾各方面的利益。

习　题

一、单项选择题

1. 自动稳定器的功能(　　)。

A. 旨在稳定收入、刺激价格波动　　　　B. 旨在缓解周期性的经济波动

C.旨在推迟经济的衰退　　　　　　　　D.旨在保持物价水平的充分稳定

2.属于紧缩性财政政策工具的是(　　)。

  A.减少政府支出和增加税收　　　　　B.减少政府支出和减少税收

  C.增加政府支出和增加税收　　　　　D.增加政府支出和减少税收

3.在经济过热时,政府应该采取(　　)的财政政策。

  A.增加财政支出　　　　　　　　　　B.减少政府财政支出

  C.扩大财政赤字　　　　　　　　　　D.减少税收

4.降低贴现率的政策(　　)。

  A.将制约经济活动　　　　　　　　　B.将增加银行的贷款意愿

  C.与提高法定准备金率的作用相同　　D.通常导致债券价格下降

5.紧缩性货币政策的运用会导致(　　)。

  A.增加货币供给量,降低利率　　　　B.减少货币供给量,降低利率

  C.减少货币供给量,提高利率　　　　D.增加货币供给量,提高利率

6.在下列哪种情况下,紧缩货币政策的有效性将减弱?(　　)

  A.实际利率很低　　B.名义利率很低　　C.实际利率很高　　D.名义利率很高

7.扩张性财政政策对经济的影响是(　　)。

  A.缓和了通货膨胀但增加了政府债务

  B.加剧了通货膨胀但减少了政府债务

  C.缓和了萧条也减轻了政府债务

  D.缓和了经济萧条但增加了政府债务

8.下列哪种情况中"挤出效应"可能很大?(　　)

  A.货币需求对利率敏感,私人部门支出对利率不敏感。

  B.货币需求对利率敏感,私人部门支出对利率也敏感。

  C.货币需求对利率不敏感,私人部门支出对利率不敏感。

  D.货币需求对利率不敏感,私人部门支出对利率敏感。

9.在下面哪一种情况下,货币供给对国民收入的影响最大?(　　)

  A.货币需求和投资都富有利率弹性。

  B.货币需求缺乏利率弹性,投资富有利率弹性。

  C.货币需求富有利率弹性,投资缺乏利率弹性。

  D.货币需求和投资都缺乏利率弹性。

10.流动偏好曲线表明（　　）。

    A. 利息率越高，债券价格越高，人们预期债券价格下跌而购买更多的债券

    B. 利息率越低，债券价格越高，人们预期债券价格下跌而购买更多的债券

    C. 利息率越低，债券价格越高，人们预期债券价格下跌而保留更多的货币在手中

    D. 债券价格越高，人们为购买债券所需要的货币就越多

二、判断题

1. 自动稳定器的功能是缓解周期性的经济波动。（　　）

2. 降低贴现率的政策与提高法定准备金率的作用相同。（　　）

3. 政府的财政收入政策通过政府转移支付对国民收入产生影响。（　　）

4. 减少政府支出和增加税收属于紧缩性财政政策工具。（　　）

5. 扩张性财政政策对经济的影响是缓和了经济萧条但增加了政府债务。（　　）

三、简答题

1. 何谓"挤出效应"？说明影响挤出效应的主要因素。

2. 经济萧条时应该如何应用财政政策？

3. 简述一般性货币政策工具及其应用。

4. 什么是公开市场业务？这一货币政策工具有哪些优点？

5. 什么是财政政策的"内在稳定器"？其主要内容有哪些？

四、计算题

1. 假设货币需求为 $L=0.2Y$，货币供给量为 200 美元，消费 $C=90+0.8Y_d$，税收 $T=50$ 美元，投资 $I=140-500r$，政府支出 $G=50$ 美元。

    (1)导出 IS 和 LM 方程，求均衡收入、利率和投资。

    (2)若其他情况不变，政府支出增加 20 美元时，均衡收入、利率和投资有何变化？

    (3)是否存在"挤出效应"？

2. 假设某经济的社会消费函数为 $C=300+0.8d$，私人亿元投资 $I=200$，税收函数为 $T=0.2Y$（单位：亿美元）。

    (1)求均衡收入为 2 000 亿美元时，政府支出（不考虑转移支付）必须是多少？预算盈余还是预算赤字？

    (2)政府支出不变，而税收提高为 $T=0.25Y$，均衡收入是多少？此时预算盈余将如何变化？

第十一章　失业与通货膨胀理论

▶ 案例导入

通货膨胀降低人们的实际购买力？

如果你问一个普通人，为什么通货膨胀是坏事？他将告诉你，答案是显而易见的：通货膨胀剥夺了他辛苦赚来的美元的购买力。当物价上升时，每 1 美元收入能购买的物品和劳务都少了。因此，通货膨胀直接降低了生活水平。

但进一步思考就发现这个回答有一个谬误。当物价上升时，物品与劳务的购买者为他们所买的东西支付得多了。但同时，物品与劳务的卖者为他们所卖的东西得到的也多了。由于大多数人通过出卖他的劳务——如他的劳动，而赚到收入，所以收入的膨胀与物价的膨胀是同步的。因此，通货膨胀本身并没有降低人们的实际购买力。

人们相信这个通货膨胀谬误是因为他们没有认识到货币中性的原理。每年收入增加 10％ 的工人倾向于认为这是对他自己才能努力的奖励。当 6％ 的通货膨胀率把这种收入增加降低为 4％ 时，工人会感到他应该得到的收入被剥夺了。事实上，实际收入是由实际变量决定的。例如，物质资本、人力资本、自然资本和可以得到的生产技术。名义收入是由这些因素和物价总水平决定的。如果美联储把通货膨胀从 6％ 降到零，我们工人们每年的收入增加也会从 10％ 降到 4％。他不会感到被通货膨胀剥夺了，但他的实际收入并没有更快地增加。

如果名义收入倾向于与物价上升保持一致,为什么通货膨胀还是一个问题呢?结果是对这个问题并没有一个单一的答案。相反,经济学家确定了几种通货膨胀的成本。这些成本中的每一种都说明了持续的货币供给增长,事实上以某种方式对实际变量有所影响。

案例来源:www.hzctsm.com.cn

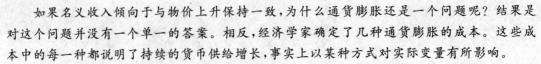

第一节　失业理论

一、失业与充分就业

(一)失业与失业率

失业是有劳动能力并且愿意工作的人找不到工作的情况,即指劳动力的完全闲置状态。这样的劳动力被称为失业者,我国之前将这部分人称为待业者。所谓失业者,联合国国际劳工局下的定义是:在一定年龄范围内,有工作能力、愿意工作、正在找工作但仍没有工作的人。

各国对工作年龄和失业的范围有不同的规定。在美国,工作年龄在 16～65 岁,如果在一周没有工作而在以前四周内寻找工作,那么他就被统计为失业者。在我国现阶段,工作的年龄女性为 16～55 岁,男性为 16～60 岁。失业的范围主要包括:第一,新加入劳动力队伍第一次寻找工作,还未找到工作机会的人;第二,跳槽后正在寻找工作的人;第三,被解雇后还未找到工作的人等。

失业率是衡量一个经济社会中失业状况的最基本指标,失业率是失业人数占整个劳动力人数的比例,用公式表示为

$$失业率=\frac{失业人数}{劳动力总数}\times100\%$$

失业与就业互为补数,因此,失业率与就业率之和等于1。通常失业率在经济衰退时上升,在经济复苏期间下降,失业率的波动反映了经济的波动。

(二)充分就业

充分就业几乎在任何时期都是宏观经济政策的首要目标。充分就业是指消灭了由于需求不足而造成的周期性失业时的就业状态。充分就业并非人人都有工作,在充分就业时仍然存在由于经济中难以克服的原因而造成的失业。

与充分就业相联系的一个概念是自然失业率,这一概念是由货币主义代表人物弗里德

曼提出的。自然失业率是指在没有货币因素干扰的情况下,让劳动市场和商品市场的自发供求力量起作用时,总需求与总供给处于均衡状态下的失业率,即实现充分就业时的失业率。自然失业率取决于劳动力市场的结构特征,并且随着时间的推移不断变化,技术进步的速度,劳动力和劳动生产率增长的速度,获取劳动力市场信息的费用和寻找工作的成本都将影响自然失业率的大小。近年来,自然失业率有不断上升的趋势,基本保持在 3%～8% 以内。

二、失业的种类

根据失业的原因不同,失业主要分为自然失业、周期性失业和隐蔽性失业三大类,而按照各自具体的原因不同又可细分为几小类。

（一）自然失业

自然失业是指由于经济中某些难以避免的原因所引起的失业。在任何市场经济中这种失业都是不可避免的,即使经济增长处于顶峰,也存在一定的失业者和失业率。自然失业通常包括摩擦性失业、求职性失业、结构性失业、技术性失业、季节性失业和工资刚性失业等。

1. 摩擦性失业

摩擦性失业是指经济中由于正常的劳动力流动而引起的失业,如劳动力流动性不足或转换工种困难等原因导致的短期性、局部性的失业。西方经济学通常把新加入劳动力队伍正在寻找工作而造成的失业归入摩擦性失业的范围内。在现实经济中,各行各业、各部门和各地区之间对劳动力的需求变动是经常性的。不同性质的工作,对劳动市场提出的劳动需求不同,要使劳动者供给与工作岗位需求相匹配,需要一些时间。如果劳动力市场很完善,供求双方的信息沟通便利迅速,或者政府增加中介机构进行调剂,摩擦性失业就会减少,失业的时间就会缩短。但在实际经济生活中,劳动力市场通常是不完善的,因此,摩擦性失业是常见的失业现象。

2. 求职性失业

求职性失业是指当好工作的收益大于寻找这种工作时的成本时,工人宁愿失业去找好工作而造成的失业。实际生活中,劳动者不同的就业偏好决定他们的不同择业行为,从而产生不同的劳动供给,比如总有一小部分劳动者要变换工作地点、企业和行业,即所谓"跳槽",寻找新的更好的工作岗位。求职性失业和摩擦性失业的不同之处在于这种失业不是经济中难以避免的因素造成的,而是失业者自己造成的,属于自愿失业性质。

3.结构性失业

结构性失业是指由于技术进步、生产结构发生变化而存在的劳动力市场中失业和岗位空缺同时并存的现象。结构性失业被认为是摩擦性失业的一种极端形式。随着技术进步的加快和产业结构的调整和升级，传统产业逐渐衰落，不时游离出大量劳动者，同时。新兴产业需要较高技能的员工，存在许多的岗位空缺。例如，我国国有企业改革中的下岗分流制，裁减下来大量的劳动者，他们希望尽快找到合意的工作；农业生产力水平的提高及城市化进程的加快催生了大量的农民工，他们涌向城市，也希望找到适合自身技能的工作。但是，信息等高新技术产业拥有的岗位空缺，需要的是拥有较高技能的劳动力；于是出现了劳动供给结构与需求结构的不对称。要想通过技能培训以适应岗位需求，需要的时间较长，所以结构性失业是长期的。

4.技术性失业

技术性失业是由于技术进步所引起的失业。由于技术的进步使流水生产线等先进设备取代了工人的劳动。这样，对劳动力需求的相对缩减就会使失业增加。由于现代化的设备需要相对较少的高素质的人来管理和控制，文化技术水平较低的工人，不能适应现代化技术要求的工人就成为失业者。如现代城市公交车大都使用自动售票系统，售票技术的改进使原来的售票员失业。

5.季节性失业

季节性失业是指某些行业由于季节性变动所引起的失业。在农业、建筑业、旅游业、捕捞业等行业，由于自然条件的约束，受季节影响严重，在生产繁忙的季节需要劳动力多，生产淡季所需劳动力少。如在我国北方的冬季，冰雪覆盖，影响交通安全，需要大量工人清除积雪；海南省冬季游客比夏季多若干倍，冬季导游的需求量就会增加。这种季节性的影响是很难改变的，季节性失业也就客观存在。

6.工资刚性失业

工资刚性失业也称为古典失业，是指由于工资只能升不能降的刚性使部分工人无法受雇而引起失业。按照古典经济学家的假设，如果工资具有完全的伸缩性，则可以通过工资的调节实现人人都有工作。也就是说，若劳动力的需求小于供给，则可能通过降低工资，直到全部工人都会被雇佣，从而不会产生失业。但由于人类的本性不愿使工资下降，而且工会的存在和最低工资法也限制了工资的下降，就形成了能升不能降的工资刚性，使部分工人无法受雇而形成失业。

(二)周期性失业

周期性失业又称为需求不足的失业,是指经济周期的萧条阶段由于总需求不足而引起的短期失业。由于经济萧条,消费需求和投资需求不足,造成对劳动力的需求减少,劳动力的收入减少又打击消费和投资的积极性,造成经济的更加不景气,使失业者增加,形成互为约束的"死结"。通过一定的财政政策刺激消费和投资,引进外资和对外贸易使经济复苏可以缓解周期性失业。

(三)隐蔽性失业

隐蔽性失业是指表面上有工作,但实际上对产出并没有做出贡献的人,即有"职"无"工"的人,也就是说,这些工作人员的边际生产力为零。当经济中减少就业人员而产出水平没有下降时,即存在着隐蔽性失业。如一个经济社会中有 10 万劳动力,如果减少 2 000 人而生产总值并没有减少,则经济中存在 2% 的隐蔽性失业。美国著名经济学家阿瑟·刘易斯曾指出,发展中国家的农业部门中存在着严重的隐蔽性失业。这种失业的存在给经济造成巨大的损失,因此,消灭隐蔽性失业对提高经济效率十分重要。

三、失业的影响

失业会产生诸多影响,一般可以将其分成两种:经济影响和社会影响。对个人来说,如果是自愿失业,则会给他带来闲暇的享受。但如果是非自愿失业,则会使他的收入减少,从而使生活水平下降。对社会来说,由于失业者增加,一方面会影响社会的安定,带来一系列社会问题;另一方面失业者过多,必然要增加社会福利的支出,会造成政府财政困难。

(一)失业的经济损失

失业的经济损失可用机会成本的概念来理解。当失业率上升时,经济中本可由失业工人生产出来的产品和劳务就损失了。衰退期间的损失,就好像是将众多的汽车、房屋、衣物和其他物品都销毁掉了。从产出核算的角度看,失业者的收入总损失等于生产的损失,因此,丧失的产量是计量周期性失业损失的主要尺度,因为它表明经济处于非充分就业状态。

20 世纪 60 年代,美国经济学家阿瑟·奥肯根据美国的数据,提出:GDP 增长率增长;失业率上升,实际 GDP 增长率下降,这一著名结论称为奥肯定律。根据奥肯定律,失业率每高于自然失业率 1 个百分点,则实际 GDP 便比潜在 GDP 减少 2.5%;反之,失业率每低于自然失业率 1 个百分点,则实际 GDP 增加 2.5%。根据这个定律,可以通过失业率的变动推测或估计 GDP 的变动,也可以通过 GDP 的变动预测失业率的变动。例如,实际失业率为 8%,高于 6% 的自然失业率 2 个百分点,则实际 GDP 就将比潜在 GDP 低 4% 左右。

（二）失业的社会影响

失业的社会影响虽然难以估计和衡量，但它最易为人们所感受到。失业对于个人来说，影响是深重的，甚至是灾难性的。首先，失业与贫困相对应。失业意味着收入的中断，没有收入或收入遭受损失，家庭的要求和需要得不到满足，家庭关系将因此而受到损害。其次，失业带来难以用货币衡量的社会负效应。一个失业者在就业的人员当中失去了自尊和影响力，面临着被同事拒绝的可能性，并且可能要失去自尊和自信，使失业者在情感上受到严重打击。第三，失业对个人的影响依年龄阶段不同而有所不同。年轻人长期失业，降低了他们今后就业的竞争力，久而久之，会使其人格与社会格格不入，更加难以就业；对中老年人，失业对他们来说打击是沉重的，一旦失业往往意味着永久性的失业。第四，失业影响健康与寿命。西方有关的心理学研究表明，解雇造成的创伤不亚于亲友的去世或学业上的失败。失业使相当一部分人的健康状况下降，男性的寿命由 1990 年的 64 岁下降到 1995 年的 57 岁。

第二节　通货膨胀理论

一、货币基础知识

货币是人们普遍接受的、稳定的交换媒介。货币的职能主要有三种：一是交换媒介，即作为一种便于交换的工具，这是货币的最基本职能；二是计价单位，即用它来表示一切商品的价格，这是货币作为交换媒介的必要条件；三是储藏手段，即作为保存财富的一种方式，这是货币作为交换媒介的延伸。

目前，流行的货币主要有以下几类。①纸币：由中央银行发行，是由法律规定了其地位的法定货币。纸币的价值取决于其购买力。②铸币：是指小面额的辅币，一般用金属铸造。纸币和铸币通称为通货或现金。③存款货币：又称银行货币或信用货币，是商业银行中的活期存款。④近似货币：又称准货币，是商业银行中的定期存款和其他储蓄机构的储蓄存款。这种存款在一定条件下可以转化为活期存款，通过支票流通，因此被称为近似货币。⑤货币替代物：是指在一定条件下可以暂时替代货币成为交换媒介，如信用卡，它本身并不是货币，也不具有货币的职能，只是代替货币执行交换媒介的职能。

西方经济学一般把货币分为 M_1 与 M_2，其中

$$M_1 = 现金 + 商业银行活期存款$$

$$M_2 = 现金 + 商业银行活期存款 + 定期存款和储蓄存款$$

$$= M_1 + 定期存款和储蓄存款$$

在国际货币体系中，M_1 被称为狭义的货币，M_2 被称为广义的货币。

二、通货膨胀的概念及度量

(一)通货膨胀的含义

通货膨胀是指一个经济中大多数商品和劳务的价格持续在一段时间内普遍上涨的现象。理解通货膨胀要注意两点：一是少数几种商品的价格上涨不能称为通货膨胀，必须是大部分商品的价格同时上涨；二是偶尔的价格上涨也不能称为通货膨胀，必须是物价在一段时间内持续的上涨。

(二)通货膨胀的度量

衡量通货膨胀的指标是物价指数。物价指数是表明商品价格从一个时期到下一个时期变动程度的指数。物价指数一般采用加权平均的方式，即根据某种商品在总支出中所占的比重来确定其价格的加权数的大小。物价指数的计算公式如下

$$物价指数 = \frac{\sum P_t Q_t}{\sum P_0 Q_t} \times 100\%$$

式中：P_0——基期价格水平；

P_t——本期的价格水平；

Q_t——本期的商品量。

要注意的是在上式中采用了报告期加权平均法，计算物价指数还有一种方式，即采用基期加权法，是用基期的商品量作为权数来计算物价指数。

通货膨胀的程度可以通过物价指数的变动来测量，西方经济学中，物价的上涨率被称为通货膨胀率。所谓通货膨胀率是指从一个时期到另一个时期内价格水平变动的百分比。其计算公式为

$$通货膨胀率 = \frac{P_t - P_{t-1}}{P_{t-1}} \times 100\%$$

式中：P_t——t 时期的价格水平；

P_{t-1}——$(t-1)$时期的价格水平。

假定某国去年的物价水平为 102，今年的物价水平上升到 108，那么这一时期的通货膨胀率就为 $(108-102)\div 102 = 5.82\%$。

根据计算物价指数时包括的产品和劳务种类的不同，可以计算出三种主要的物价指数。

①消费者价格指数(简称 CPI),也称零售物价指数或生活费用指数,是衡量各个时期居民个人的日常生活用品和劳务的价格水平变化的指标。这是与居民个人生活最为密切的物价指数,因为这个指标最能衡量居民货币的实际购买力水平。②生产者价格指数(简称 PPI),又称批发价格指数,是衡量各个时期生产者在生产过程中用到的产品的价格水平的变动而得到的指数,通常这些产品包括产成品和原材料。设计这一指标是为了衡量第一级销售点上的价格,因为它包括的商品比较详尽(大约有 3 400 种商品),因而这一指标对反映物价水平也较为有用。③GDP 折算指数,是衡量各个时期所有产品和劳务的价格变化的指标。它等于名义 GDP 除以实际 GDP,是一种用来衡量一个国家不同时期内所生产的最终产品和劳务的价格水平变动程度的经济指标,是按当年价格计算的国民生产总值与按固定价格计算的国民生产总值的比率。它是一个统计范围很广、包括一切商品和劳务在内的指标,能够较为全面地反映总体价格水平的变化趋势。它的缺点是所需的大量数据不易搜集,难以经常性的公布。

三、通货膨胀的分类

按照不同的划分标准,可以把通货膨胀划分为不同的类型。

(一)按价格上升的速度可以将通货膨胀分成三类

(1)温和的通货膨胀,是指每年物价上升的比例在 10% 以内。许多国家都存在或曾有过这种温和的通货膨胀,一般认为,这种通货膨胀不会对经济造成严重影响,甚至还有经济学家认为这种缓慢而持续的价格上升能对经济和收入的增长有积极的刺激作用。

(2)奔腾的通货膨胀,是指年通货膨胀率在 10% 以上和在 100% 以下。这种通货膨胀对于经济具有较大的破坏作用,因为,当这种通货膨胀发生以后,由于价格上涨速度快、上涨幅度大,公众预期价格还会进一步的上涨,因而会采取各种手段来保持自己,如将货币换成房产、汽车、黄金和珠宝等保值商品,或者大量的囤积商品,从而使得产品市场和劳动市场的均衡遭到破坏,正常的经济运行秩序被破坏,经济体系受损。

(3)超级通货膨胀,是指通货膨胀率在 100% 以上。发生这种通货膨胀时,价格持续猛涨,人们都尽快地使货币脱手,从而大大加快货币流通速度,其结果是货币完全失去了人们的信任,货币的购买力大幅下降,各种正常的经济联系遭到破坏,以致使货币体系的价格体系最后完全崩溃,在严重的情况下,还会出社会动荡。

(二)按照对不同商品的价格影响的大小可分为两类

(1)平衡的通货膨胀,是指每种商品的价格都按相同的比例上升。这里所指的商品价格包括生产要素及各种劳动的价格,如工资率、租金、利率等。

（2）非平衡的通货膨胀，是指各种商品价格上升的比例并不完全相同。如近年来，我国房地产价格上升迅速，而一般日用消费品如家电、电脑、汽车等商品的价格反而有下降趋势。

（三）按照人们的预期程度加以区分可将通货膨胀分成两类

（1）未预期的通货膨胀，是指人们没有预料到价格会上涨，或者是价格上涨的速度超过了人们的预计。

（2）预期到的通货膨胀，是指人们预料到价格会上涨。

这两种通货膨胀对人们正常生活的影响是不同的，未被预期的通货膨胀可能会导致货币工资率的上升滞后于物价的上涨，从而使利润上升，至少暂时会有一种扩大就业、扩大总产出水平的效应。如果通货膨胀事先已经完全预料到，那么各经济主体将按其预期来调整其经济行为，如工会在物价上涨前就要求增加工资，从而使通货膨胀的短期扩张效应不会产生。

（四）按照经济运行的市场化程度或通货膨胀的表现形式划分可分为两种

（1）公开性通货膨胀，指在市场机制充分运行条件下通货膨胀以物价上涨的形式公开表现出来的通货膨胀。

（2）受抑制的通货膨胀，指政府对价格进行某种形式的控制使得物价同市场供求关系相脱离的通货膨胀。过度需求不会引起物价水平的上涨或物价上涨有限而不足以反映过度需求的真实水平面，在这类通货膨胀中，通货膨胀不是以物价上涨而是以商品短缺和供应紧张等形式表现出来。

四、通货膨胀的成因

关于通货膨胀的成因，西方经济学家提出了多种解释，大体认为，造成通货膨胀的原因主要有需求拉动型、成本推动型和供求混合推动型三种。

（一）需求拉动型通货膨胀

需求拉动型通货膨胀是指总需求超过总供给所引起的一般物价水平普遍而持续的上涨。一般地说，这种通货膨胀是经济生活中"过多的货币追逐过少的商品"造成的，最终表现为普遍而持续的物价上涨。根据凯恩斯的有效需求决定国民收入原理可知，均衡国民收入和价格水平可由总供给曲线 AS 和总需求曲线 AD 的交点决定，如图 11-1 所示。

在图 11-1 中，横轴代表国民收入；纵轴代表物价水平；AS 代表总供给曲线；AD 代表总需求曲线；Y 代表充分就业时的实际国民收入，即总供给的最高限。当总需求为 AD_1 时，AD_1 与 AS 交于 E_1，这表明，E_1 为总需求均衡点，E_1 对应的国民收入 Y 为均衡国民收入，均衡国民收入与充分就业的国民收入正好相等，此时的物价水平为 P_1。当由于某种原因需求增加时,AD₁ 转至 AD₂,但由于已经充分就业,所以实际的总供给不可能增加,AS 曲线在充分就业后即变为一条垂线,AD₂ 与 AS 交于 E_2,由于供给不变,需求增加,导致供不应求,拉动物价上涨,使物价水平原来的 P_1 提高到 P_2。同时,如果需求连续增加,假设增加到 AD₃,则物价会上升至 P_3。可见,在充分就业以后,总需求的增加必然导致物价上升,形成通货膨胀。这种通货膨胀纯粹是由需求过度引起的,称为纯粹的需求拉动通货膨胀。

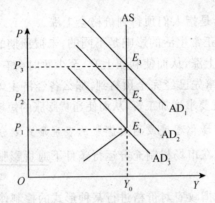

图 11-1 纯粹需求拉动型通货膨胀

（二）成本推动型通货膨胀

成本推动型通货膨胀是指在没有超额需求的情况下,由于供给方面成本的提高所引起的通货膨胀。成本的增加意味着只有在高于以前的价格水平时,才能达到与以前同样的产量水平,即总供给曲线向左上方移动。在总需求不变的情况下,总供给曲线向左上方移动使国民收入减少,价格水平上升,这种价格上升就是成本推动的通货膨胀,如图 11-2 所示。

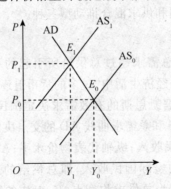

图 11-2 成本推动型通货膨胀

在图 11-2 中,原来的总供给曲线 AS_0 与总需求曲线 AD 决定了国民收入水平为 Y_0,价格水平为 P_0,成本增加后,总供给曲线向左上方移动到 AS_1,总需求保持不变,从而决定了新的国民收入为 Y_1,价格水平为 P_1,价格水平由 P_0 上升到 P_1 是由于成本的增加所引起的,这即是通常所说的成本推动型通货膨胀。

引起成本增加的原因并不完全相同,因此,成本推动型通货膨胀又可以根据其原因的不同而分为以下几种。

(1)工资成本推动型通货膨胀。工资是厂商成本中的主要构成部分之一,工资水平的上升会导致厂商成本增加,厂商因此而提高产品和劳务的价格,从而导致通货膨胀。在劳动市场存在着工会的卖方垄断情况下,工会利用其垄断地位要求提高工资,雇主迫于压力提高了工资后,就会将提高的工资加入成本,提高产品和劳务的价格,从而引起通货膨胀。工资的增加往往是从个别部门开始的,但由于各部门之间工资的攀比行为,个别部门工资的增加往往会导致整个社会的工资水平上升,从而引起普遍的通货膨胀。而且这种通货膨胀一旦形成,还会形成"工资—物价螺旋式上升",即工资上升引起物价上升,物价上升又引起工资上升。这样,工资与物价不断互相推动,形成严重的通货膨胀。

(2)利润推动型通货膨胀。它是指市场上具有垄断地位的厂商为了增加利润而提高价格所引起的通货膨胀,也称价格推动型通货膨胀。在不完全竞争的市场中,具有垄断地位的厂商控制了产品的销售价格,从而可以提高价格以提高利润。这种通货膨胀是由于利润的推动而产生的,尤其是在工资增加时,垄断厂商以工资的增加为借口,更大幅度地提高物价,使物价的上升幅度大于工资的上升幅度,其差额就是利润的增加,这种利润的增加使物价上升,形成通货膨胀。西方的经济学者认为,工资推动和利润推动实际上都是操纵价格的上升,其根源在于经济中的垄断,即工会的垄断形成工资推动,厂商的垄断引起利润推动。

(3)原材料成本推动型通货膨胀。是指厂商生产中所需要的原材料价格上升推动产品和劳务的价格上升而形成的通货膨胀。在现代经济中,某些能源或关键的原材料供给不足,会导致其价格上升,进而引起厂商成本上升,如石油价格的上升,或者是某种进口原材料价格上升等,最典型的事例是 20 世纪 70 年代覆盖整个西方发达国家的滞胀(即经济停滞和通货膨胀同时并存),其主要根源之一就在于当时石油价格的大幅上升。

(三)供求混合推动型通货膨胀

供求混合推动型通货膨胀是将总需求与总供给结合起来分析通货膨胀形成的原因。如果通货膨胀是由需求拉上开始的,那么过度的需求会引起物价上涨,物价上升又会引起工资增加,即供给成本增加,从而又引起成本推动的通货膨胀。反之,如果通货膨胀是由成本推动开始的,成本上升导致物价上升,物价的上升迫使政府扩大总需求,而需求的增加又会增加生产的成本。可见,经济生活中的通货膨胀往往是二者共同作用的结果。虽然我们能够在理论上加以区分,但现实中却很难分清,单纯将通货膨胀产生的原因,归结为需求拉上还是成本推动都是不准确的,而且无论是需求拉上,还是成本推动,都无法全面地解释通货膨胀形成的原因。实际上通货膨胀的形成,既有需求拉上的原因,也有成本推动的因素,即所谓"拉中有推,推中有拉",如图 11-3 所示。

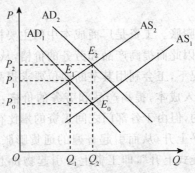

图 11-3　供求混合推动型通货膨胀

在图 11-3 中,总供给曲线由 AS_1 移动至 AS_2,使物价水平由 P_0 上升至 P_1,这是成本推动引起的通货膨胀。如果只是成本推动,那么,由于价格上升至 P_1,产量会由 Q_2 下降至 Q_1,最终会由于经济衰退而结束通货膨胀。但如果成本推动之后,总需求也由 AD_1 增加到 AD_2,那么产量水平会保持在 Q_2,而这时价格水平上升至 P_2,这样就会形成供求混合推动型的通货膨胀。

五、通货膨胀的影响

通货膨胀既会对个人的经济生活产生各种影响,也会对整个社会的经济生活产生重大影响,一般可以将通货膨胀对经济的影响分成两种,即通货膨胀的产出效应和收入再分配效应。

(一)通货膨胀的产出效应

一般认为,温和的通货膨胀对经济发展比较有利。因为,人们认为物价会涨时,会采取及时消费的策略,消费增加会刺激厂商扩大生产规模,从而就业增加、国民收入上升;而当人们认为物价将下跌时,会采取持币等待的策略,消费减少会导致厂商缩小生产规模,从而失业增加、国民收入下降。当然,这只是一般的分析,通货膨胀的产出效应有三种情况。①随着通货膨胀出现,产出增加。这就是需求拉动型通货膨胀的刺激,促进了产出水平的提高,这种情况产生的前提条件是有一定的资源闲置。当一个经济体系有一定的资源闲置的情况下,物价温和的上涨会刺激人们的购买欲望,从而消费增加,拉动了就业和产出水平的提高。②成本推动的通货膨胀引致失业,也就是说通货膨胀引起就业和产出水平的下降。这种情况产生的前提条件是经济体系已经实现了充分就业,在这种情况下,如果发生成本推动的通货膨胀,则原来总需求所能购买的实际产品的数量将会减少,也就是说,当成本推动的压力抬高物价水平时,既定的总需求只能在市场上支持一个较小的实际产出。所以,实际产出会下降,失业会上升。如 1973 年,石油输出国组织的石油价格翻了两番,从而引发了成本推动的通货膨胀,1973—1975 年美国等主要发达国家的物价水平迅速上升,与此同时,美国的失业率从 1973 年的不到 5%上升到了 1975 年的 8.5%。③超级通货膨胀导致经济崩溃。首先,当物价持续上升时,居民户和企业都会产生通货膨胀的预期,在这种情况下,人们就不会让自己的储蓄和现行的收入贬值,而宁愿在价格上升前将货币花掉,从而产生过度的消费购买,导致储蓄和投资都会减少,产出水平下降。其次,随着通货膨胀而来的是生活费用的上升,劳动者会要求提高工资,企业成本上升,导致企业生产规模缩小,产出水平下降。再次,企业在通货膨胀率上升时会力求增加存货,以便将来按高价出售以增加利润,从而使得市场可供销售的货物可能减少,物价将进一步上升。最后,当出现恶性通货膨胀时,情况会变得更坏,经济体系极有可能陷入崩溃。

(二)通货膨胀的收入再分配效应

通货膨胀意味着人们手中持有货币的购买力下降,某种程度上会使人们过去的劳动成果缩水,也就是说通货膨胀会导致人们的实际收入水平发生变化,这就是通货膨胀的再分配效应,但是通货膨胀对不同经济主体的再分配效应是不同的。

1.通货膨胀不利于靠固定货币收入维持生活的人

对于固定收入阶层来说,其收入是固定的货币数额,落后于上升的物价水平,也就是说他们获得货币收入的实际购买力下降,其实际收入由于通货膨胀而减少。如果他们的收入不能随通货膨胀率变动的话,他们的生活水平必然降低。在现实生活中,靠政府救济金维持生活的人、工薪阶层、公务员及其他靠福利和转移支付维持生活的人都比较容易受到这种冲击。而那些收入能随着通货膨胀变动的人,则会从通货膨胀中得益。例如,在扩张中的行业工作并有强大的工会支持的工人就是这样,他们的工资合同中订有工资随生活费用的上涨而提高的条款,或有强有力的工会代表他们进行谈判,在每个新合同中都有可能得到大幅度的工资增长。

2.通货膨胀对储蓄者不利

随着价格上涨,存款的购买力就会降低,那些持有闲置货币和存款在银行的会人受到严重打击。同样,像保险金、养老金及其他固定价值的证券财产等,它们本来是用来防患未然和养老的,在通货膨胀中,其实际价值也会下降。

3.通货膨胀还会在债务人和债权人之间产生收入再分配的作用

具体地说,通货膨胀牺牲了债权人的利益而使债务人得益。例如,A 向 B 借款 1 万元,约定一年以后归还,假定这一年中发生了通货膨胀,物价上升了一倍,那么一年后 A 归还给 B 的 1 万元只能购买到原来一半的产品和劳务,也就是说通货膨胀使得 B 损失了一半的实际收入。

实际研究表明,第二次世界大战以来,西方国家政府从通货膨胀中获得了大量的再分配的财富,其来源有两点:第一,政府获得了通货膨胀税收入。因为政府税收中有部分税收是累进的,如个人收入所得税,在通货膨胀期间,一些个人的名义收入增加了,原来不用交税的,现在需要交税了,另一些本来交税的人则进入更高的纳税级别,政府因而获得了更多的税收。因此,有些西方的经济学家认为,希望政府去努力制止通货膨胀是比较难的。第二,现代经济中,政府都把发行公债作为筹集资金手段和政府调控经济的手段,从而使得政府都负有较大数额的国债,通货膨胀使得政府作为债务人而获益。

第三节 失业与通货膨胀的关系

一、菲利普斯曲线的提出与含义

前面的分析表明,失业与通货膨胀是短期宏观经济运行中存在的两个主要问题,经济决策者在解决这两个问题的时候,往往会碰到这样一个矛盾,即降低通货膨胀与降低失业率这两个目标是互相冲突的。用总供给—总需求模型来分析可知,当政府希望通过财政政策或货币政策来扩大总需求来增加就业的时候,客观上得到的结果是产出增加、就业增加、一般价格水平上升,也就是说就业的增加是以物价的上升为代价的。相反,如果政府紧缩总需求的话,则会使得通货膨胀下降了,而失业却又增加了。因此,有必要从理论上探讨失业和通货膨胀之间的关系,在宏观经济学中,失业和通货膨胀的关系主要是用菲利普斯曲线来说明的。

（一）菲利普斯曲线的含义

1958 年，在英国任教的新西兰经济学家菲利普斯在研究了 1861—1957 年的英国失业率和货币工资增长率的统计资料后，提出了一条用以研究失业率和货币工资增长率之间替代关系的曲线。在以横轴表示失业率，纵轴表示货币工资增长率的坐标系中，画出一条向右下方倾斜的曲线，这就是最初的菲利普斯曲线。该曲线表明：当失业率较低时，货币工资增长率较高；反之，当失业率较高时，货币工资增长率较低，甚至为负数。

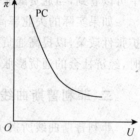

菲利普斯曲线本来只是用来描述失业率与货币工资增长率之间的关系，但后来有的经济学者认为，工资是成本的主要构成部分，从而也是产品价格的主要构成部分，因此，可以用通货膨胀率来代替货币工资增长率。这样一来，菲利普斯曲线就变成了一条用来描述失业率与通货膨胀率之间替代关系的曲线了：当失业率高时，通货膨胀率就低；当失业率低时，通货膨胀率就高。菲利普斯曲线如图 11-4 所示。图中，横轴代表失业率 U，纵轴代表通货膨胀率 π，向右下方倾斜的曲线 PC 即为菲利普斯曲线，菲利普斯曲线说明了失业率与通货膨胀率之间存在着替代关系。

图 11-4　菲利普斯曲线

（二）菲利普斯曲线的应用

菲利普斯曲线为政府实施经济干预、进行总需求管理提供了一份可供选择的菜单。它意味着可以用较高的通货膨胀率为代价，来降低失业率或实现充分就业；而要降低通货膨胀率和稳定物价，就要以较高的失业率为代价。也就是说，失业率与通货膨胀率之间存在着一种"替换关系"，想要降低或增加其中的一个，就要以增加或降低另一个为代价。

具体而言，一个经济社会首先要确定一个临界点，由此确定一个失业与通货膨胀的组合区域。如果实际的失业率和通货膨胀率组合在组合区域内，则政策的制定者不采用调节措施，如果在区域之外，则可根据菲利普斯曲线所表示的关系进行调节，其过程如图 11-5 所示。

在图 11-5 中，假定当时失业率和通货膨胀率在 4％ 以内时，经济社会被认为是安全的或可以容忍的，这时在图中就得到了一个临界点，即 A 点，由此

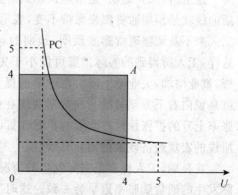

图 11-5　菲利普斯曲线的应用

形成的一个四边形的区域,称其为安全区域,如图中的阴影部分所示。如果该经济社会的实际失业率与通货膨胀率组合将落在安全区域内,则政策制订者无须采取任何措施(政策)调节。

如果实际的通货膨胀率高于 4%,例如达到了 5%,该经济社会的失业率仍在可接受的范围内,经济政策制订者可以采取紧缩性政策,以提高失业率为代价降低通货膨胀率,从图中可以看到,当通货膨胀率降到 4% 以下时,经济社会的失业率仍然在可以接受的范围内。

如果实际的失业率高于 4% 时,例如为 5%,这时根据菲利普斯曲线,政策制订者可采取扩张性政策,以提高通货膨胀率为代价降低失业率,从图中可以看出,当失业率降到 4% 以下时,经济社会的通货膨胀率仍然在可接受的范围内。

二、菲利普斯曲线的新变化

菲利普斯曲线所揭示的失业与通货膨胀的替换关系与美国等西方发达国家 20 世纪 50 年代、60 年代的通货膨胀率和失业率的数据较为吻合,但是,到 20 世纪 70 年代末期,由于滞胀的出现,失业与通货膨胀之间的这种替换关系不存在了,于是对失业与通货膨胀之间的关系又有了新的解释。

1968 年,美国货币学派代表人物弗里德曼指出了菲利普斯曲线分析的一个严重缺陷,即它忽略了影响工资变动的一个重要因素:工人对通货膨胀的预期。他认为,企业和工人关注的不是名义工资,而是实际工资,当劳资双方谈判新工资协议时,他们都会对新协议期的通货膨胀进行预期,并根据预期的通货膨胀相应的调整名义工资水平。根据这种观点,人们预期通货膨胀率越高,名义工资增加就越快,由此,弗里德曼提出了短期菲利普斯曲线的概念。

这里所说的"短期"是指从预期到需要根据通货膨胀作出调整的时间间隔。短期菲利普斯曲线就是预期通货膨胀保持不变,表示通货膨胀率与失业率之间关系的曲线。在短期中,工人来不及调整通货膨胀预期,预期的通货膨胀率可能低于以后实际发生的通货膨胀率。这样,工人所得到的实际工资可能小于先前预期的实际工资,从而实际利润增加,刺激了投资,就业增加,失业率下降。在这个前提下,通货膨胀率与失业率之间存在的交替关系。也就是说向右下方倾斜的菲利普斯曲线在短期内是可以成立的,因此,在短期中,引起通货膨胀率上升的扩张性财政政策与扩张性货币政策是可以起到减少失业的作用的。这就是通常所说的宏观经济政策的短期有效性。

在长期,工人将根据实际发生的情况不断调整自己的预期,工人预期的通货膨胀率与实际发生的通货膨胀率迟早会一致。这时工人会要求增加名义工资,使实际工资不变,从而通货膨胀就不会起到减少失业的作用。也就是说,在长期,失业率与通货膨胀率之间并不存在替换关系,因此,长期菲利普斯曲线是一条垂直于横轴的线。并且,在长期中,经济总能实现充分就业,经济社会的失业率将处于自然失业率的水平,因此,通货膨胀率的变化不会影响长期中的失业率水平。由于人们会根据实际发生的情况不断调整自己的预期,所以短期菲利普斯曲线将不断移动,从而形成长期菲利普斯曲线。如图 11-6 所示。

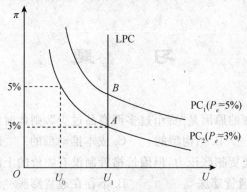

图 11-6　从短期 PC 到长期 PC

在图 11-6 中,假定某一经济体系处于自然失业率 U_0,通货膨胀为 3% 的 A 点,此时若政府采取扩张性政策,以使失业率降低 U_1,由于扩张性政策的实施,总需求增加,导致价格水平上升,通货膨胀率也上升至 5%。由于在 A 点处,工人预期的通货膨胀为 3%,而现在实际的通货膨胀率为 5%,高于其预期的通货膨胀率,从而工人的实际工资下降,导致厂商生产积极性提高,产出水平和就业率增加,于是失业率下降到 U_1。于是就会发生图中短期菲利普斯曲线 $PC_2(P_e=3\%)$ 所示的情况,失业率由 U_0 下降到 U_1,而通货膨胀率则从 3% 上升到 5%。

当然,这种情况只是短期的,经过一段时间,工人们会发现价格水平的上升和实际工资的下降,这时他们便要求提高货币工资,与此同时,工人们会相应地调整其预期,即从原来的 3% 调整到现在的 5%,伴随着这种调整,实际工资回落于原有的水平,相应地,企业生产和就业也都回到了原有的水平,失业率又回到了原来的 U_0,但此时,经济已经处于具有较高通货膨胀率预期(即 5%)的 B 点。

以上过程重复下去,在短期内,由于工人不能及时改变预期,存在着失业和通货膨胀之间的替换关系,表现在图形上,便有诸如 PC_1、PC_2 等各条短期菲利普斯曲线。随着工人预期通货膨胀率的上升,短期菲利普斯曲线不断地上升。

从长期来看,工人预期的通货膨胀与实际的通货膨胀是一致的,因此,企业不会增加生产和就业,失业率也就不会下降,从而便形成了一条与自然失业率重合的长期菲利普斯曲线

LPC。在图11-6中,垂直于自然失业率水平的长期菲利普斯曲线表明,在长期中,不存在失业与通货膨胀的替换关系。换句话说,长期菲利普斯曲线告诉我们,从长期来看,政府运用扩张性政策不但不能降低失业率,还会使通货膨胀率不断上升,这也就是通常所说的宏观经济政策的长期无效性。

习　题

一、选择题

1. 如果导致通货膨胀的原因是"货币过多而商品过少",则此时的通货膨胀是(　　)。
 A. 需求拉动型的　　　B. 结构型的　　　C. 成本推动型的　　　D. 混合型的

2. 如果经济已形成通货膨胀压力,但因价格管制没有物价的上涨,则此时经济(　　)。
 A. 存在抑制性的通货膨胀　　　　B. 不存在通货膨胀
 C. 存在温和的通货膨胀　　　　　D. 存在恶性的通货膨胀

3. 在充分就业的情况下,(　　)最可能导致通货膨胀。
 A. 出口减少　　　　　　　　　　B. 工资不变但劳动生产率提高
 C. 进口增加　　　　　　　　　　D. 税收不变但政府支出扩大

4. 菲利普斯曲线说明(　　)。
 A. 通货膨胀由过度需求引起　　　B. 通货膨胀导致失业
 C. 通货膨胀与失业率之间呈正相关　　D. 通货膨胀与失业率之间呈负相关

5. 收入政策主要是用来对付(　　)。
 A. 需求拉动型通货膨胀　　　　　B. 成本推动型通货膨胀
 C. 结构型通货膨胀　　　　　　　D. 以上各类型

6. 认为菲利普斯曲线所表示的失业与通货膨胀的关系只在短期存在的根据是(　　)。
 A. 完全预期　　　B. 静态预期　　　C. 理性预期　　　D. 适应性预期

7. 由于经济萧条而形成的失业,属于(　　)。
 A. 永久性失业　　　B. 摩擦性失业　　　C. 周期性失业　　　D. 结构性失业

8. 假定充分就业的国民收入为1 000亿美元,实际的国民收入为950亿美元,增加20亿美元的投资(MPC＝0.8),经济将发生(　　)。
 A. 达到充分就业状况　　　　　　B. 成本推动型通货膨胀
 C. 需求拉上型通货膨胀　　　　　D. 需求不足的失业

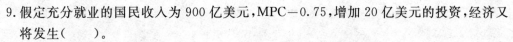

9. 假定充分就业的国民收入为 900 亿美元,MPC—0.75,增加 20 亿美元的投资,经济又将发生(　　)。

　A. 达到充分就业状况　　　　　　B. 成本推动型通货膨胀

　C. 需求拉上型通货膨胀　　　　　D. 需求不足的失业

10. 失业率的计算是用(　　)。

　A. 失业工人的数量除以工人的数量

　B. 劳动力总量除以失业工人的数量

　C. 失业工人的数量除以劳动力的总量

　D. 就业工人的数量除以失业工人的数量

二、判断题

1. 如果导致通货膨胀的原因是"货币过多而商品过少",则此时的通货膨胀是需求拉动型的。(　　)

2. 在充分就业的情况下工资不变但劳动生产率提高最可能导致通货膨胀。(　　)

3. 菲利普斯曲线说明通货膨胀与失业率之间呈正相关。(　　)

4. 收入政策主要是用来对付成本推动型通货膨胀。(　　)

5. 需求不足的失业和需求拉上型通货膨胀两种情况不会同时产生。(　　)

三、简答题

1. 什么是自然失业?引起自然失业的原因有哪些?

2. 充分就业与自然失业互相矛盾吗?为什么?

3. 通货膨胀会对经济产生哪些影响?

4. 20 世纪 70 年代,世界石油价格大幅度上升引起美国通货膨胀加剧。这属于哪种通货膨胀?并用图形加以说明。

5. 如果你的房东说:"工资、公用事业及别的费用上升都太快了,我只得提高你的房租。"这属于成本推进的还是需求拉上的通货膨胀?用图形加以说明。

6. 菲利普斯曲线在短期内和长期内的形状是不同的,这说明了什么问题?

第十二章 经济周期与经济增长理论

> **知识要点：**
> 1. 了解引致投资和储蓄率等经济周期与经济增长的基本概念；
> 2. 掌握经济周期的形成及其影响因素；
> 3. 掌握乘数——加速理论和各种经济增长模型；
> 4. 熟练运用经济周期和经济增长理论分析方法。

▶ 案例导入

20 世纪 30 年代、40 年代的经济波动

20 世纪 30 年代初的经济灾难称为大萧条，而且是美国历史上最大的经济下降。从 1929 年到 1933 年，实际 GDP 减少了 27％，失业从 3％增加到 25％。同时，在这四年中。物价水平下降了 22％。在这一时期，许多其他国家也经历了类似的产量和物价下降。经济史学家一直在争论大萧条的原因，但大多数解释集中在总需求的大幅度减少上。

许多经济学家主要抱怨货币供给的减少：从 1929 年到 1933 年，货币供给减少了 28％。另一些经济学家提出了总需求崩溃的其他理由。例如，在这一时期股票价格下降了 90％左右，减少了家庭财富，从而也减少了消费者支出。此外，银行的问题也阻止了一些企业获得他们想为投资项目进行的筹资，因此压抑了投资支出。当然，在大萧条时期，所有这些因素共同发生作用紧缩了总需求。

第二个重大时期——20 世纪 40 年代初的经济繁荣——是容易解释的。这次事件显而易见的原因是"二战"。随着美国在海外进行战争，联邦政府不得不把更多资源用于军事。从 1939 年到 1944 年，政府的物品与劳务购买几乎增加了 5 倍，总需求这种巨大扩张几乎使经济中物品与劳务的生产翻了一番，并使物价水平上升了 20％，失业从 1939 年的 17％下降到 1944 年的 1％——美国历史上最低的失业水平。

案例来源：摘自 www.hzctsm.com.cn

第一节 经济周期概论

一、经济周期的含义

(一)经济周期的含义

经济周期理论是西方经济学家研究一个国家经济波动的理论。经济周期,又称经济循环或商业周期,是指在一定的生产能力条件下,市场经济生产和再生产过程中周期性出现的经济扩张和经济收缩交替循环往复的一种现象。这种周期性波动主要表现在国民收入、工业生产指数、就业量和失业率、通货膨胀等综合性指标的波动上。

(二)经济周期的阶段与特征

从经济活动趋势上讲,经济周期分为两个大的阶段,即扩张阶段和收缩阶段。扩张阶段是总需求和经济活动的增长时期,通常伴随着就业、生产、价格、货币、工资、利率和利润的上升;收缩阶段则是总需求和经济活动下降的时期,通常总是伴随着就业、生产、价格、货币、工资、利率和利润的下降。另外还有两个转折点,衰退开始时称之为高转折点顶峰,复苏开始时称为低转折点谷底。谷底和顶峰分别是整个经济周期的最低点和最高点,也是用来表示萧条与繁荣的转折点。

一般地,每个经济周期可以划分为四个阶段:繁荣、衰退、萧条、复苏。其中繁荣与萧条是两个主要阶段,衰退与复苏是两个过渡性阶段,如图 12-1 所示。

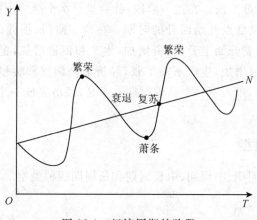

图 12-1 经济周期的阶段

在图 12-1 中,纵轴表示国民收入,横轴表示时间(年份),向右上方倾斜的直线 N 代表正常的经济水平,随着时间的推移,整个经济从高涨到低潮,再从低潮到高潮,构成一种周而复始的循环。

繁荣阶段是指经济活动经过上一个循环的复苏且进一步增长的时期。在繁荣阶段,社会有效需求不断增加,批发商和零售商的存货减少,生产者利润上升,刺激投资活动。投资增长,就业率不断升高,劳动和其他各种社会资源得到最大限度的充分利用。而经济扩张,一般物价水平也由于有效需求的增加、工资和利息率逐步上涨而上升。这时,生产者达到自己预期的目的,社会一片繁荣景象。但是,繁荣景象难以长久保持下去,一旦经济达到最高峰后,开始出现下降的趋势。

衰退阶段是指经济活动从扩张的高峰向下跌落的阶段。在这一阶段,消费增长的停止及整个社会现有机器设备技术和能力的限制,使经济扩张达到最高峰后开始下跌,一旦经济收缩,就会产生连锁反应。投资减少,消费下降,生产下滑,有效需求降低,失业率上升,结果国民收入水平下降,导致需求进一步更大幅度地下降。同时,由于销售量下降,产品积压,一般商品物价水平走低,于是预期物价水平持续走低,造成整个社会生产普遍过剩,企业利润急剧下降,引发一些厂商倒闭,批发商和零售商非自愿库存增加,减少新的订货,从而加剧生产的萎缩,而厂商资本设备损耗补充也逐渐停止,社会经济经过一段时间的衰退阶段,便进入萧条阶段。

萧条阶段是指整个社会的经济活动水平在长期平均水平以生产继续萎缩,物价水平持续走低,特别是劳动力大量失业,有效需求与生产能力相比差距极大,企业利润极低,甚至处于亏损状态,没有人愿意冒风险进行借贷投资,银行和其他金融机构大量资金过剩。当萧条达到最低点时,经济位于"谷底"。经济不景气,造成社会不安定。但是萧条时期也不会无限拖延下去,随着机器设备的不断损耗,存货水平不断下降,总有一天需要补充。当投资需求开始增长时,经济步入复苏阶段。在这一阶段,社会投资水平继续下降,甚至处于停顿状态。

复苏阶段是指经济从低点开始回升的时期。在这一阶段,损耗的机器设备开始得到更新,就业率、收入水平、消费开始上升,投资增加,生产和销售增加,企业利润提高,居民消费需求和厂商风险投资需求增加,生产不断扩张,经济活动调整和缓慢恢复,经济上升速度不断加快,达到一定程度后,步入下一个高涨时期。于是,经济完成一个周期的循环,新的一个周期又开始进行。

二、经济周期的类型

经济周期主要有短周期、中周期、中长周期和长周期四种类型。

1. 短周期

短周期,又称为短波周期,时间一般为 40 个月左右。它是由美国经济学家契夫·基钦提出的。1923 年，基钦在其《经济因素中的周期与倾向》一文中研究了 1890—1922 年英国和美国银行信贷和存款波动，以及物价、生产、就业等变动情况，在此基础上把经济周期划分为两类，即主要周期和次要周期。他认为主要周期的平均时间长度是 10 年左右，次要周期的平均时间长度是 40 个月左右，这种次要周期就是短波周期，因此又被称为"基钦周期"。

2. 中周期

中周期，又称为中波周期，时间一般为 9～10 年。中周期理论是由法国经济学家克里特·朱格拉提出的。1860 年，朱格拉在其《论法国、英国和美国的商业危机及其发生周期》一书中正式提出。他认为，危机或经济恐慌并不是孤立的现象，而是经济中周去性波动的 3 个连续阶段——繁荣、危机和萧条中的一个。这 3 个阶段依次反复出现就形成了周期现象。朱格拉根据相邻两次经济危机出现的时间间隔衡量周期长度，中波周期长度为 9 年左右。

3. 中长周期

中长周期，又称为中长波周期，时间一般为 15～25 年。中长周期理论最早是俄国的美籍经济学家西蒙·库兹涅茨提出的。他在《生产和价格的长期运动》一书中，研究了美、英、德、法、比等国从 19 世纪到 20 世纪初 60 种主要工农业产品的产量和 35 种工农业产品的价格变动的时间数列资料，提出了在主要资本注意国家存在着长度为 10～25 年不等，而平均长度为 15～25 年的中长波周期理论。这种中长波周期也被称为"库兹涅茨周期"。

4. 长周期

长周期，又称为长波周期，时间一般为 50～60 年。长周期理论最早是由原苏联经济学家康德拉季耶夫提出的。他在 1925 年发表的《经济生活中的长波》一文中，用移动平均法消除了统计数据中的中波周期后发现，在资本主义经济中明显存在着长周期波动，每次循环在 50～60 年间。康德拉季耶夫认为，这种周期是资本主义发展过程中所固有的，特别是由资本累积造成的。技术革命、战争与革命、新市场的开辟等不是影响这种周期的偶发事件，而是长周期中的规律性。

第二节　经济周期理论

一、消费不足论

消费不足论是法国西斯蒙第在 19 世纪初提出来的，以后马尔萨斯的储蓄过度危机论，英国霍布森的储蓄过度论,美国福斯特和卡靖斯的消费不足论,都是从消费不足或者储蓄过多来论述经济周期的。消费不足论或者储蓄过多论认为,经济危机和萧条的产生,是由消费不足和储蓄过多引起的。因为储蓄过多,而社会经济制度促使储蓄变为投资,形成投资增加,产品供给增加,但是消费水平下降,无法完全吸收生产出来的产品,造成市场出现生产过剩现象,导致价格下跌,失业率上升,社会生产出现过剩的经济危机。

二、比例失调论

比例失调论,包括奥地利学派哈叶克等的货币投资过多理论、德国司匹托夫和卡塞尔等的非货币投资过多理论。货币投资过多论认为,货币金融当局的信用膨胀政策破坏经济体系的均衡,引发经济扩张,进而导致危机和萧条;危机的出现是由于货币因素所引起的物质生产领域的生产资料部门和生活资料部门之间配合比例的失调,生产资料部门过度扩张引起的。在充分就业条件下,银行人为的信用膨胀引起投资扩张,破坏社会生产资料部门和生活资料部门两大部类之间的配合比例,生产配合比例与产品货币总支出配合比例(个人收入在消费和储蓄之间配合比例)互不协调,生产资料部门过度扩张,而消费品需求比资本品需求增加更多,消费品供给减少,导致消费品价格上涨。银行因受法律及营业习惯的约束,无法无限制地扩大信用,造成货币资本供给短缺,进而造成企业在繁荣阶段的投资项目难以为继,货币资本的供给落后于货币资本的需求。

非货币投资过多论认为,消费品生产相对不足,是危机的真正原因。经济高涨的根源在于新技术的发明、新市场的开拓和经济萧条时期利息率的低落,这些积极的因素促进投资活跃,造成资本品、耐用消费品生产大量增加。在经济复苏和高涨时期,扩大投资所必需的货币资本,先是来源于萧条时期的闲置资本,后来是来源于银行的信用膨胀和企业未分配利润。但是,经济步入高涨后期,货币工资水平上涨,生产要素缺乏,成本提高,利润下降,对货币资本的供给减少,引起资本品需求减少。资本品和耐用消费品供给增加而需求不足,最终导致资本品和耐用消费品生产部门生产过剩的经济危机。

三、纯货币投资过度论

以美国弗里德曼和英国霍特里为代表的纯货币投资过度论认为,经济周期和经济危机是一种单纯的货币现象,是由于货币信用过度扩张造成的。现代的信用制度是基于准备金制度,由于货币乘数的作用,极易引起信用过度扩张,形成虚假的购买力。但是,信用扩张过度,银行和金融机构为防范和避免风险而采取货币信用紧缩政策时,市场便出现经济危机,衰退和萧条就不可避免,即过度扩张时刺激的产品已经生产出来,从而形成过剩。

四、创新论

创新论是熊彼德用来解释经济周期的原因。创新论认为,创新现象并不是一个连续的现象,而是在短时间内出现的;创新活动并非每一个人都能从事,而只有社会上少数企业家才能从事。一旦创新出现,必然会有大量的人进行模仿,模仿引起投资活动的大量增加,投资活动一般是通过银行信用的扩张而进行。银行信用不断扩张,投资活动不断增加,经济高涨,厂商在乐观情绪支配下,投机盛行,借助银行贷款扩大的投资高估需求;同时,消费者的乐观情绪高估可能的收入,利用抵押贷款购买消费品,消费者负债购买又反过来促进企业的过度投资。但是,当投资逐渐完成后,产品出现在市场上,企业家必然要偿还银行的贷款。如果没有另一项创新活动发生,则银行信用必然自动收缩,银行信用的收缩引起投资下降,经济转向萧条。由于创新活动不可能一直持续不断,而是间歇进行,从而导致整个社会经济出现一段时期扩张繁荣,一段时期收缩萧条的现象,这就是经济周期。

五、乘数和加速数相互作用理论

这一理论是把乘数原理和加速原理结合起来解释经济周期。其代表人物是英国经济学家罗伊·弗贝尔·哈罗德和美国经济学家保罗·萨缪尔森及英国经济学家约翰·理查德·希克斯。乘数原理前面已经介绍过了,因此此处只介绍加速原理。

(一)加速原理

加速原理是凯恩斯的继承者用来说明收入或者消费的变动会加速投资变动的经济理论。他们认为投资是影响经济周期波动的主要因素,但凯恩斯只考虑到投资对收入和就业所产生的影响,而没有进一步考虑到收入和就业增加以后,反过来对投资又会产生什么影响。后凯恩斯主义主流经济学派的重要代表人物汉森认为,投资增长通过乘数的作用会引起总收入或总供给的增加,而总收入或总供给增加以后,将引起消费的增加,消费品数量的增加又会引起投资的再增加。这种由于收入变动引起的投资就是"引致投资"。而且这种投资增长的速度要比总收入或总供给增长的速度快,这就是所谓的"加速原理"。

为了说明收入变动与投资变动之间的关系,必须了解资本—产量比率和加速数两个概念。

资本—产量比率是指资本与产量之比。如果以 R 代表资本—产量比率,K 代表资本,Y 代表产量,则其计算公式为

$$R = K/Y$$

例如,生产 100 万元的产品需要 500 万元的资本,则资本—产量比率 $R = 500/100 = 5$,即每生产 1 元的产品就需要 5 元的资本。

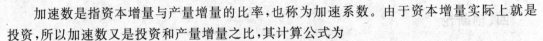

　　加速数是指资本增量与产量增量的比率,也称为加速系数。由于资本增量实际上就是投资,所以加速数又是投资和产量增量之比,其计算公式为

$$a = \Delta K / \Delta Y = I / \Delta Y$$

　　其中:a——加速数;

　　　　ΔK——资本增量;

　　　　ΔY——产量增量;

　　　　I——投资。

　　(二)乘数与加速数的相互作用与经济周期波动

　　乘数原理和加速原理都用来说明投资与产量之间的关系和变动的相互影响,只是乘数原理主要说明投资变动对产量变动的影响,而加速原理主要说明产量变动对投资的影响。

　　乘数和加速数理论结合起来分析经济的周期性波动,一方面用乘数理论说明投资对国民收入的作用,另一方面用加速原来说明国民收入对投资的作用,这二者形成一个相互影响、相互作用的体系,造成经济的周期性波动。并且,乘数和加速数理论更强调投资变动因素对经济周期的形成及经济波动程度的影响。

　　假设初始投资的数量出现增长,根据乘数理论,投资的增长会产生乘数作用,使国民收入增加,收入的增加会刺激消费,使社会总产品的销量也相应增长,进而对投资产生加速作用,促使投资以更快速度增长,投资的增长又产生乘数作用促使国民收入进一步增长,国民收入增长又会进一步对投资产生加速作用……如此循环往复,投资对收入的乘数作用和收入对投资的加速作用促使经济向上增长,社会便进入经济周期的扩张阶段;反之,投资的缩小也会产生乘数作用按照相反作用使社会进入持续收缩的衰退阶段,而收入的持续下降又导致新的投资的出现,从而导致新一轮扩张性的乘数-加速数作用的形成,经济重新进入扩张阶段,走向繁荣,新一轮的经济周期又开始形成。乘数和加速数就是这样相互作用影响经济周期的形态及波动的。

六、政治因素论

　　政治因素论是波兰经济学家迈克尔卡列茨基来提出的。政治因素论认为,经济衰退是由政府周期性制止通货膨胀造成的。当政府的政策取得或者接近充分就业时,会导致成本推进的通货膨胀,政府为制止通货膨胀而人为地制造一次停滞和衰退。但是由于人民的反对,政府重新实行充分就业政策,于是再一次导致通货膨胀,因而也就不可避免地出现又一次人为的衰退。

七、心理自生周期论

心理自生周期论是庇古和巴奇霍特等人提出来的。心理自生周期论认为,人的心理都存在一种自生的周期,使人的情绪在乐观和悲观之间反复交替出现,交替性的情绪变动是难以控制的,从而对人们的消费行为和投资行为产生影响。一般来说,当人们处于乐观情绪时,消费者增加消费,生产者增加投资,从而引起经济繁荣;反过来,当人们处于悲观情绪状态时,消费和投资都会减少,从而导致经济萧条。

第三节　经济增长理论

一、哈罗德—多马经济增长模型

在现代经济增长理论中,最早流行的是英国经济学家 R·哈罗德和美国经济学家 E·多马分别于 1948 年和 1957 年提出的经济增长模型,由于他们的结论基本相似,故称为哈罗德—多马模型。

(一)哈罗德—多马模型的基本假设

哈罗德—多马模型的分析是在严格的假设条件基础上进行的,主要有以下几点假设。

(1)社会只生产一种产品,这种产品既可以作为消费品,也可以作为资本品。

(2)生产中只使用两种生产要素:劳动与资本,这两种生产要素为固定技术系数,即它们在生产中的比率是固定的,不能相互替代。

(3)规模收益不变,即生产规模扩大时不存在收益递增或递减。

(4)不考虑技术进步,即生产技术水平是既定的。

(5)储蓄在国民收入中所占的比重保持不变,储蓄倾向不发生变化。

(6)劳动力按照一个固定不变的比率增长。

(二)哈罗德—多马模型的基本公式

哈罗德—多马模型的基本方程由三个经济变量组成。

(1)储蓄率或储蓄倾向 S,它是储蓄额 s 与国民产出总量之比,其公式为

$$S = \frac{s}{Y}$$

哈罗德—多马假定它是一个不变的量。

(2)资本产出比,一般用 C 来表示,是资本存量 K 与国民产出比 Y 之比,其公式为

$$C = \frac{K}{Y}$$

(3)经济增长率 G,用公式表示为

$$G = \frac{\Delta Y}{Y}$$

依据上述假定和公式,哈罗德—多马模型的基本公式可表示为

$$G = \frac{S}{C}$$

式中,G——国民收入增长率(经济增长率);

S——储蓄率;

C——资本—产量比率。

根据这一模型的假设,资本和劳动的配合比例是不变的,从而资本—产量比率就是不变的。这样,经济增长率实际就取决于储蓄率。例如,假定资本—产量比率 C 为 2,如果储蓄率 S 为 10%,经济增长率 G 则为 5%。在资本—产量比率不变的条件下,储蓄率高,则经济增长率高;储蓄率低,则经济增长率低。可见这一模型强调的是资本增加对经济增长的作用,分析的是资本增加与经济增长率之间的关系。

(三)经济长期稳定增长的条件

哈罗德—多马模型从其基本公式出发,提出了实际增长率、有保证的增长率和自然增长率三种不同增长率来说明经济增长的条件。

(1)实际增长率 G,即实际所发生的增长率,它是由实际发生的储蓄率 S 和资本—产量比率 C 共同决定的。即 $G = S/C$。

(2)有保证的或合意的增长率 G_w,是长期中理想的增长率。它是在实际储蓄率 S 等于人们合意的储蓄率 S_d,实际的资本—产量比率 C 等于人们所需要的资本—产量比率 C_r 的情况下出现的那种增长率。即 $G_w = S_d / C_r$。

(3)自然增长率 G_n,这是在劳动人口增长和技术进步的条件下所能达到的最大增长率,是一种社会最适宜的增长率。其公式为 $G_n = S_o / C_r$,其中 S_o 代表在一定制度安排下最适宜的储蓄率。

哈罗德—多马模型认为,长期中实现经济稳定增长的条件是实际增长率、有保证的增长率与自然增长率三者相一致,即 $G = G_w = G_n$。如果三种增长率不一致,就会引起经济波动。

哈罗德—多马模型的优点在于:简单明了,易于计算。在增长率指标既定和资本—产量比率已知的情况下可以求得为达到增长率指标所必需的 S,并根据它做预测:当 C 既定时,S

越高,增长率越高;当 S 既定时, C 越低,增长率越高。但是,根据这个模型,必须要使实际增长率等于有保证的增长率等于自然增长率,才可以实现经济的稳定增长,这显然是不现实的。因而,这种增长途径被称之为"刀锋"式的增长道路。

二、新古典经济增长模型

1956 年初,美国经济学家索洛发表《经济增长的一个新古典理论》,率先提出新古典经济模型。11 月,美国经济学家斯旺发表《经济增长与资本积累》也提出类似的模型,因此一般称作"索洛—斯旺模型"。1961 年英国经济学家米德发表的《经济增长的一个新古典理论》,也系统的提出基本相同的模型,鉴于他们的模型和古典经济学家相同,均认为充分就业是必然的趋势,因而被称为新古典增长模型。这一模型强调了经济增长取决于三个要素:劳动增长率、资本增长率和技术进步率。

（一）新古典模型的基本假设

新古典经济增长模型有以下几点假设。

(1)社会经济只生产一种产品,不是用于消费,就是用于投资。

(2)生产只利用资本和劳动两个投入要素。

(3)资本和劳动的边际生产率递减。

(4)假设资本和劳动的组合比例是可以变动的,由于资本和劳动可以按照不同的比例进行组合,一定量的资本可以吸收不同数量的劳动,那么资本—产量比率也是可变的。因而资本系数也是可变的。

(5)资本和劳动通过调整可以实现充分利用,社会可以保持充分就业状态。

（二）新古典经济增长模型的基本公式

索洛—斯旺模型是利用柯布—道格拉斯生产函数来分析的。

$$Y=AK^{\alpha}L^{\beta}$$

式中: L ——劳动;

　　　K ——资本;

　　　Y ——收入或产量;

　　　A ——规模收益不变的常数;

　　　α 、 β ——资本和劳动投入产出弹性($\alpha+\beta=1$)。

柯布—道格拉斯生产函数表明,收入或产量的增长是由各个投入要素的边际生产力及其增加量所决定的,且规模收益是不变的。所以,能够根据资本和劳动边际生产力的大小来调整资本和劳动的组合比例。假定社会经济中不存在技术进步，国民收入的增长取决于资本和劳动的增长及资本与劳动的边际生产力，则国民收入的增长可用公式表示为

$$\Delta Y = \mathrm{MP}_K \cdot \Delta K + \mathrm{MP}_L \cdot \Delta L$$

其中：ΔY——国民收入的增量；

$\quad\quad\Delta K$——资本的增量；

$\quad\quad\Delta L$——劳动的增量；

$\quad\quad\mathrm{MP}_K$——资本的边际产量；

$\quad\quad\mathrm{MP}_L$——劳动的边际产量。

则国民收入增长率可用公式表示为

$$\Delta Y/Y = \mathrm{MP}_K \cdot \Delta K/Y + \mathrm{MP}_L \cdot \Delta L/Y$$
$$= \mathrm{MP}_K \cdot K/Y \cdot \Delta K/K + \mathrm{MP}_L \cdot L/Y \cdot \Delta L/L$$

则资本的产出弹性 α 用公式表示为

$$\partial = \frac{\Delta Y}{Y} / \frac{\Delta K}{K} = \mathrm{MP}_K \cdot \frac{K}{Y}$$

劳动的产出弹性 β 用公式表示为

$$\beta = \frac{\Delta Y}{Y} / \frac{\Delta L}{L} = \mathrm{MP}_L \cdot \frac{L}{Y}$$

因此，$\dfrac{\Delta Y}{Y} = \alpha \cdot \dfrac{\Delta K}{K} + \beta \cdot \dfrac{\Delta L}{L}$，这是没有技术进步条件下新古典增长模型，表明经济增长率等于各要素的增长率与其产出弹性之积的和。

三、新剑桥经济增长模型

新剑桥经济增长模型，是英国新剑桥学派的罗宾逊夫人、卡尔多和意大利经济学家帕西内蒂等提出来的。新剑桥经济增长模型假设，社会成员分成工资收入者和利润收入者两个阶级，两个阶级的储蓄占各自收入的一个固定比例，利润收入者的储蓄率大于工资收入者的储蓄率。因此，当国民收入分配发生变化时，全社会的储蓄率会发生变动，当利润收入者的收入在国民收入中所占的比例减少时，社会储蓄率减少；反之，当利润收入者的收入在国民收入中所占的比例增加时，社会储蓄率增加。

新剑桥经济增长模型用公式表示

$$s = \frac{P}{Y} \cdot S_P + \frac{W}{Y} \cdot S_W$$

其中：S_P——利润收入者的储蓄率；

$\quad\quad S_W$——工资收入者的储蓄率；

P/Y——利润占国民收入的比重；

W/Y——工资占国民收入的比重。

新剑桥经济增长模型的公式表示社会总储蓄率 s 是利润收入者在总储蓄率中所占比重与工资收入者在总储蓄率中所占比重之和。因此，若 S_P 利润收入者的储蓄率和 S_W 工资收入者的储蓄率不变，只需变动利润和工资在国民收入中的比重，就可调整社会储蓄率，从而使增长率达到均衡的理想增长率。如果 $S_P > S_W$，而 $G_W > G_n$ 时，可以减少利润所占国民收入的比重，增加工资所占国民收入的比重，降低储蓄率，实现 $G_W = G_n$；反之，$G_W < G_n$ 时，可以增加利润所占国民收入的比重，减少工资所占国民收入的比重，提高储蓄率，实现 $G_W = G_n$。

习　　题

一、单项选择题

1.经济增长的标志是（　　　）。

　　A.失业率的下降　　　　　　　　　B.先进技术的广泛应用

　　C.社会生产能力的不断提高　　　　D.城市化速度加快

2.经济增长在图形上表现为（　　　）。

　　A 生产可能性曲线内的某一点向曲线上移动

　　B.生产可能性曲线向外移动

　　C.生产可能性曲线外的某一点向曲线上移动

　　D.生产可能件曲线上某一点沿曲线移动

3.GNP 是衡量经济增长的一个极好指标,是因为（　　　）。

　　A.GNP 以货币表示,易于比较

　　B.GNP 的增长总是已发生的实际经济增长

　　C.GNP 的值不仅可以反映一国的经济实力,还可以反映一国的经济福利程度

　　D.以上说法都对

4.要研究一国人民个活水平的变化,应该考查下述指标中第（　　　）项指标。

　　A.实际消费总额　　　　　　　　　B.人均实际消费额

　　C.实际国民生产总值　　　　　　　D.人均实际国民生产总值

5.下列各项中,（　　　）项属于生产要素供给的增长。

　　A.劳动者教育年限的增加　　　　　B.实行劳动专业化

　　C.规模经济　　　　　　　　　　　D.计算机技术的迅速应用

6.基钦周期是一种( )。

    A.短周期   B.中周期   C.长周期   D.不能确定

7.为提高经济增长率,可采取的措施是( )。

    A.加强政府的宏观调控   B.刺激消费水平

    C.减少工作时间   D.推广基础科学及应用科学的研究成果

8.根据哈罗德的定义,自然增长率 G_n 与实际增长率 G 之间的关系是( )。

    A.$G_n \geqslant G$ B.$G_n \leqslant G$ C.$G_n > G$ D.$G_n < G$

9.经济波动的周期的四个阶段依次为( )。

    A 复苏、繁荣、衰退、萧条   B.繁荣、衰退、萧条、复苏

    C 萧条、复苏、繁荣、衰退   D.以上说法均对

10.当某一经济社会处于复苏阶段时( )。

    A.经济的生产能力超过它的消费需求   B.总需求逐渐增加,但没有超过总供给

    C.存货的增加与需求的减少相联系   D.总需求超过总供给

二、判断题

1.经济周期的中心是国民收入的波动。( )

2.经济周期是经济中不可避免的波动。( )

3.在经济周期的四个阶段中,经济活动高于正常水平的是繁荣和衰退,经济活动低于正常水平的是萧条和复苏。( )

4.繁荣的最高点是顶峰。( )

5.经济学家划分经济周期的标准是危机的严重程度。( )

三、简答题

1.简述经济周期的含义及其类型。

2.什么是均衡增长率、实际增长率和自然增长率?三者不相等的时候社会经济将出现什么情况?

3.乘数原理和加速原理有什么区别和联系?

4.在货币政策、刺激劳动力投入的政策、教育科研政策、财政政策中,哪一项会影响长期增长率?请说明理由。

5.对经济波动的根源有哪些不同的解释?关于经济波动性质的观点和关于政府作用的观点二者之间是什么关系?

参考文献

[1] 王根良. 西方经济学. 北京:科学出版社,2008.

[2] 尹伯成. 西方经济学. 上海:上海人民出版社,2002.

[3] 谢鲁江. 西方经济学. 北京:中国财政经济出版社,2001.

[4] 斯蒂格利茨. 经济学. 2 版. 北京:中国人民大学出版社,2000.

[5] 冯国光,曾宪初. 西方经济学简明教程. 太原:山西经济出版社,1999.

[6] 余永定,张宇燕,郑秉文. 西方经济学. 2 版. 北京,经济科学出版社,1999.

[7] 郭羽诞,陈必大. 新编现代西方经济学教程. 上海:上海财经大学出版社,1996.

[8] 高鸿业. 西方经济学. 北京:中国经济出版社,1996.